《中国家庭基本藏书》

新闻出版署优秀畅销书奖
全国优秀古籍图书普及读物奖
第十七届晋版优秀图书一等奖

中国家庭基本藏书（修订版）

诸子百家卷

《诗经》 《楚辞》 《论语·大学·中庸》 《孟子》 《老子》
《庄子》 《荀子》 《韩非子》 《孙子兵法·尉缭子·鬼谷子》
《墨子》 《周易》 《山海经》 《吕氏春秋》 《三十六计》

名家选集卷

《三曹诗集》 《陶渊明集》 《王勃集》 《孟浩然集》 《高适集》
《王维集》 《李白集》 《杜甫集》 《岑参集》 《韩愈集》
《白居易集》 《刘禹锡集》 《柳宗元集》 《元稹集》 《李贺集》
《杜牧集》 《李商隐集》 《李煜集》 《柳永集》 《欧阳修集》
《王安石集》 《苏轼集》 《黄庭坚集》 《秦观集》 《周邦彦集》
《李清照集》 《陆游集》 《范成大集》 《杨万里集》 《辛弃疾集》
《姜夔集》 《元好问集》 《文天祥集》 《唐伯虎集》 《李贽集》
《三袁集》 《张岱集》 《傅山集》 《纳兰性德集》 《郑板桥集》
《袁枚集》 《龚自珍集》

史著选集卷

《左传》《国语》《战国策》《史记》《汉书》《后汉书》《三国志》
《资治通鉴》

综合选集卷

《唐诗三百首》《宋词三百首》《元曲三百首》《千家诗》《古文观止》
《汉魏六朝小赋骈文选》《唐宋八大家文选》《明清小品文选》

笔记杂著卷

《蒙学六种——三字经·百家姓·千字文·增广贤文·幼学琼林·格言联璧》
《颜氏家训·朱子家训》《世说新语》《曾国藩家书》《金刚经·坛经》
《菜根谭·小窗幽记·幽梦影》《浮生六记》《闲情偶寄》《近思录》
《徐霞客游记》《古代书信精选》

戏曲小说卷

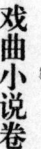

《元杂剧精选》《西厢记》《牡丹亭》《长生殿》《桃花扇》《今古奇观》
《三国演义》《水浒传》《西游记》《红楼梦》《聊斋志异》《儒林外史》
《封神演义》《话本小说选》《文言小说选》

李贽集

中国家庭基本藏书 名家选集卷

—明—李贽—著
魏晓虹—解评

山西出版集团
三晋出版社

智慧之府 经验之萃 可读可藏 可鉴可行

山西大学教授姚奠中先生为《中国家庭基本藏书》题词

前言

李贽（1527—1602），明代著名的思想家、史学家、文学家和文学批评家。原名林载贽，号卓吾、宏甫，别号温陵居士、百泉居士、龙湖叟等。福建泉州晋江（今福建泉州市）人，回族。李贽出身于航海贸易世家，自幼熟读诗书。嘉靖三十一年（1552），26岁的李贽考中福建乡试举人。30岁至54岁为官，历任河南共城（今辉县）教谕、南京国子监博士、北京礼部司务、南京户部员外郎等，万历五年（1577），出任云南姚安知府，深感受人管束之苦，3年任期未满便毅然辞官归隐，专事著述讲学。他初到湖北黄安，和耿定理共同讲学，但与耿定理之兄高官耿定向有不同见解，定理去世后李贽移居麻城芝佛院，得到周思久、周思敬的接待。聚众讲学，放言高论。李贽在《焚书》中多次揭露耿定向的假道学，受到耿定向门徒的攻击，万历二十八年（1600），从湖北麻城辗转到河南商城，最后避居河北通州（今北京通州区）马经纶家中。万历三十年，被张向达奏劾下狱，宁为玉碎，自刎狱中。表现出为真理献身的思想家的高风亮节。

李贽著作等身,内容广泛。史评类著作有《藏书》、《续藏书》、《史纲评要》、《批点皇明通纪》。书答、杂述类著作有《焚书》、《续焚书》、《三教妙述》。四书类著作有《四书评》、《道古录》。易经类著作有《易因》、《九正易因》。关于道家的著作有《老庄解》。关于佛家的有《道余录》、《心经提纲》、《净土诀》。此外还有评选类、小说批点类、戏曲批点类、辑选类著作多部。著作集有《李氏丛书》、《李温陵集》、《李氏全书》、《李氏遗书》、《李卓吾遗书》、《枕中十书》、《李卓吾秘书》、《李氏六书》、《时用通俗云笺》、《李氏尺牍全稿》。因为李贽著述颇多,还有十馀种存疑待考。李贽著作版本很多,他在世时著作就引起了强烈的反响。李贽虽然被明政府加以"敢倡乱道,惑世诬民"的罪名,著作也被列为禁书,但要把流传至今的版本罗列出来,数量也很可观。

李贽是明中叶启蒙思想家。在文艺理论方面他提出了著名的"童心说",认为"天下之至文,未有不出于童心焉者也"。"童心"就是真心,也就是真实的思想感情。他反对尊古,"诗何必古选,文何必先秦,降而为六朝,变而为近体,又变而为传奇,变而为院本,为杂剧,为《西厢曲》,为《水浒传》,不可得而时势先后论也"。批评前后七子"文必秦汉,诗必盛唐"的拟古之风。他大胆打破封建士大夫对文学的偏见,推崇《西厢记》、《水浒传》等通俗文学。评点过《忠义水浒传》、《三国志通俗演义》、《西游记》、《绣榻野史》、《列国志传》等小说。评点过《西厢记》、《幽闺记》、《琵琶记》、《荆钗记》、《红拂记》、《浣沙记》等戏曲作品。李贽是通俗文学的批评家和研究者。李贽的散文,摆脱了传统古文的格局,以表达思想为主。李贽的诗歌,大多数不事格律雕饰,以表达真情实感为主。李贽所辑"世说体"小说《初谭集》借前朝故事,表达启蒙思想。

李贽的思想具有极大的叛逆性。他对程朱理学表示不满,为王守仁的心学所吸引,受泰州学派和佛教禅学的影响,最终形成了自己的独特思想。李贽认为宇宙以物质的阴阳二气为基础,经过无数变化,生出万事万物来,具有一些朴素唯物主义因素。在社会伦理道德方面,强调社会平等说,反对圣人凡人之分,反对男尊女卑,反对封建等级制度。李贽抨击程朱理学,反对对于孔子的偶像崇拜。主张男女平等,男女同样有智慧。他肯定商人的社会作用,认为商人"挟数万之资,经风涛之险",不仅个人谋利,也发展了社会生产。李贽思想新颖是当时社会新因素即资本主义生产关系萌芽的反映。他的思想代表着市民阶层的要求和看法,在当时就产生了强烈的反响,被统治者和正统的士大夫视为异端。李贽不愿受封建教条和礼俗的束缚，与封建统治者和正统文人格格不入，最终被封建势力迫害致死。李贽的著作一再遭到焚毁，但仍有大量著作流传至今。李贽的民主自由思想影响着后世思想激进的文人和学者。

明清的统治阶级把李贽学说视为"异端之尤"、"非圣无法"的洪水猛兽加以禁毁，就连王夫之、顾炎武这些进步思想家对李贽也不赞同。当清王朝行将灭亡之时，力图通过反封建专制来救国图存的志士仁人们从李贽的著作中汲取思想源泉。"五四运动"前后，吴虞等人受李贽学说的鼓舞，把李贽思想当作"打倒孔家店"的思想武器。李贽思想具有进步意义但又有自身局限性，这是需要实事求是加以分析的。

李贽的一生致力于个性解放与自由追求，否定儒家至尊的传统地位，反对迷信和偶像崇拜，抨击道学及道学家，驳斥男尊女卑的教条，主张人人平等。李贽这些大胆的论述，在当时及以后都起到了振聋发聩的启蒙作用，撼动了中国人僵化的思维，在中国思想史上占有重要的地位。李贽无愧于反封建专制主义启蒙运动的先驱。

李贽的诗文涉及历史、文学、经济、文化、宗教、哲学等广阔领域，本书择其诗、文、小说之精者加以解评。为方便读者，末附"李贽年谱简编"、"李贽研究主要文献"、"《李贽集》名言警句"（正文中用着重号标注）。由于笔者自身学识与写作时间的局限，粗糙和疏漏在所难免，唯望读者匡其不逮，惠予指正。

魏晓虹

2008 年 8 月

李贽其人(代序)

敏泽

名家选集卷
李贽集·代序

　　李贽是明代一位具有鲜明的叛逆性格和坚强的斗争精神的战士,著名的进步思想家和文学家。他的反传统、反道统的思想,对十六世纪中国明代极度沉闷死寂的思想界和文学界,曾经起过振聋发聩的作用,对明代以后的思想界和文学界,也都产生了重大的影响。尽管统治阶级一再诬蔑他,并几度禁毁他的著作,但都无法阻止他的思想在知识界的迅速传布。无论在他生前或死后,他的著作都拥有广大的读者。

　　李贽出生的时代,是资本主义的经济因素已经在封建制的土壤上孕育着和发展着的时代。他的出生地是明代我国海外交通要地的福建沿海,祖上不仅有人经常出使海外诸国,懂得外国语言,并曾娶外籍女人为妻。因此,他幼年虽然接受的是传统的封建文化的教育,但也不可避免地会受到一些外来思想的濡染。他的身世相对说来比较寒微,对当时社会的黑暗和上层统治阶级的腐败都有深切的感受。同时,在李贽生活的时代,左派王学已相当盛行,在社会上有广泛的影响。这些都是形成他的叛逆性格和叛逆思想的根本原因。

李贽思想中最富有时代特色、最具有积极意义的部分,是坚决反对假道学的斗争精神。

儒学从汉代开始统治中国的思想界,到宋代程颢、程颐和朱熹之后,发展成为道学或理学。

由于明代是在金、元之后建立起来的汉族政权,所以很强调汉族过去光荣的文化传统,复古的思潮泛滥一时。明初,封建统治阶级就曾大力倡导程、朱道学,将道学家的言论编为《性理大全》,和"四书"、"五经"一起加以推广。科举取士的办法还规定,题目必须从"四书"、"五经"中出,应考者的解释则必须依照朱熹的注释进行发挥,不能越此准绳。这就为道学的进一步发展提供了土壤。史书上所说的宋、明道学或理学,就是这样形成的。当然,对程、朱理学或宋、明理学在哲学思想史上的作用,需要作具体分析,不能一概抹杀;但它在政治思想上对于君权的强调,以及对于维护封建统治的伦理纲常的强调,应该说都是落后的。由于宋、明封建统治者对道学或理学的提倡,使相当一部分知识分子把讲习道学作为一种猎取富贵的阶梯和手段。在这些人中间,有的根本不懂经世致用之道、耕稼理财之术,迂阔无能而又极度自私,却因善于口诵道学,因此受到统治阶级的重用。

李贽以大无畏的精神,对程、朱道学作了尖锐的批判:"阳为道学,阴为富贵,被服儒雅,行若狗彘。"(《续焚书》卷二《三教归儒说》)指出他们尊奉孔子,只不过是"矮子观场,随人说研,和声而已"(《续焚书》卷二)。他的言行,对当时沉闷的思想界震动极大,不仅直接地影响了当时和以后反对程、朱理学的斗争,而且在"五四"运动打倒孔家店的时代吼声中,也还可以看到他的思想的影响。

作为一个具有进步思想的文学理论家,李贽在文学理论上所提出的一个著名的、具有反道统意义的理论,就是所谓"童心说"。"童心说"的主要批判锋芒,是指向封建主义的教条统治所造成的虚假的社会风尚和文坛风尚,以及对于人的自然本性的扼杀,而要求思想解放,要求独创,主张文学应该表现作家的真情实感。这一理论的提出,不仅对于明代假古董诗文的流行,是一种有力的针砭,而且也影响了明代文坛反拟古主义的公安三袁(袁宏道、袁宗道、袁中道)和清代中叶"性灵说"的倡导者袁枚,在反对摹拟、反对在诗中卖弄学问、堆砌辞藻,要抒写作者性情方面,都曾发生过程度不同的积极作用。

李贽还是当时由于正统观念的影响因而不被重视的小说、戏曲的大力提倡者,他把当时具有一定反叛精神的《水浒传》与儒家的"六经"和孔子的《论语》等,破天荒地的相提并论,甚至认为是天下最好、最真实的作品,是"圣贤""发愤之作",其价值远远在"六经"、《论语》、《孟子》之上。他把《水浒传》看得这么重要,而认为"六经"、《论语》、《孟子》等儒家经典,实际上不过是"道学之口实,假人之渊薮"(《焚书》卷三《童心说》)。这在中国思想史和文学史上,都是石破天惊的大事,对于动摇儒家经典的神圣性,以及提高小说的历史地位,都有着重大的意义。

李贽还曾评点《水浒传》。评点这一特殊的批评方式,虽不始于李贽,但是李贽和署名李贽(并不一定是李贽评点的)评点的《水浒传》,不仅在评点中对《水浒传》的思想和艺术发表了许多精辟的、独到的见解,大大发展和丰富了当时的小说理论,而且,由于他的评点本的广泛流传,大大地推进了评点这一特殊批评方式的速迅发展和普及。如张竹坡对《金瓶梅》的评点,毛宗岗对《三国演义》的评点,金圣叹对《水浒传》的评点,脂砚斋对《红楼梦》的评点,以及诗词、散文、戏曲、史籍等等的评点,都曾直接受到李贽小说评点的影响,从而使评点成为明代和明代以后很重要、很普及的文学批评形式之一。

李贽不仅敢于以大无畏的精神向传统的思想观念和文学观念进行冲决,而且,在遭到封建统治者诬害时,又敢于毫不妥协、毫不动摇地以身殉自己的理想。李贽的文学思想在我国的思想史和文学史上,都占有一个重要的位置,批判地继承这份珍贵的遗产,对于我们建设社会主义的精神文明和社会主义文学,无疑将会发生积极的作用。

敏泽(1927—2004),原名侯敏泽,河南渑池人。中国社会科学院文学研究所研究员,著名文艺理论家、美学家、评论家。主要论著有《李贽》、《中国文学理论批评史》(两卷本)、《文学价值论》、《中国美学思想史》(三卷本)。曾获中国图书一等奖、中国社会科学院优秀成果奖、第一届鲁迅文学理论奖等。

以上"代序"为敏泽先生所著《李贽》一书(上海古籍出版社1984年版)的前言,题目为编者所拟。

目录

前言 /001
李贽其人（代序）（敏泽） /001

◎ 诗

初到石湖 /001
石潭即事四绝 /001
 其一 /002
 其二 /002
 其三 /002
 其四 /002
庄纯甫还闽有忆四首 /003
 其一 /003
 其二 /003
 其三 /003
 其四 /003
山中得弱侯下第书 /004
九日至极乐寺闻袁中郎且至因喜而赋
 /005
答袁石公（其七） /006
重来山房赠马伯时 /007
喜杨凤里到摄山 /007

却寄(选二) /008
　其二 /008
　其四 /008
赠利西泰 /009
古道通三晋 /010
得上院信 /011
元宵 /011
晋阳怀古 /012
过雁门 /013
　其一 /014
　其二 /014
渡桑间 /015
初至云中 /015
云中僧舍芍药 /016
　其一 /016
　其二 /016
晚行逢征东将士却寄梅中丞 /017
过聊城 /018
客吟 /019
独坐 /019
望海 /021
哭贵儿 /021
　其一 /021
　其二 /022
　其三 /022
哭黄宜人 /022
　其一 /022
　其二 /023
　其三 /023

　其四 /023
哭怀林 /024
　其一 /024
　其二 /024
　其三 /024
　其四 /024
系中八首(选三) /025
　老病始苏 /025
　书能误人 /026
　不是好汉 /026

◎ 文

与焦弱侯 /028
答邓石阳书 /030
答李见罗先生 /032
答焦漪园 /035
答耿中丞 /039
与杨定见 /043
复京中友朋 /045
答耿司寇 /049
答邓明府 /065
复焦弱侯 /070
又与焦弱侯 /074
复邓鼎石 /077
答以女人学道为见短书 /079
答陆思山 /082
答友人书 /083
卓吾论略 /084
何心隐论 /091
夫妇论 /096

战国论 /098
杂说 /100
童心说 /103
高洁说 /106
忠义水浒传序 /109
李中丞奏议序代作 /111
李生十交文 /114
自赞 /116
赞刘谐 /117
读律肤说 /118
读若无母寄书 /119
豫约·感慨平生 /121
红拂 /129
曹公二首 /130
贾谊 /132
思旧赋 /136
李涉赠盗 /136
封使君 /138
诗画 /138
党籍碑 /140
孔明为后主写申韩管子六韬 /141
读书乐引 /145
寄答京友 /147
与友人论文 /150
与城老 /150
与耿克念 /152
与友人书 /154
老人行叙 /155

圣教小引 /157
三教归儒说 /158
论交难 /161
李善长 /162
庾公不遣的卢 /165
孔融有自然之性 /166
题孔子像于芝佛院 /167
李卓吾先生遗言 /168
藏书世纪列传总目前论 /170
冯道传论 /171

◎ 小说

女史学家班昭 /173
郑玄家婢 /173
蔡文姬记忆超群 /174
谢道韫才高 /175
班婕妤才高善辩 /175
日远与日近 /176
七步诗 /177
以箭为喻 /177
邴原泣学 /178
伯牙学琴 /178
卫玠渡江 /179

◎ 附录

李贽年谱简编 /180
李贽研究主要文献 /182
《李贽集》名言警句 /189

◎诗

初到石湖

本诗选自《焚书》卷六。万历十六年（1588）李贽迁居距麻城县三十里外的在谭湖。友人周柳塘在这里有一座佛堂，李贽在这里息静林泉，这里真是隐居的胜地。

  皎皎空中石，结茅俯青溪。鱼游新月下，人在小桥西。
  入室呼尊酒，游春信马蹄。因依如可就，筇竹正堪携。

皎皎空中石，结茅俯青溪——洁白的石湖底，因湖水清澈，仿佛石头在空中一样，临近清澈的溪水建造茅屋。皎皎：洁白。

鱼游新月下，人在小桥西——月光下，鱼儿在清澈的水里游动，人在小桥西观赏着美丽的景色。

入室呼尊酒，游春信马蹄——进茅屋里喝一杯酒，骑马随意地去游春。这两句表现出诗人对石湖美景的陶醉。信：听任，任凭。

因依如可就，筇竹正堪携——如果可以靠近朋友的话，就像走路有竹杖相持，可以得到提携。因依：本意为依靠、依倚，此处引申为朋友、施主等意。筇（qióng）竹：即筇都筇山所产之竹。由于其适宜作杖，所以便成为竹杖的代称。

这是一首写景诗。湖光山色清幽美丽，饮酒游春生活自在，这样美好的生活得益于朋友们的帮助。

石潭即事四绝

此诗出自《续焚书》卷五。石潭又名龙湖，是周柳塘的产业。周柳塘在此有一座佛堂芝佛院。无念和尚是院里的住持，无念以李贽为师，周柳塘就请李贽居住于此，数年后周辞世，仍让李贽息静林泉，颐养天年。可见周柳塘与李贽的友谊深厚。

其 一

岂为偷闲坐钓台，采真端为不凡才。
神仙自古难逢世，且向关门望气来。

其 二

十卷《楞严》万古心，春风是处有知音。
即看湖上花开日，人自纵横水自深。

其 三

暖日和烟上碧楼，无情最是此溪头。
伤心欲为前程事，不肯斯须为我留。

其 四

若为追欢悦世人，空劳皮骨损精神。
年来寂寞从人谩，祇有疏狂一老身。

岂为偷闲坐钓台，采真端为不凡才——难道是为了留连风景，成为偷闲的隐者？不是的，探求人生的真谛，才是不平凡的人所追求的。李贽提醒自己不要留连风景，他的不凡使命是追求人生的真谛。

神仙自古难逢世，且向关门望气来——神仙自古难逢，也不养性求仙，来清幽之地不过是便于静心读书而已。

十卷《楞严》万古心，春风是处有知音——李贽正沉浸在《楞严经》的精神世界之中，读这部得万古人心之玄机的著述如沐春风，这样的著作自然会有知音。

即看湖上花开日，人自纵横水自深——看湖上花开自艳、潭水自深，不为纵横于水上的人而改变，万物各有其性。

暖日和烟上碧楼，无情最是此溪头——暖日和烟登上碧楼，龙潭是最无情的地方，李贽的侄子贵儿在此溺水，怎能不令人悲哀。

伤心欲为前程事，不肯斯须为我留——想到六十三岁尚无成就，顿生来日无多之感。

若为追欢悦世人，空劳皮骨损精神——如果为了追求欢乐取悦世人，只能空劳精力而失去人生的价值。李贽不贪求欢乐,不愿劳损精神去讨好世人。

年来寂寞从人谩,祇有疏狂一老身——李贽辞官后流寓湖北,与道学家耿定向学术见解不同,往复辩难。万历十八年,李贽《焚书》刊行,耿定向作《求儆书》发起了攻击和谩骂。李贽表示决不屈从,任凭别人谩骂,我就是如此狂傲的一个老人。谩:攻击谩骂。祇:通"只"。

李贽的《石潭即事四绝》描述了在龙潭的生活与心绪,表明他探求真理,不取悦世人的个性。第一首写李贽来此,不是流连风景,成为偷闲的隐者,不是养性求仙,成为自在的神仙,而是要探索人生的真谛,静心读书而已。第二首写李贽在《楞严经》中领悟了万古以来人心之本原。物物各有其性。草木有本心,何求美人折;潭水自深碧,不为人纵横。第三首因事而发,情调悲切。"无情最是此溪头",可能与贵儿溺水身亡有关。第四首有感于再次与耿定向论战而写。写出了李贽的个性。他决不曲学阿世、媚俗从众,坚持人格的独立与反叛精神。这首诗语言平易而内容深刻,孤傲的气势,掷地有金石之声。

庄纯甫还闽有忆四首

这组诗选自《焚书》卷六。庄纯甫是李贽的女婿。经常千里迢迢从福建来探视李贽。每次来李贽都不太客气,主要是考虑到女儿夫妻分离和不少的路费。李贽为女儿女婿着想,内心割舍不了亲情。

其 一

乘龙人归去,谁复到吾门?薄暮多风雨,知子宿前村。

其 二

海物多奇错,蛎房味正清。夫妻共食啖,不得到麻城。

其 三

三子皆聪明,必然早著声。若能举孝廉,取道过西陵。

其 四

七十古来稀,知予能几时?君宜善自计,莫念出家儿!

乘龙人归去,谁复到吾门——乘龙快婿已回福建去了,有谁还会来看我?这是李贽的真情流露,表现了对亲人的依恋之情。李贽弃家别亲,孤独难奈。

薄暮多风雨,知子宿前村——李贽登高远望,望断亲人的归路,在风雨黄昏中,亲人走到了哪一程,住宿到哪一村?

海物多奇错,蛎房味正清——女儿女婿团聚欢宴时,享受着海鲜的美味。

夫妻共食啖,不得到麻城——夫妻二人一起享受美味,为美味未能让远在麻城的老父亲享用而遗憾。啖(dàn):同"啖",吃。

三子皆聪明,必然早著声——女儿的三个儿子都很聪明,一定会早早出名。

若能举孝廉,取道过西陵——如果能取得功名,一定会路过麻城,前来看我。

七十古来稀,知予能几时——人活七十古来稀,我已七十岁,来日不多了。

君宜善自计,莫念出家儿——你们要好好生活,不要惦念我这个出家之人。

李贽希望女婿、外孙能来麻城团聚,又怕他们家人分离,花销路费。衷肠百结,令人亦随之伤感。

山中得弱侯下第书

这首诗选自《焚书》卷六。是作者辞官后住在黄安山中收到朋友焦竑(hóng)未考中进士的来信后所作。焦竑(1540—1620),字弱侯,号漪园,又号澹园,江宁(今江苏南京)人。五十岁才中进士,任翰林院修撰。著有《澹园集》、《焦氏类林》、《老子翼》、《庄子翼》等书。

秣陵人去帝京游,可是隋珠复暗投。
昨夜山前雷雨作,传君一字到黄州。

秣陵人去帝京游——秣陵人焦竑到京城去应考。秣陵:古地名,今江苏南京。帝京:京城,今北京。

可是隋珠复暗投——可惜明珠暗投,无人赏识。隋珠:古代传说中的明珠。

《淮南子·览冥训》:"譬如隋侯之珠,和氏之璧,得之者富,失之者贫。"高诱注:"隋侯,汉东之国,姬姓诸侯也。隋侯见大蛇伤断,以药敷之。后蛇于江中衔大珠以报之,因曰隋侯之珠,盖明月珠也。" 隋侯,也作随侯。

昨夜山前雷雨作——昨夜山前雷雨大作。

传君一字到黄州—— 您的书信已传到黄州。黄州:黄州府。这里指当时黄州府属县黄安。

李贽接到焦竑落第的书信,用隋珠暗投的典故表示同情。昨夜书信到黄安时雷雨大作,仿佛雷公对此也感到不平。这首诗是李贽为焦竑落第鸣不平。

九日至极乐寺闻袁中郎且至因喜而赋

这首诗选自《焚书》卷六。袁宏道字中郎,万历进士,官吏部郎中。其思想受李贽影响较深,重视小说、戏曲和民歌在文学中的地位,企图突破传统思想的束缚,是李贽的挚友。

世道由来未可孤,百年端的是吾徒。
时逢重九花应醉,人至论心病亦苏。
老桧深枝喧暮鹊,西风落日下庭梧。
黄金台上思千里,为报中郎速进途。

世道由来未可孤,百年端的是吾徒——人生在世从来就不可能总是孤独的,百年间果然有我的门徒。

时逢重九花应醉,人至论心病亦苏——得知袁中郎要来,重九登高赏花,花都陶醉了,与朋友谈心,病都好转了。人逢喜事精神爽,得知袁宏道要来,李贽的心里非常高兴。

老桧深枝喧暮鹊,西风落日下庭梧——暮色中常绿的桧树上鸟鹊在欢叫,西风中落日的馀晖静静地照在庭院的梧桐树上。

黄金台上思千里,为报中郎速进途——这两句语义双关。李贽怀着喜悦的心情,登高远望,盼望着袁中郎早日到来。黄金台:又称金台、燕台。故址在今河北易县东南易水南。相传战国燕昭王筑,置千金于台上,延请天下名士。李贽登高想到了黄金台燕昭王延请天下人才，同时也盼望着袁宏道前程远大。袁宏道于万历二十三年选任吴县县令，一年后因与上司发生冲突，告病家居。后听从兄长的劝告，改变了归隐之心，进京听候安排新职务。李贽初不知袁宏道为谒选而进京，诗的末句原是"王符已著《潜夫论》，为问中郎到也无？"后来知道是为就选而来，乃改为"黄金台上思千里，为报中郎速进途"。祝福袁宏道谒选顺利。

常年离群索居的书斋生活，使李贽更加珍惜朋友之间的友情，朋友的到来使他喜出望外，听到消息后，兴奋之情溢于言表。

初听袁中郎进京，李贽非常高兴。后得知袁为谒选而进京，李贽改了诗歌的末句。进退无处，原定无局，只要本心不移，适志即佳。李贽岂是拘执不化之人！

答袁石公（其七）

这首诗出自《续焚书》卷五。袁石公即袁宏道，字中郎，万历进士，曾自号石公山人。明万历二十一年（1593）四月，袁宏道和他的哥哥袁宗道、弟弟袁中道去麻城龙潭拜访李贽，临别赋《别龙湖师八首》赠李贽，李贽作《答袁石公八首》以答。此选其七。

　　平生懒著书，书成亦快余。惊风日夜吼，随处足安居。

平生懒著书——李贽在五十六岁之前奔波于仕途，无暇著书。

书成亦快余——李贽写此诗时已六十七岁，其《焚书》、《说书》、《藏书》已完成，所以感到非常高兴。

惊风日夜吼——李贽的言论引起理学家的不满，纷纷对他进行指责。这是一个比喻句，惊风喻指理学家对李贽的攻击。

随处足安居——理学家对李贽的迫害，使李贽投靠朋友，到处流浪。

1590年，李贽的《焚书》公开刊行，耿定向作《求儆书》呼吁门徒围攻李贽。1591年，耿的弟子蔡毅中作《焚书辨》与李贽论辩。耿定向师徒在李贽游黄鹤楼时，以"左道惑众"的罪名驱逐李贽。袁宏道兄弟到麻城看望李贽，彼此唱和酬答。"惊风日夜吼，随处足安居"表现出李贽当时的处境。

重来山房赠马伯时

【题解】

这首诗出自《焚书》卷六。山房是马伯时隐居天中山时的房子。马伯时即马逢阳,字伯时,江宁(今江苏南京)人,焦竑的学生,曾在黄安的天中山、五云山隐居。

一别山房便十年,亲栽竹筱已参天。
旧时年少唯君在,何处看山不可怜!

一别山房便十年,亲栽竹筱已参天——天中山山房一别便是十年之久,亲手栽种的竹筱已长成参天的修竹了。筱(xiǎo):即篠,小竹子。

旧时年少唯君在,何处看山不可怜——昔日年少时的朋友只有马伯时一人健在,故地重游,四处眺望这山间的景色处处是如此的可爱。可怜:可爱。

【新评】

这首七绝是李贽重游天中山"山房"见到马伯时之际的感怀之作。相别十年,昔日朋友只有马伯时一人健在,人生苦短,感慨万千。这里留下多少旧时朋友的音容笑貌,放眼望去青山处处都有美好的回忆,所以山景显得如此可爱。短短数语,情景交融,寄托了对昔日朋友的怀念之情。

喜杨凤里到摄山

这首诗出自《焚书》卷六。杨凤里是李贽的好朋友,李贽生病时,他多次写信问候,并要请医生为李贽治病。后来在龙湖为李贽盖房筑寺,两人交情甚厚。这首诗是李贽离开龙湖三年后两人在摄山相逢时所作。两人十年相守,一别三载,相见后的欢乐自不待言。

忆别龙湖才几时,天涯霜雪净须眉。
君今复自龙湖至,龑里有丝君自知。

【新解】

忆别龙湖才几时，天涯霜雪净须眉——龙湖别后才三年，诗人李贽已是须眉皆白。

君今复自龙湖至，鬓里有丝君自知——杨凤里从龙湖到摄山来看望李贽，他的鬓发也变白了。"君自知"三字从字面上是说鬓发变白，其深意在写鬓发变白的原因，好朋友相互的思念使双方鬓发皆白。

【新评】

李贽对朋友的感情真挚而丰富。与好友分别三年，两人的眉发皆白，相互之间的思念之情不言自明。

却寄（选二）

【题解】

这两首诗选自《焚书》卷六。李贽所作《却寄》四首，都是赞扬妇女的。却寄：回寄、回答之意。有人考证《却寄》四首是李贽由南京寄给麻城梅国桢之女梅澹然的，写于万历二十七年（1599）冬末初春。

其 二

持钵来归不坐禅，遥闻高论却潸然。
如今男子知多少，尽道官高即是仙。

其 四

声声唤出自家身，生死如山不动尘。
欲见观音今汝是，莲花原属似花人。

【新解】

持钵来归不坐禅，遥闻高论却潸然——拿着食钵回来，不去坐禅静养，听到您从远方传来的高论，我不禁潸然泪下。钵（bō）：僧人用的食器。坐禅：佛教静坐修养的方法。潸然：流泪的样子。

如今男子知多少，尽道官高即是仙——如今不知有多少男子，都说高官厚禄就像神仙一样。

声声唤出自家身，生死如山不动尘——参悟佛理，超越生死。这两句明写观音,暗写澹然。

欲见观音今汝是,莲花原属似花人——你就像莲花座上的观音,如花似玉。李贽对澹然的爱慕溢于言表。

梅澹然来信劝李贽回龙湖。李贽复信并寄诗四首。从李贽寄给梅澹然的诗看,不只是讨论佛理。李贽对梅澹然的智慧给予赞扬,被梅的高论感动得潸然泪下,对梅如花似玉的美貌表示仰慕。许建平先生在《李卓吾传》中说:"应该承认一种事实,李贽是梅澹然的精神之源,澹然是李贽的精神寄托。当李贽自刭于狱中,澹然不久也郁闷而死。一个年轻的生命随一老翁而去,这便是一首无字情诗,最富于雄辩力的无须对证的证据。"(许建平《李卓吾传》,东方出版社,2004年版,第258页)许建平先生认为李贽与梅澹然之间存在着某种精神的默契。

赠利西泰

这首诗出自《焚书》卷六。写于万历二十七年(1599)。利西泰即利玛窦(1552—1610),意大利人,是欧洲16世纪宗教改革后耶稣会派到远东的传教士。利西泰是他在中国的名字。利玛窦和李贽有三次会面,一次是李贽去拜访利玛窦,另一次是利玛窦回访李贽,第三次会面是万历二十八年初夏在济宁刘东星的衙署。这首诗是利玛窦回拜李贽时,李贽即兴所赋,并题在宫扇上。

逍遥下北溟,迤逦向南征。刹利标名姓,仙山纪水程。
回头十万里,举目九重城。观国之光未,中天日正明。

逍遥下北溟,迤逦向南征——李贽将利玛窦比作展翅的鲲鹏,表现出李贽对利玛窦在中国为传教而北上南行的赞美。"逍遥下北溟"出自《庄子·逍遥游》:"北冥有鱼,其名为鲲。"冥通"溟"。利玛窦像鲲鹏远举高飞,飞过了延续不绝的路途和山河。迤逦:道路、山脉、河流等弯弯曲曲,延续不绝。

刹利标名姓,仙山纪水程——利玛窦既通道教,又精佛释,寺院、仙山处处留下了他的足迹和姓名。刹(chà):佛教的寺庙,梵语音为刹多罗。

回头十万里,举目九重城——回望欧洲故乡非常遥远,瞻望中国都城(这里指明代的留都南京)就在眼前。利玛窦为了信仰,万里远行,李贽对他坚韧不拔的毅力表示赞扬。

观国之光未，中天日正明——李贽把中国的政教风俗和文化传统以及如日中天的国势展示给利玛窦，有一种天朝上邦的优越感和民族自豪感，也暗含着对利玛窦传教的疑问。

这是一首应酬诗。利玛窦把自己的中文文章《交友论》赠给李贽，李贽非常重视友情，于是酬答诗一首。李贽对利玛窦的精神表示赞赏，但对其利用孔子理论附会天主教教义表示怀疑。

古道通三晋

这首诗选自《焚书》卷六。万历二十四年(1596)秋，李贽应朋友刘东星之邀，踏上了北往山西的旅途。这首诗是他去沁水行经太行山时写的。

黄河远缀白云间，我欲上天天不难。
三晋谁云通古道？人今唯见太行山。

黄河远缀白云间——唐王之涣的《凉州词》首句为"黄河远上白云间"，李贽化用此句。

我欲上天天不难——上天：传说汉时张骞乘槎沿黄河而上，以探河源，结果进了银河里。前两句说黄河通向白云间，沿河上天也没什么困难。李贽远望黄河忽发浪漫奇想，表现出作者丰富的想象和开朗的心情。

三晋谁云通古道——谁说古道通三晋呢？三晋：春秋末，韩、赵、魏三家瓜分了晋国，是为战国时的韩、赵、魏三国，历史上称为三晋。三晋疆域屡有变迁，战国晚期大约包括当今山西省、河南省中部、北部和河北省南部、中部。后来成为山西的别称。云：说。

人今唯见太行山——如今只见太行山横在面前，挡住了去路。

这首诗记录了李贽的行程。途经河南、渡黄河、登太行、至沁水。李贽对这次北国之行感到新奇而兴奋。

得上院信

【题解】

这首诗出自《焚书》卷六,约写于万历二十四年(1596)。上院是对寺院的敬称,这里指龙潭湖芝佛院。吏部右侍郎刘东星因丁父忧而家居,特派儿子用相去龙潭湖芝佛院邀请李贽到山西沁水坪上村作客,李贽在上党接到龙潭湖的来信后作此诗。

> 世事由来不可论,波罗忍辱是玄门。
> 今朝接得龙湖信,立唤沙弥取水焚。

【新注】

世事由来不可论,波罗忍辱是玄门——世事由来不可论,忍辱是修行成佛的佛法。波罗:佛教用语,梵文音译,也译作波罗蜜多,指到彼岸,即由此岸(生死岸)度人到彼岸(涅槃、寂灭),也就是经过修行而成佛之意。玄门:佛教的玄妙之门,指佛法。忍辱:佛经中有忍辱草,这种草生长在雪山,能忍受严寒,牛羊食之,则成醍醐,即佛经中所言从牛奶中提炼出来的精华,比喻最高的佛法。

今朝接得龙湖信,立唤沙弥取水焚——从龙潭湖寄给李贽的信内容不详,但李贽立即叫沙弥把信烧毁并将纸灰洒入水中。从对信进行"水焚"的行为来看,信的内容李贽不喜欢,并认为是"忍辱"。这封神秘的来信内容不得而知。

【新evaluation】

这首诗内容朦胧。龙湖来信,李贽将其烧成灰,并将纸灰洒入水中。还以佛法忍辱来宽慰自己。这封神秘的来信内容只有李贽知道。

元 宵

【题解】

这首诗选自《焚书》卷六。元宵为农历正月十五,是比较热闹的传统节日。此时的李贽正在山西沁水坪上村朋友刘东星的家中。

> 元宵真是可怜宵,独对孤灯坐寂寥。
> 不是斋居能养性,嗔心几被雪风摇。

元宵真是可怜宵,独对孤灯坐寂寥——元宵节真是一个孤独难耐的夜晚,一个人对着孤灯寂寞地坐着。

不是斋居能养性,嗔心几被雪风摇——虽然不是僧人住的房子也能养性,李贽在风雪中对主人刘东星表示不满。嗔(chēn):对人不满,生人家的气。

刘东星在沁水为父守制,他的家又在坪上村,李贽的元宵节过得很冷清。《明史》卷二二三《刘东星传》记载,刘东星生性俭约,自奉刻苦,即便冷落了李贽也是无意,但李贽弃家别亲,每逢佳节倍思亲,精神上的孤独无法排遣,自然对刘东星有所不满。

晋阳怀古

这首诗选自《焚书》卷六。晋阳即今山西太原。万历二十五年(1597),李贽应梅国桢之邀从山西沁水赴大同。这首诗是路经晋阳所作的怀古之作。

水决汾河赵已分,孟谈潜出间三军。
如何智伯破亡后,高赦无功独首论。

水决汾河赵已分,孟谈潜出间三军——春秋时,晋国有赵、范、智、荀、韩、魏六卿,势力很大。后来相互兼并,只剩下智、赵、韩、魏四卿。公元前454年,智伯向韩康子、魏桓子、赵襄子索地,韩、魏无力抗拒,都忍痛答应了,独赵襄子拒绝。智伯怒,帅韩、魏之兵攻赵襄子,赵襄子逃到晋阳。三国攻晋阳一年多不下,引汾河水灌城。据《史记·赵世家》(第四十三卷)记载:城中"悬釜而炊,易子而食,群臣皆有外心,礼益慢,唯高共不敢失礼。"赵襄子非常着急,派张孟谈夜间潜入韩、魏军营,说:"唇亡则齿寒,今智伯帅二国之君伐赵,赵将亡矣,亡则二君为之次矣。"(《战国策·赵策》卷十八)离间了智伯与韩、魏的关系,并约定共灭智伯的日期。到了约定的那一天,赵襄子派人夜间杀死守河堤的智伯的士卒,水淹智伯军队,韩、魏又从两边击之,终于大败智伯,灭其族,分其地,这就是历史上"三家分晋"的故事。

如何智伯破亡后,高赦无功独首论——灭掉智伯后,赵襄子论功行赏,毫无战功的高共立了头等功。张孟谈质问此事,赵襄子回答:"方晋阳急,群臣皆懈,惟共不敢失人臣礼,是以先之。"(《史记·赵世家》卷四十三)因为高共在动乱之中守君臣之礼,就给他立头等功,而出生入死夜入韩、魏军中施离间计的张孟谈却功居其下,竟然如此不公平!此处李贽是借古讽今,对好友梅国桢有功而不得禄表示感慨。万历二十年(1592)春,宁夏副总兵鞑靼人哱拜及其子承恩杀死巡抚都御史党馨、副使石继芳,据城叛乱,成为轰动朝野的"西事"。四月,明王朝听从梅国桢的建议,任李如松为提督、梅国桢为监军。五月发兵征剿,九月平定叛乱,十一月在京师举行献俘典礼。在这次平西中,梅国桢战斗在前线,献计献策,但在论功封赏时,却只是"升四品京堂",既不在兵部,又不在都察院,而是外转任太仆少卿,是专管马匹的闲职。而远离战地宁夏,战斗胜利后杀降冒功的甘肃巡抚(后来并兼任宁夏总督)的叶梦熊,由于和兵部尚书石星私交颇深,却升任右都御史,正二品。作为监军的梅国桢负责记录功次之责,梅举荐的有功之士大多没有受赏,善于钻营的无功之徒却立功受赏,引起了西征将士的强烈不满。梅国桢多次上疏托辞有病,请求归里。六科给事中也纷纷上疏,指责赏赐不公,大失人心。后神宗下旨查实,几经周折,直到万历二十一年(1593)八月,吏部才按神宗旨意,"即便推用",升为都察院右佥都御史,巡抚大同。李贽在去大同路过晋阳的路上,回想三家分晋的历史,联想到友人梅国桢的遭遇,不禁感慨万千。高赦:指赵襄子家臣高共。《史记·赵世家》裴骃《集解》:"徐广曰:'一作赫。'"李贽在诗中可能把"赫"误为"赦"。

《晋阳怀古》既是一首咏史诗,又是一首抒怀之作。李贽借古寓今,既抒发了思古之幽情,又具有对现实的批判精神。诗人行经晋阳,应梅国桢之邀而联想到梅国桢的遭遇,在咏史中寄寓对现实的感慨。现实社会中总是那些善于钻营、阿谀奉承之徒得势,而有真才实学、为国出力的将士却得不到封赏。赵襄子只知奖赏那些维护君臣之礼的无功之臣,而为国家出生入死的勇士得不到重视。这首诗表现了李贽轻视徒有其表的君臣之礼,重实际、尚战功的思维。

全诗感情深沉,见解深刻。字里行间充满愤愤不平之气。

过雁门

这两首诗选自《焚书》卷六,是李贽去云中(今山西大同)路经雁门关时写的。雁门关在今山西省代县西北雁门山上,长城要口之一。有赵国良将李牧祠旧址。

其 一

尽道当关用一夫,昔人曾此捍匈奴。
如今冒顿来稽颡,李牧如前不足都。

其 二

千金一剑未曾磨,陟上关来感慨多。
关下人称真意气,关头人说白头何!

尽道当关用一夫——李白《蜀道难》:"一夫当关,万夫莫开。"都说守关用一人足够了。雁门关在雁门山上,东、西峭峻,中路盘旋崎岖。关口位置险要,易守难攻。

昔人曾此捍匈奴——赵国良将李牧曾在此抵御匈奴的入侵。捍:抵御。

如今冒顿来稽颡——明隆庆年间,鞑靼俺答部请降受封,边境上数十年无战事。冒顿(mòdú):秦汉时匈奴单于,常来侵边。稽颡(qǐsǎng):古时一种跪拜礼。屈膝下拜,以额触地,居丧答拜宾客时行之,表示极度的悲痛和感谢;或于请罪、投降时行之,表示极度的惶恐。

李牧如前不足都——李牧如果在面前都不值得赞美。李牧在雁门关抵御匈奴,而明隆庆年间,鞑靼俺答部臣服明朝,边境无战事,汉族与边地民族和睦相处,多么令人高兴。

千金一剑未曾磨——岁月蹉跎,年岁已高。壮志难酬,未曾驰骋疆场。
陟上关来感慨多——登上雄伟的雁门关,吊古抚今,不禁感慨万千。
关下人称真意气——守关人得知这位风尘仆仆的七旬老人是福建人,从遥远的湖广而来,敬佩不已。
关头人说白头何——登上关头,李贽感到虽然年事已高,但仍胸怀壮志。

雄伟的雁门关激起了李贽无穷的感喟。登上关来,吊古抚今,既为边境和平、民族和睦而高兴,又为岁月蹉跎、壮志难酬而悲叹。

明朝自开国一直到嘉靖、隆庆期间二百年,边患不息,朝廷除少数像于谦一样的抗敌英雄外,其他人或贪图贿赂而通敌,或无所作为而待毙。直到张居正任内阁首辅后,多次挫败俺答的侵袭,使俺答不得不遣使与明朝议和。李贽认为在张居正和戚继光的丰功伟绩面前,李牧的业绩就有些逊色了。

渡桑间

这首诗选自《焚书》卷六。桑间即桑干河。这首诗写于李贽赴大同途中。

逢人勿问我何方,信宿并州即我乡。
明日桑间横渡去,两程又见梅衡湘。

逢人勿问我何方,信宿并州即我乡——李贽住在驿舍,旅人相继询问他的祖籍和去向,李贽有感于四处访友,便说我是四海为家,并州就是我的故乡。贾岛《度桑干》有"无端更度桑干水,却望并州是故乡"之句,李贽在此化用了唐代诗人贾岛的诗句。

明日桑间横渡去,两程又见梅衡湘——明天要横渡桑干河,很快就要见到思念的朋友梅国桢了。桑间:桑干河,流经山西省,往东流向河北省,注入北京市郊的永定河。梅衡湘:梅国桢(1542—1605)字客生,号衡湘,湖北麻城人,隆庆元年(1567)举人,万历十一年(1583)进士,万历二十一年(1593)为大同巡抚。后官至兵部侍郎。

李贽化用贾岛的《度桑干》:"客舍并州已十霜,归心日夜忆咸阳。无端更度桑干水,却望并州是故乡。"可以想象李贽一行渡过桑干河,朝行暮宿,盼望早日见到友人梅国桢的急切心情。

初至云中

这首诗选自《焚书》卷六。万历二十五年(1597)五月,李贽到达大同。大同古属云中郡,唐置云州,州治在大同,故大同又称云中。

锡杖朝朝信老僧,苍茫山色树层层。
出门祇觉音声别,不审身真到白登。

锡杖朝朝信老僧,苍茫山色树层层——老僧拄着锡杖早晨出门,夜色苍茫时才从山间归来。锡杖:佛教的杖形法器,头部装有锡环。

出门祇觉音声别,不审身真到白登——李贽初到大同,北方的景色使他感到新鲜,但最新鲜的还是他从来没有听过的大同方言,听到这种语音,李贽感觉到自己真正到了白登山了。白登:大同东有白登山,又称白登台,汉高祖刘邦北击匈奴冒顿,曾在此被围困十日。到了大同,李贽就想起了这里的历史。

初到大同的李贽对这里的山川树木都充满了好奇,最新鲜的是大同方言,置身于这样一个环境中不禁想起了白登之围。大同的生活是丰富而惬意的。

云中僧舍芍药

这首诗选自《焚书》卷六。万历二十五年(1597),李贽应梅国桢之邀赴云中(今山西大同)。在云中,梅国桢为他安排好整洁雅静的僧舍,庭院中芍药盛开。

其 一

芍药庭开两朵,经僧阁里评论。
木鱼暂且停手,风送花香有情。

其 二

笑时倾国倾城,愁时倚树凭阑。
尔但一开两朵,我来万水千山。

芍药庭开两朵,经僧阁里评论——在经僧阁中听说庭院里开了两朵美丽的芍药花。

木鱼暂且停手,风送花香有情——敲打的木鱼不禁停了下来,风送花香,含情脉脉。

笑时倾国倾城,愁时倚树凭阑——美丽的芍药让李贽想起了如花的玉人笑时倾国倾城,愁时倚树凭阑的音容笑貌。

尔但一开两朵,我来万水千山——芍药花只开了两朵,我是踏遍万水千山从遥远的地方来的。

这两首咏物诗表现出李贽对芍药花的异乎寻常的情意。"风送花香有情",李贽赏花写花,实则思人写人。全诗用移情手法,委婉含蓄。花开两朵,暗含知己之情。

晚行逢征东将士却寄梅中丞

这首诗选自《焚书》卷六。梅中丞即梅国桢,麻城人,李贽的好友。万历二十五年(1597)秋,李贽离开山西大同前往北京,路遇开赴前线援朝鲜抗倭的将士,有感而写此诗寄给当时任山西巡抚的梅国桢。古有"御史中丞"的官职,明代巡抚兼御史衔,所以称梅国桢为中丞。

> 烽火城西百将屯,寒烟晓爨万家村。
> 雄边子弟夸雕鞯,绝塞将军早闭门。
> 傍海何年知浪静,登坛空自拜君恩。
> 云中今有真颇牧,安得移来觐至尊。

烽火城西百将屯——烽火台的西边聚集着很多即将东征抗倭的将士们。

寒烟晓爨万家村——寒冷的早晨万家村落烧火煮饭,升起了炊烟。爨(cuàn):烧火做饭。

雄边子弟夸雕鞯——在雄伟的边疆,士兵晨跨战马竞相驰骋,雕鞍齐整。雕鞯(jiàn):雕刻精美的马鞍垫子。

绝塞将军早闭门——在遥远的边塞,将军晚上很早就关闭城门。

傍海何年知浪静——明朝中期,倭寇不断侵扰我国东南沿海,海疆何时能风平浪静?傍海:指沿海一带。

登坛空自拜君恩——无能的将军辜负了国君登坛拜将的恩赐。

云中今有真颇牧——如今的云中(今山西大同),真有像廉颇、李牧一样的良将。云中:郡名,郡治在今山西大同。颇牧:廉颇与李牧,都是战国时赵国的良将,这里暗指梅国桢。

安得移来觐至尊——可是他怎样才能被天子召见,拜为征伐倭寇的将领呢?觐(jìn):大臣朝见国君。至尊:古代对皇帝的尊称。

开头两句写李贽晓行所见。第三句写东征的战士军容齐整,第四句写塞上将军懦弱,不能委以重任。第五六句写无能的将军不能胜任抗倭的重任,使海疆受到倭寇的侵扰。最后两句希望像梅国桢这样的良将,有机会为国家效力,打败倭寇,使海疆风平浪静。梅国桢曾为明将李如松的监军,曾献策大破宁夏叛将哱拜,是一位具有智慧的杰出人才。李贽希望杰出人才承担重任,平定祖国的海疆,表现出他对国家大事的关心。

过聊城

万历二十六年(1598),李贽和焦竑从北京到南京路经聊城(今山东聊城),看到沿海地区又以防倭为名,新开军府,使中原各地忙于调兵,写下了这首诗。

谁道百夫长,胜作一书生。渤海新开府,中原尽点兵。
倭夷两步卒,廊庙几公卿!不见鲁连子,射书救聊城。

谁道百夫长,胜作一书生——唐杨炯《从军行》中有句:"宁为百夫长,胜作一书生。"李贽反其意而用之,谁说做一名管理百名士兵的军官,胜过做一个书生呢?

渤海新开府,中原尽点兵——万历二十五年(1597),明将杨镐率兵赴朝鲜援助抵抗日本丰臣秀吉的侵略军,由于任人唯亲而惨败。渤海地区新开建一个将军府,中原各地忙着征调军队。援朝抗倭失败后,明军在渤海地区重整军队。

倭夷两步卒,廊庙几公卿——有少数的倭寇就把海疆侵扰得难以安宁,朝廷里那么多的公卿,你们都在干什么呢?廊庙:指朝廷。公卿:指官僚。李贽批评政府失职。

不见鲁连子,射书救聊城——鲁连子:即鲁仲连。鲁仲连是战国时齐国的一个书生。燕孝王时,燕国有一大将军攻下了齐国的聊城。因有些人在燕王面前诽谤这位大将,大将不敢归燕。齐国田单乘机反攻,打了一年多,士兵死伤惨重。鲁仲连写了一封信射入城中,劝燕将弃城归燕,燕将看后自杀,田单就夺回了聊城。鲁仲连的一封信就解救了聊城,谁能说书生无用呢?全诗首尾照应。

【新评】

李贽过聊城,借鲁仲连解救聊城的史实,赞扬鲁仲连智慧超群,大有作为;批评明朝官僚无所作为。对明朝统治者昏庸无能,表示强烈的愤慨。

诗中化用杨炯的《从军行》诗句,反其意而用之,恰到好处。

客 吟

【题解】

这首诗出自《续焚书》卷五。李贽客居他乡,不仅思念故乡,更思念理想的精神家园。现实社会世态炎凉,离理想中的精神家园很遥远。

故乡何处去,夏热秋又凉。凉炎随时变,何曾是故乡。

【新解】

故乡何处去,夏热秋又凉——理想的家园在何方?夏天炎热秋天又冷凉。

凉炎随时变,何曾是故乡——冷热随季节变化,何曾是我心中的故乡。

【新评】

李贽寻求理想中的精神家园,以故乡为喻,新颖贴切。人世间的世态炎凉充满了变幻,何处才是理想的精神家园?

语言浅显,哲理深奥,表现出深沉的哲人思考。

独 坐

【题解】

这首诗出自《续焚书》卷五,是作者孤独寂寞时写的,从中可见他愤世嫉俗、狂放不羁的个性。

有客开青眼,无人问落花。暖风薰细草,凉月照晴沙。

客久翻疑梦,朋来不忆家。琴书犹未整,独坐送残霞。

【新译】

有客开青眼,无人问落花——李贽很少同一般人往来,偶有好友拜访,李贽表示欢迎。有客:出自《诗经·大雅·有客》:"有客有客,亦白其马。"青眼:据《晋书·阮籍传》记载:阮籍见到恪守传统礼法的凡俗腐儒就以白眼邪视,遇到志同道合的知己嵇康就以青眼正视。落花:言辞官后的身份。辞官之后有朋友来访自然表示欢迎,但很少有人来拜访。只能独自漫步,看花开花落。阮籍是蔑视儒家传统思想的人物,是李贽心灵的知音。阮籍佯狂终能全身避害,李贽狂放,终遭杀身之祸。

暖风薰细草,凉月照晴沙——春风吹拂着细嫩的小草,一轮明月用清辉照着银白色的沙滩。凉月清冷的光芒表现出诗人内心的孤寂。薰:指草木蒸发出芳香的气息。把暖风宜人小草芳香的感觉写了出来。

客久翻疑梦,朋来不忆家——李贽离别家人客居异乡仿佛是在梦境之中。唐司空曙《云阳馆与韩绅宿别》有"乍见翻疑梦,相悲各问年"之句,李贽却写"客久翻疑梦",久居他乡与亲人只能在梦中相见,有朋友来访高谈阔论就暂不思家了。李贽离群索居不免思家,但偶有朋友来访连家也忘了。表现了李贽独居的孤独和寂寞。

琴书犹未整,独坐送残霞——写李贽平日的生活。琴书还没有整理,独自坐着目送天边的晚霞。陶渊明《归去来辞》:"乐琴书以消忧。"琴书难以抚慰他孤独寂寞的心。

【新评】

这首诗前四句写知音甚稀的孤独,后四句写孤独悠然自得的乐趣;前四句描绘春日景致,以写景为主,后四句突出客居的寂寞,抒发思乡之情。全诗没有直言心中的愁闷悲苦,而孤独寂寞之情尽在不言之中,呈现出一种兀傲冷峻而情韵悠远的独特风格。

诗人抓住客居他乡独坐的感受,写自己对来客的渴望,对朋友的思慕,对家乡的想念,这是诗人晚年独居生活的真实写照。全诗表现了常人难以忍受的孤独。诗句对仗工整,沉郁顿挫。

望　海

这首诗出自《续焚书》卷五。明朝倭寇频繁侵犯我沿海,统治者昏庸无能,海防空虚。李贽感愤作此诗。

海口望京师,山河起百二。龚遂至今在,倭夷安足虑!

海口望京师——从渤海口眺望京城。

山河起百二——百二:地势险要,以二敌百。《史记·高祖本纪》:"秦,形胜之国,带河山之险,悬隔千里,持戟百万,秦得百二焉。"这里指从渤海口眺望京城,地势险要,以二敌百。

龚遂至今在——龚遂:西汉宣帝时任渤海太守。遇饥荒之年,开仓赈饥,奖励农桑,地方安定,政绩卓著,号称"循吏"。

倭夷安足虑——要有龚遂这样的良吏在任,就不必担忧倭寇侵扰之事了。

沿海地势险要,却屡遭倭寇侵扰,这是由于统治者昏庸无能,地方官软弱无力造成的。诗歌怀念汉代"循吏",表现了对现今统治者的不满。

哭贵儿

这组诗选自《焚书》卷六。李贽生有四男三女,除大女儿外,都被饥饿和病魔夺去生命。族人考虑到李贽无后,将其弟之子贵儿过继给李贽。贵儿一家到麻城侍奉李贽,李贽非常高兴。七月的一天,天气闷热,深通水性的贵儿潭中洗澡,溺水身亡。李贽写下《哭贵儿》悼念他的侄子。

其　一

水深能杀人,胡为浴于此?欲眠眠不得,念子于兹死!

其 二

不饮又不醉,子今有何罪?疾呼遂不应,痛恨此潭水。

其 三

骨肉归故里,童仆皆我弃。汝我如表影,今朝唯我矣!

水深能杀人,胡为浴于此——水深能杀人,你为什么要在这里洗浴?

欲眠眠不得,念子于兹死——想到贵儿在此溺水,李贽痛苦得彻夜难眠。

不饮又不醉,子今有何罪——没有饮酒又没有醉,贵儿为什么遭此不幸?贵儿长在海边深通水性,为什么溺水?李贽百思不得其解。

疾呼遂不应,痛恨此潭水——李贽在潭边呼唤着贵儿,凄怆的呼喊无人应答。李贽痛恨龙潭水,为什么要夺去年轻的生命。

骨肉归故里,童仆皆我弃——妻子、女儿、女婿都回到了故乡泉州,童仆也离开了李贽。

汝我如形影,今朝唯我矣——贵儿与李贽朝夕相伴,贵儿死后,而今只剩下孤独的李贽。

痛失亲人的李贽长歌当哭,从诗行中可以看到悲痛的老人在湖边徘徊,深情地呼唤着死者的名字,回应他的只有一片寂静。绝望的老人怨恨潭水不仁,天地无情,无端地夺走了他的亲人。

哭黄宜人

这组诗选自《焚书》卷六。黄宜人是李贽的发妻。李贽别妻离家,削发隐居,好像尘缘已绝,专心事佛。但当听到妻子去世的噩耗时,心里却非常难过。

其 一

结发为夫妻,恩情两不牵。今朝闻汝死,不觉情凄然。

其　二

不为恩情牵,含凄为汝贤。反目未曾有,齐眉四十年。

其　三

中表皆称孝,舅姑慰汝劳。宾朋日夜往,龟手事香醪。

其　四

慈心能割有,约己善持家。缘余贪佛去,别汝在天涯。

【新解】

结发为夫妻,恩情两不牵——结发为夫妻,但李贽抛妻别子,削发为僧,专心事佛,平日也很少牵挂妻子。

今朝闻汝死,不觉情凄然——今天得知妻子去世的噩耗,情不自禁地感到凄凉悲伤。

不为恩情牵,含凄为汝贤——出家人不挂念夫妻恩情,但你的贤惠让我感到万分凄怆。

反目未曾有,齐眉四十年——夫妻共同生活了四十年,妻子贤惠,二人从未反目,相敬如宾,举案齐眉,情意绵绵。齐眉:汉代梁鸿的妻子孟光给丈夫端饭时,总是把托盘举得和眉一样高,以表示尊敬。后人用来形容夫妻互敬互爱。

中表皆称孝,舅姑慰汝劳——平辈亲戚间能和睦共处,对公婆非常孝顺。中表:跟祖父、父亲的姐妹的子女的亲戚关系,或跟祖母、母亲的兄弟姐妹的子女的亲戚关系。舅姑:公婆。

宾朋日夜往,龟手事香醪——对往来的宾朋热情招待,为了酿造米酒手都裂了。龟(jūn):同"皲",裂开。醪(láo):醪糟,江米酒。

慈心能割有,约己善持家——对穷人有爱心,能解囊相助。对自己很节约,善于持家。

缘余贪佛去,别汝在天涯——写出了诗人复杂的情感。只因为我一心事佛,只能在相距千里的地方与你永别。天各一方,未及永诀,心中有几分愧对贤妻的忏悔。

【新评】

黄氏是李贽患难与共四十馀年的伴侣,相敬如宾,举案齐眉。

这组悼亡诗写李贽对妻子的去世表现出深深的哀伤。全诗通过对贤妻的赞美,表现内心的悲痛,悲痛之情发自肺腑,可谓长歌当哭。语言平易,明白如话,夫妻情深溢于言表,读来令人伤感。

哭怀林

这组诗选自《焚书》卷六。李贽出家作为龙湖芝佛院的主持,他的弟子怀林严守戒律,经常跟随师父左右,研墨学道,聪明伶俐。后怀林在沁水身染重病,扶病回龙湖治疗,不久即病逝。李贽在大同写下了这组诗悼念他的弟子。

其 一

南来消息不堪闻,肠断龙堆日暮云。
当日虽然扶病去,来书已是细成文。

其 二

年少才情亦可夸,暂时不见即天涯。
何当弃我先归去,化作楚云散作霞。

其 三

梦中相见语依依,忘却从前抱病归。
四大皆随风火散,去书犹嘱寄秋衣。

其 四

年在桑榆身大同,吾今哭子非龙钟。
交情生死天来大,丝竹安能写此中。

南来消息不堪闻,肠断龙堆日暮云——南来的噩耗使人痛苦不堪,肝肠寸断,天上顿时堆起了层层暮云,昏暗凄凉。

当日虽然扶病去,来书已是细成文——怀林是因病从上党返回龙湖的,但来信已详细写明了怀林去世的噩耗,实在是让人难以置信。

年少才情亦可夸,暂时不见即天涯——怀林年少才高令人赏识,暂时不见就像远走天涯,令人思念不已。

何当弃我先归去,化作楚云散作霞——年轻的怀林为何弃我而去,化成了楚云,散作天边的云霞。

梦中相见语依依,忘却从前抱病归——梦中相见我们在亲切地谈话,忘却了从前你因病从上党回龙湖治疗。

四大皆随风火散,去书犹嘱寄秋衣——世界上一切都是空虚的,写信时还嘱咐寄来秋天的衣服,而今却驾鹤西归了。四大皆空:佛教用语,指世界上一切都是空虚的。古印度认为地、水、火、风是组成宇宙的四种元素,佛教称之为四大。

年在桑榆身大同,吾今哭子非龙钟——年龄已老身处在遥远的塞北大同,现在我痛哭怀林,我还没有老态龙钟。桑榆:落日的馀晖照在桑榆的树梢上,比喻老年时光。大同:今山西大同。李贽的朋友梅国桢任大同巡抚,派人从沁水接李贽去大同。龙钟:身体衰老、行动不灵便的样子。

交情生死天来大,丝竹安能写此中——李贽怀念的不仅是一位弟子,而且是一位忘年之交的朋友。李贽与怀林朝夕相处,亲密无间,他们之间的情谊像天一样高大,任何文字都难以表达李贽无尽的哀伤。李贽是珍重友情的。丝竹:指乐器。"丝"指弦乐器,"竹"指管乐器。很多诗歌是合乐而唱的。笔者认为此处代指诗歌。

这组悼亡诗第一首写诗人得知怀林病逝噩耗时的震惊与悲哀。第二首写少年才俊英年早逝,表达了白发人送黑发人的哀伤。第三首通过对往事的回忆,发出四大皆空、生命无常的感慨。第四首写师徒情同父子生离死别的哀痛。这组诗的悲痛发自内心,情深意切,悲伤酸楚,诗句平易而感人至深。

系中八首(选三)

老病始苏

这组诗出自《续焚书》卷五。万历三十年(1602),李贽被劾入狱,在狱中写了《系中八首》(今存七首),《老病始苏》为第一首。表现出对封建专制迫害的蔑视和置生死于度外的斗争精神。

名山大壑登临遍,独此垣中未入门。
病间始知身在系,几回白日几黄昏。

名山大壑登临遍,独此垣中未入门——名山大壑都登临过了,只是没有进过监狱的门。垣:墙。

病间始知身在系,几回白日几黄昏——生病期间才感觉到被囚禁狱中,不知度过了几个白天几个黄昏。李贽入狱时可能处于昏迷状态。系:囚禁。

李贽从病中苏醒过来,发现自己被囚禁在狱中。不禁浮想联翩,回想走过的人生道路,名山大壑各种路都走过了,怎么最终走进了监狱。这是病中苏醒后对人生的思索。

书能误人

《书能误人》是《系中八首》中的第五首。想到自己因读书著书而遭千古奇冤,李贽以自嘲的语气表达内心的愤慨。

年年岁岁笑书奴,生世无端同处女。
世上何人不读书,书奴却以读书死。

年年岁岁笑书奴,生世无端同处女——我常常嘲笑我这个书奴,一生多在书房里读书,像躲在闺阁中的处女一样。

世上何人不读书,书奴却以读书死——世上何人不读书?书奴却因为读书而死。

李贽晚年专心著书讲学,最终却被囚禁狱中。这首诗回顾了自己的身世,对自己因读书讲学、追求真理而被置于死地表示愤慨。

不是好汉

这是《系中八绝》的第七首。题目用的是反语。

>　　志士不忘在沟壑，勇士不忘丧其元。
>　　我今不死更何待？愿早一命归黄泉。

【注释】

志士不忘在沟壑，勇士不忘丧其元——有志向的人不怕死无葬身之地，勇士是不怕丢脑袋的。元：人头。

我今不死更何待？愿早一命归黄泉——我现在不死还等待什么？但愿早一点命归黄泉。黄泉：指地下的泉水，人死后埋葬的地方，迷信的人指阴间。

【解析】

明朝统治者以"敢倡乱道，惑世诬民"（《明实录》卷三六九）的罪名逮捕李贽入狱。李贽至死不屈，以"志士""勇士"自勉，表现他不怕杀头，不怕死无葬身之地的气概。

◎文

与焦弱侯

题解

本文选自《焚书》卷一书答。焦弱侯,名竑,字弱侯,江宁(今江苏南京)人。李贽的朋友。焦竑曾从督学御史耿定向学习,李贽对此不满,认为耿是假道学,并非真豪杰。因此写信规劝。

人犹水也,豪杰犹巨鱼也。欲救巨鱼,必须异水;欲求豪杰,必须异人[1]。此的然之理也[2]。今夫井,非不清洁也,味非不甘美也,日用饮食非不切切于人[3],若不可缺以旦夕也。然持任公之钓者[4],则未尝井焉之之矣。何也?以井不生鱼也。欲求三寸之鱼,亦了不可得矣[5]。

[1]异人:奇异之人。
[2]的然:显然的。
[3]切切:密切。
[4]然持任公之钓者:然而像任公子那样打算钓大鱼的人。任公,见《庄子·外物》:"任公子为大钩巨缁,五十犗以为饵,蹲乎会稽,投竿东海,旦旦而钓,期年不得鱼。已而大鱼食之,牵巨钩,䧟没而下,惊扬而奋鬐,白波若山,海水震荡,声侔鬼神,惮赫千里。任公子得若鱼,离而腊之,自制河以东,苍梧以北,莫不厌若鱼者。"
[5]了:完全。

今夫海,未尝清洁也,未尝甘旨也。然非万斛之舟不可入[1],非生长于海者不可以履于海。盖能活人[2],亦能杀人;能富人,亦能贫人。其不可恃之以为安,倚之以为常也明矣。然而鲲鹏化焉[3],蛟龙藏焉。万宝之都[4],而吞舟之鱼所乐而游遨也。彼但一开口,而百丈风帆并流以入,曾无所于碍,则其腹中固已江、汉若矣[5]。此其为物,岂豫且之所能制[6],网罟之所能牵邪[7]!自生自死,自去自来,水族千亿,惟有惊怪长太息而已[8],而况人未之见乎!

〔1〕斛(hú)：量器名。方形，口小，底大。古时一斛为十斗，南宋末改为五斗。
〔2〕活人：养活人。
〔3〕鲲鹏化焉：出自《庄子·逍遥游》："北冥有鱼，其名为鲲。鲲之大，不知其几千里也。化而为鸟，其名为鹏。"名为鲲的巨鱼生活在北海中，化作名为鹏的大鸟。
〔4〕万宝之都：比喻大海中有丰富的动物、植物。
〔5〕"彼但一开口"句：吞舟之鱼只要大口一开，巨大的帆船连同海水一起被吞入它的口中，没有一点障碍。大鱼的腹中本来就像长江、汉水一样宽阔。彼：指吞舟之巨鱼。吞舟之鱼出自《庄子·庚桑楚》："吞舟之鱼，砀而失水，则蚁能苦之。"
〔6〕豫且(jū)：古神话中渔者名，又作余且。《庄子·外物》载，余且捕得一只白龟，神龟给宋元君托梦。龟被送到宋元君处，宋元君又想养它又想杀掉它，犹豫不决。占卜的人说："杀掉白龟，用龟壳来占卜，吉祥。"于是白龟被杀掉掏空了。
〔7〕罟(gǔ)：网。
〔8〕惟有惊怪长太息而已：只能吃惊叹息罢了。

余家泉海〔1〕，海边人谓余言："有大鱼入港，潮去不得去〔2〕。呼集数十百人，持刀斧，直上鱼背，恣意砍割，连数十百石，是鱼犹恬然如故也〔3〕。俄而潮至，复乘之而去矣。"然此犹其小者也。乘潮入港，港可容身，则兹鱼亦苦不大也。余有友莫姓者，住雷海之滨〔4〕，同官滇中，亲为我言："有大鱼如山，初视，犹以为云若雾也〔5〕。中午雾尽收，果见一山在海中，连亘若太行，自东徙西，直至半月日乃休。"则是鱼也，其长又奚啻三千馀里者哉〔6〕！

〔1〕余家泉海：李贽是泉州晋江人。
〔2〕潮去不得去：海潮退去了鱼也没有游走。
〔3〕恬然：满不在乎。
〔4〕雷海：指雷州，府治今广东海康县。
〔5〕若：或。
〔6〕啻(chì)：只。

嗟乎！豪杰之士，亦若此焉尔矣。今若索豪士于乡人皆好之中〔1〕，是犹钓鱼于井也，胡可得也！则其人可谓智者欤！何也？豪杰之士决非乡人之所好，而乡人之中亦决不生豪杰。古今贤圣皆豪杰为之，非豪杰而能为圣贤者，自古无之矣。今日夜汲汲〔2〕，欲与天下之豪杰共为贤圣，而乃索豪杰于乡人,则非但失却豪杰,亦且失却贤圣之路矣。所谓北辕而南其辙[3],亦又安可得也?吾见其人决非豪杰,亦决非有为圣贤之真志者。何也?若是真豪杰,决无有不识豪杰之人;若是真志要为圣贤,决无有不知贤圣之路者。尚安有坐井钓鱼之理也!

[1]今若索豪士于乡人皆好之中:现在假如寻找乡间人所喜欢的豪杰之士。索,求索,寻找。
[2]今日夜汲汲:现在心情急切,日夜追求。汲汲,心情急切,日夜追求。
[3]北辕而南其辙:南辕北辙的反用,意思同。

耿定向在提学南京时创"崇正书院",选焦竑入学并拔为学长,这个知遇之恩焦竑是不能忘记的。焦竑又笃信李贽之学,李贽对焦竑认敌为师表示不满,写信给焦竑,说明豪杰之士胸怀宽广、见识广博。全文以比喻说理,生动形象。

这封信采用比喻、夸张的手法,指出清洁的井水中不生鱼,只有波涛翻滚的大海中才有巨鱼,以此来比喻豪杰之士不能到乡人中去寻找。颇有哲理意味。李贽认为圣贤出于豪杰,豪杰必为异人,圣贤出于异人、异端。

答邓石阳书

本文选自《焚书》卷一书答。邓石阳,名林材,李贽的朋友,但两人的哲学观点并不一致。此文写于万历十五年(1587),时在麻城。

穿衣吃饭即是人伦物理[1];除却穿衣吃饭,无伦物矣[2]。世间种种皆衣与饭类耳,故举衣与饭而世间种种自然在其中,非衣食之外更有所谓种种绝与百姓不相同者也。学者只宜于伦物上识真空[3],不当于伦物上辨伦物。故曰:"明于庶物,察于人伦[4]。"于伦物上加明察,则可以达本而识真源;否则,只在伦物上计较忖度[5],终无自得之日矣[6]。支离、易简之辨[7],正在于此。明察得真空[8],则为由仁义行[9];不明察,则为行仁义[10],入于支离而不自觉矣。可不慎乎!

[1]物理:事物的道理。

〔2〕伦物：即人伦物理。人伦是人与人之间的关系准则，物理是事物的道理。

〔3〕学者只宜于伦物上识真空：学者应当从人伦物理上去认识世界万有的虚幻。真空，佛家语。指世界万物的虚幻不实。

〔4〕明于庶物，察于人伦：出自《孟子·离娄下》。孟子曰："舜明于庶物，察于人伦，由仁义行，非行仁义也。"意思是舜懂得事物的道理，了解人与人之间的关系，所以能以仁义之心行事，而不是以仁义为手段去行事。"庶物，犹万物；庶，众多。

〔5〕忖度（cǔnduó）：估量、推测。

〔6〕自得：语出《孟子·离娄下》。孟子曰："故君子欲其自得之也。"自得，自觉地有所收获。

〔7〕支离、易简之辨：散乱而没有条理和简易的区别。支离，分散，引申为散乱而无条理。易简，语出《易·系词上》："易简天下之理得矣。"意思就是简易。

〔8〕明察得真空：明察人伦物理就会了解到世界万有原是虚幻不实的。

〔9〕则为由仁义行：就能由仁义出发去行动。

〔10〕则为行仁义：就会为了博得仁义之名而行事。

昨者复书"真空"十六字，已说得无渗漏矣〔1〕。今复为注解以请正，何如？所谓"空不用空"者〔2〕，谓是太虚空之性，本非人之所能空也。若人能空之〔3〕，则不得谓之太虚空矣，有何奇妙，而欲学者专以见性为极则也耶〔4〕！所谓"终不能空"者，谓若容得一毫人力，便是塞了一分真空，塞了一分真空，便是染了一点尘垢。此一点尘垢便是千劫系驴之橛〔5〕，永不能出离矣〔6〕，可不畏乎？世间荡平大路〔7〕，千人共由，万人共履〔8〕，我在此，兄亦在此，合邑上下俱在此。若自生分别，则反不如百姓日用矣〔9〕，幸裁之〔10〕！

〔1〕已说得无渗漏矣：佛经的道理阐述得周密、严谨。

〔2〕空不用空：这句经文说的是这种极虚空的本性，本来不是人力所为。

〔3〕空之：强使一切（包括人自身的欲望）皆空。佛教观点认为，人自身也是虚幻不实的存在，所以不可以强迫自身没有欲望。这里是批评朱熹"灭人欲"的观点。

〔4〕有何奇妙，而欲学者专以见性为极则也耶：要求学道之人特别把发现自身的佛性作为最高准则是多么奇特巧妙啊！见性，佛家语。指彻见自心之佛性。

〔5〕此一点尘垢便是千劫系驴之橛：这一由人力作伪所造成的污点便成为永远被束缚于尘世烦恼的枷锁、羁绊。千劫，时间长久。劫，梵文"劫波"的略称。古印度传说世界经历若干千万年毁灭一次，然后重新开始，这样一个周期叫做一"劫"。系驴之橛，原指拴驴的木桩，这里比喻把人束缚于痛苦、不幸境地的枷锁。

〔6〕出离：指超出尘世的痛苦、烦恼。

〔7〕荡平：使平坦。

〔8〕履（lǚ）：走，踩。

〔9〕若自生分别，则反不如百姓日用矣：如果要分出高下等级来，就不如百姓日用即道的主张更符合真理了。

〔10〕幸裁之：希望您(指邓石阳)能对此进行判断。

弟老矣〔1〕，作笔草草，甚非其意〔2〕。兄倘有志易简之理〔3〕，不愿虚生此一番，则弟虽吐肝胆之血以相究证〔4〕，亦所甚愿；如依旧横此见解〔5〕，不复以生死为念，千万勿劳赐教也〔6〕！

〔1〕弟：李贽自称。
〔2〕甚非其意：远不能表达对道的理解。
〔3〕易简之理：犹简易之道。这里指泰州学派"百姓日用即道"的主张。
〔4〕究证：研究、证明。
〔5〕如依旧横此见解：如果你依旧坚持这种"存天理灭人欲"的见解。横(hèng)，不循正理。
〔6〕千万勿劳赐教也：千万不要麻烦您给我写信赐教了。

"穿衣吃饭，即是人伦物理"，"百姓日用即道"，李贽将朴素进步的唯物观用佛学理论加以阐释，蒙上了一层佛学神秘主义色彩。

"理欲之辨"是宋明理学的核心。"理"是世界万物的本体，是封建伦理道德的最高规范。"欲"是指人们的欲望嗜好。宋明理学强调"存天理，灭人欲"，要求人们摒弃日常生活欲求，恪守封建伦理的教条。王艮从人的天性出发，创立了"百姓日用之学"。李贽继承了王艮"百姓日用之道即圣人之道"的命题，进一步提出了"穿衣吃饭即是人伦物理"，肯定了人的生存需求和生存权利。李贽认为道就体现在人民的物质生活中，离开了人类赖以生存的物质基础，道就不复存在了。传统的价值标准被李贽颠覆了，取而代之的是人的本真生存标准。

答李见罗先生

此文选自《焚书》卷一书答。李见罗，即李材，字孟城，别号见罗。明丰城人。历官至云南按察使。后因事被劾，囚系十馀年。发戍闽中，后退隐。著书数十万言。

昔在京师时，多承诸公接引〔1〕，而承先生接引尤勤。发蒙启蔽，时或未省,而退实沉思[2]。既久,稍通解耳。师友深恩,永矢不忘,非敢佞也[3]。年来衰老非故矣[4],每念才弱质单,独力难就[5],恐遂为门下鄙弃[6],故往往极意参寻[7],多方选胜[8],冀或有以赞我者[9],而讵意学者之病又尽与某相类耶[10]!但知为人,不知为己[11];惟务好名,不肯务实。夫某既如此矣,又复与此人处,是相随而入于陷阱也。

[1]接引:佛教用语。指佛引导信徒往西天去。此处比喻学问上的启发。

[2]发蒙启蔽,时或未省,而退实沉思:受到您的启发指教,当时如果没有领悟,回去再认真思考。实,实在,认真。

[3]永矢不忘,非敢佞也:永誓不忘,不敢花言巧语。矢,誓。佞(nìng),花言巧语。

[4]年来衰老非故矣:近年来衰老了,精力不比从前。故,从前。

[5]独力难就:靠个人的力量难以取得成就。

[6]恐遂为门下鄙弃:恐怕就会被学生们鄙视、抛弃。门下,学生。

[7]极意参寻:尽心参拜和求教。

[8]多方选胜:多方去寻访在学问上有造诣的人。

[9]冀或有以赞我者:希望有人可以帮助我。赞,帮助。

[10]而讵意学者之病又尽与某相类耶:可哪里知道学者们的毛病又全和我相似呢!讵,岂,表示反问语气。

[11]但知为人,不知为己:只为了哗众取宠,博取名声,不知道充实提高自己。

"无名,天地之始"[1],谁其能念之!以故闭户却扫[2],怡然独坐。或时饱后,散步凉天,箕踞行游[3],出从二三年少,听彼俚歌,聆此笑语,谑弄片时,亦足供醒脾之用,可以省却枳木丸子矣[4]。及其饱闷已过,情景适可,则仍旧如前锁门独坐而读我书也。其纵迹如此[5],岂诚避人哉!若乐于避人,则山林而已矣,不城郭而居也;故土而可矣,不以他乡游也。公其以我为诚然否[6]?然则此道也,非果有夕死之大惧,朝闻之真志,聪明盖世,刚健笃生[7],卓然不为千圣所摇夺者,未可遽以与共学此也。盖必其人至聪至明,至刚至健,而又逼之以夕死,急之以朝闻,乃能退就实地,不惊不震,安稳而踞坐之耳。区区世名,且视为浼己也,肯耽之乎[8]?

[1]无名,天地之始:出自《老子·一章》。道无形体,产生了天地,是天地的本源。

[2]却扫:扫除。李贽有洁癖。

〔3〕箕踞：古人席地而坐，两脚伸直岔开，成簸箕形。

〔4〕听彼俚歌，聆此笑语，谑弄片时，亦足供醒脾之用，可以省却枳木丸子矣：听年轻人唱唱民歌、说说笑话，开一会儿顽笑，足以健脾，还可以省去药丸。枳木丸子，中药丸，有健脾功能。"木"应为"术"(zhú)，中药名。

〔5〕纵迹：放纵的行迹。

〔6〕公其以我为诚然否：您认为我是否果真如此呢？

〔7〕刚健笃生：一生特别坚强执着。笃(dǔ)，一心一意；执着。

〔8〕区区世名，且视为浼己也，肯耽之乎：世俗的名声一点儿也不重要，并且我把它看成是污染自己的东西，怎么会为它而浪费精力呢？区区，不重要。浼(měi)，污染。

　　向时尚有贱累[1]，今皆发回原籍[2]，独身在耳。太和之游，未便卜期[3]。年老力艰，非大得所不敢出门户[4]。且山水以人为重，未有人而千里寻山水者也。闲适之馀，著述颇有，尝自谓当藏名山，以俟后世子云[5]。今者有公[6]，则不啻玄晏先生也[7]。计即呈览[8]，未便以覆酒瓮[9]，其如无力缮写何[10]！

〔1〕贱累：家庭负担。累，负担，家累。李贽要养妻子女儿。

〔2〕今皆发回原籍：把妻子女儿送回泉州。

〔3〕太和之游，未便卜期：游览太和的时间，还不便预订下来。

〔4〕大得所：学问上的大收获。

〔5〕尝自谓当藏名山，以俟后世子云：《史记·太史公自序》："……藏之名山，副在京师，俟后世圣人君子。"子云：即扬雄(前53—后18)西汉文学家、哲学家、语言学家。字子云。为人口吃，不能剧谈，以文章名世。曾模仿司马相如赋作《甘泉》《羽猎》诸赋。仿《论语》作《法言》，仿《易经》作《太玄》。又续《苍颉篇》编成《训纂篇》。李贽以扬雄之类淡于名利而专事读书写作的人为圣人君子，为自己的知音。在《藏书》中，李贽将扬雄列入"德业儒臣"。

〔6〕公：指李见罗。

〔7〕玄晏先生：皇甫谧，晋人，字士安，自号玄晏先生。二十馀岁始致力于学，有志著述，屡征不就。后得风痹病，仍手不释卷。

〔8〕计即呈览：我计划马上把自己的著述送给你阅读。

〔9〕未便以覆酒瓮：这些著述不是只配拿来盖酒坛子的废纸。《汉书·扬雄传》："而钜鹿侯芭常从雄居，受其《太玄》、《法言》焉。刘歆亦尝观之，谓雄曰'空自苦！今学者有禄利，然尚不能明《易》，又如《玄》何？吾恐后人用覆酱瓿也。'"后"覆瓿"为谦词，比喻自己的著作价值不高。"未便以覆酒瓮"说不方便用来覆酒瓮，意思为仍有一定的价值。

〔10〕其如无力缮写何：可惜我没有力气抄写，又怎么办？

　　飘然一身，独往何难。从此东西南北，信无不可[1]，但不肯入公府耳[2]。此一点名心,终难脱却,然亦不须脱却也。世间人以此谓为学者不少矣[3]。由此观之,求一真好名者,举世亦无,则某之闭户又宜矣[4]。

〔1〕信无不可:确实没什么地方不可去。
〔2〕公府:这里指官府。
〔3〕世间人以此谓为学者不少矣:社会上的人们凭这点好名之心就自以为学者的确不算少了。
〔4〕"由此观之"几句:从上述情况看来,想要找一个真正好名的人,举世都找不到。那么我闭门读书又是理所当然的。真好名者:即上文提到的"有夕死之大惧,朝闻之真志","聪明盖世,刚健笃生,卓然不为千圣所摇夺者"。

李见罗是王阳明的再传弟子,他孤高任性、出言不凡。脾气与禀性与李贽相投。在这封信中,李贽谈自己闭门读书的原因:李贽对为"区区世名"而投人所好的"学者"深感失望,不愿再四处登门求教;不愿为寻山水而博得"隐"的名声去耗费宝贵精力;不愿博得清高倨傲、蔑视权贵的虚名,而要做一个真好名者——闭门读书,认真治学。

答焦漪园

此文选自《焚书》卷一。焦漪园(1540—1620),名竑,字弱侯,号澹园,又号漪园。著名学者。焦是李贽的好友。这封信大约写于1588年左右李贽辞官后,时《焚书》与《藏书》已初步完成。

承谕[1],《李氏藏书》[2],谨抄录一通,专人呈览。年来有书三种,惟此一种系千百年是非[3],人更八百,简帙亦繁[4],计不止二千叶矣[5]。更有一种,专与朋辈往来谈佛乘者[6],名曰《李氏焚书》,大抵多因缘语[7]、忿激语,不比寻常套语。恐览者或生怪憾[8],故名曰《焚书》,言其当焚而弃之也。见在者百有馀纸[9],陆续则不可知,今姑未暇录上。又一种则因学士等不明题中大旨[10],乘便写数句贻之积[11],久成帙,名曰《李氏说书》,中间亦甚可观。如得数年未死,将《语》、《孟》逐节发明,亦快人也[12]。惟《藏书》宜闭秘之[13],而喜其论著稍可,亦欲与知音者一谈,是以呈去也。其中人数既多,不尽妥当,则《晋书》、《唐书》、《宋史》之罪[14],非余责也。

注释

〔1〕承谕：谦敬词。承蒙告知。谕，旧时用于上告下。
〔2〕《李氏藏书》：选录了从战国到元末八百名历史人物的史料，并附有李贽的评论。
〔3〕系：关系。
〔4〕简帙亦繁：这里指卷册比较繁多。简，竹简。帙，书的套子。
〔5〕叶：书写一张纸为一叶。
〔6〕佛乘(shèng)：这里指佛学。乘：佛教的教派、教法。
〔7〕因缘：佛教指产生结果的直接原因和辅助促成结果的条件或力量。因：主要根由。缘：次要根由。
〔8〕怪憾：责怪和不满。
〔9〕见(xiàn)：同"现"。
〔10〕学士等不明题中大旨：读书人不明白《四书》中各章节的中心思想。
〔11〕贻：赠送。
〔12〕快：令人痛快。
〔13〕闭秘：封藏。
〔14〕《晋书》：唐朝房玄龄等人编写，书中不少资料取自野史、小说和传闻，谬误很多。《唐书》：这里指《旧唐书》，是后晋刘昫(xū)等人编写的，无底本可据，问题极多。《宋史》：元朝脱脱等人编写。内容庞杂，多有缺漏。南宋部分史实，矛盾极多。

窃以魏、晋诸人标致殊甚〔1〕，一经秽笔〔2〕，反不标致。真英雄子，画作疲软汉矣；真风流名世者，画作俗士；真啖名不济事客〔3〕，画作褒衣大冠〔4〕，以堂堂巍巍自负〔5〕。岂不真可笑！因知范晔尚为人杰〔6〕，《后汉》尚有可观。今不敢谓此书诸传皆已妥当，但以其是非堪为前人出气而已，断断然不宜使俗士见之。望兄细阅一过，如以为无害，则题数句于前，发出编次本意可矣〔7〕，不愿他人作半句文字于其间也。何也？今世想未有知卓吾子者也〔8〕。然此亦惟兄斟酌行之。

〔1〕窃以魏、晋诸人标致殊甚：我私自认为魏晋时代的许多人物很有风度。窃，私下，表示自谦之词。标致：有风度。
〔2〕秽笔：史家污秽之文笔。
〔3〕啖名：贪图名声。
〔4〕褒衣大冠：宽袍大帽。表现出潇洒飘逸的名士气派。褒，宽大。
〔5〕堂堂巍巍：仪表堂堂，身材高大。
〔6〕范晔(398—446)：字蔚宗。南北朝刘宋时的史学家，《后汉书》的作者。李贽认为《后汉书》比较符合历史真实。

〔7〕编次：编排。
〔8〕卓吾子：李贽自称，李贽号卓吾。

　　弟既处远，势难遥度[1]，但不至取怒于人[2]，又不至污辱此书，即为爱我。中间差讹甚多，须细细一番乃可。若论著则不可改易，此吾精神心术所系，法家传爱之书[3]，未易言也。

〔1〕势难遥度(duó)：势必难以推测你的想法。度，推测。
〔2〕取怒于人：言辞激烈，激怒他人。
〔3〕法家传爱之书：这里指负责刑法的官吏记录囚犯供辞的文书。

　　本欲与上人偕往[1]，面承指教，闻白下荒甚[2]，恐途次有徼[3]，稍待麦熟，或可买舟来矣。生平慕西湖佳胜，便于舟舫，且去白下密迩[4]。又今世俗子与一切假道学，共以异端目我，我谓不如遂为异端，免彼等以虚名加我，何如？夫我既已出家矣，特馀此种种耳[5]，又何惜此种种而不以成此名耶！或一会兄而往，或不及会，皆不可知，第早晚有人往白下报曰"西湖上有一白须老而无发者"，必我也夫！必我也夫！从此未涅槃之日[6]，皆以阅藏为事[7]，不复以儒书为意也。

〔1〕与上人偕往：与僧人一起前往。上人，对和尚的尊称。
〔2〕白下：南京的别称。历史上曾在南京附近设立白下县。当时焦漪园住在南京。
〔3〕恐途次有徼：担心旅途中有意外发生。途次，途中停留的地方。徼，警，危急情况。
〔4〕密迩：接近。迩，近。
〔5〕特馀此种种：只剩下很短很少的一些头发。特，只。
〔6〕涅槃(nièpán)：佛教用语，原指超脱生死的境界。这里用作僧人死的代称。
〔7〕藏(zàng)：指佛经。

　　前书所云邓和尚者果何似？第一机即是第二机[1]，月泉和尚以婢为夫人也。第一机不是第二机，豁渠和尚以为真有第二月在天上也。此二老宿[2]，果致虚极而守静笃者乎[3]？何也？盖惟其知实之为虚，是以虚不极，惟其知动之即静，是以静不笃。以是何等境界，而可以推测拟议之哉[4]！故曰"亿则屡中"[5]，非不屡中也，而亿焉则其害深矣。夫惟圣人不亿,不亿故不中,不中则几焉[6]。何时聚首合并[7],共证斯事[8]。

[1]机:佛教名词。机是指受教者的根机。缘是指施教者的因缘。佛教认为根机与因缘凑合,方成教化。
[2]宿(sù):年老的,长期从事某事的。
[3]笃(dǔ):忠实。《老子·十六章》:"致虚极,守敬笃。"
[4]拟议:揣度议论。
[5]亿则屡中:出自《论语·先进》:"赐不受命,而货殖焉,亿则屡中。"意思是端木赐不守本分,经商猜测行情,却总能猜中。亿,通"臆",猜测。
[6]几:接近,差不多。
[7]何时聚首合并:什么时候我们能重逢在一起。
[8]共证斯事:共同证实这件事。

潘雪松闻已行取[1],《三经解》刻在金华[2],当必有相遗[3]。遗者多,则分我一二部。我于《南华》已无稿矣[4],当时特为要删太繁,故于隆寒病中不四五日涂抹之。《老子解》亦以九日成,盖为苏注未惬[5],故就原本添改数行。

[1]潘雪松闻已行取:听说潘雪松已调任京城。潘雪松,潘士藻,号雪松。万历进士,官至御史。著有《洗心斋读易述》。行取,地方官有政绩者经保举、考选,调京师任职,或奉旨召见,均称行取。
[2]金华:今浙江金华,距白下(今江苏南京)不远。
[3]遗(wèi):赠送。
[4]我于《南华》已无稿矣:我对《庄子》的解释已完稿了。《南华》,南华经,即《庄子》。唐玄宗于天宝元年诏号《庄子》为《南华真经》。
[5]盖为苏注未惬:因为苏轼为《老子》作的注释不太恰当。

《心经提纲》则为友人写《心经》毕,尚馀一幅[1],遂续墨而填之,以还其人。皆草草了事,欲以自娱,不意遂成木灾也[2]!若《藏书》则真实可喜。潘新安何如人乎[3]?既已行取,便当居言路作诤臣矣[4],不肖何以受知此老也[5]。其信我如是,岂真心以我为可信乎?抑亦从兄口头,便相随顺信我也[6]?若不待取给他人口头便能自着眼睛[7],索我于牝牡骊黄之外[8],知卓吾子之为世外人也,则当今人才,必不能逃于潘氏藻鉴之外,可以称具眼矣。

〔1〕一幅:一页,一张。
〔2〕木灾:木之灾,比喻刻书印版之多。
〔3〕潘新安:即潘士藻,藩氏藉贯为婺源,古属新安郡,故称潘新安。
〔4〕便当居言路作诤臣矣:处于能说话的地位就应该做一个敢于直言进谏的大臣。
〔5〕不肖何以受知此老也:我这个无能之人不知为何受到这位老先生的知遇。
〔6〕抑亦从兄口头,便相随顺信我也:还是听从您的话,便随您一起信服我呢?
〔7〕若不待取给他人口头便能自着眼睛:如果不需要听从他人的看法,凭自己的判断就能了解我。
〔8〕牝牡骊黄:牝牡指马的性别;骊黄指马的毛色。指非本质的表面现象。此语出自《淮南子·道应》。九方埋善相马,他重视马的本质而非外表。

李贽向挚友焦竑说明《焚书》、《说书》、《藏书》的写作初衷,表明其观点与正统观点相背,所以有"焚毁"和"隐藏"的可能。有人骂他是"异端",他毫不动摇,"不复以儒书为意也"。李贽的观点,有大量的支持者,许多人刻他的书稿以致于成"木灾"。但李贽仍感叹知音甚稀,难得有不附和他人而真正了解他的人。

答耿中丞

此文选自《焚书》卷一书答,写于1584年。耿中丞,即耿定向(1524—1596),字在伦,又字楚桐。湖北黄安人。他曾任都察院左副都御史、刑部左侍郎、户部尚书等职。"中丞"是对御史习惯性的称呼。李贽与耿定向之弟耿定理为好友,一度在耿家居住并任教,所以经常同耿定向发生争论。

昨承教言,深中狂愚之病[1]。夫以率性之真[2],推而扩之,与天下为公[3],乃谓之道。既欲与斯世斯民共由之[4],则其范围曲成之功大矣[5]。"学其可无术欤"[6],此公至言也[7],此公所得于孔子,而深信之以为家法者也[8]。仆又何言之哉[9]!然此乃孔氏之言也,非我也。夫天生一人,自有一人之用,不待取给于孔子而后足也[10]。若必待取足于孔子,则千古以前无孔子,终不得为人乎?故为愿学孔子之说者[11],乃孟子之所以止于孟子[12],仆方痛憾其非夫[13],而公谓我愿之欤[14]?

〔1〕狂愚:与李贽相对立的人攻击李贽"狂愚",李贽就以"狂愚"自居,表示与所谓"贤正"的理学家的

对立。

〔2〕率性之真:遵循人性之本。以下几句是李贽复述耿定向的观点。耿的观点本自《中庸》:"天命之谓性,率性之谓道,修道之谓教。"

〔3〕天下为公:出自《礼记·礼运》。指人们各得其所地生活。

〔4〕斯:这。

〔5〕范围曲成:出自《周易·系辞》:"范围天地之化而不过,曲成万物而不遗。"范围,指包容天地。曲成,指造就万物。

〔6〕学其可无术欤:做学问怎么可以没有一定的方法呢! 其,岂。术,学习方法。

〔7〕公:对人的尊称,这里指耿定向。

〔8〕家法:师徒相传自成一派的学风。

〔9〕仆:自谦的称呼,我。

〔10〕取给(jǐ):得到补充,学习。

〔11〕愿学孔子之说者:出自《孟子·公孙丑上》:"所愿则学孔子也。"愿学孔子之说者指孟轲。

〔12〕止于孟子:停留在孟轲的水平上。

〔13〕仆方痛憾其非夫:我正感到十分遗憾,孟子不算一个大丈夫。

〔14〕而公谓我愿之欤:而您说我想学他吗?

且孔子未尝教人之学孔子也。使孔子而教人以学孔子,何以颜渊问仁〔1〕,而曰"为仁由己"而不由人也欤〔2〕! 何以曰"古之学者为己"〔3〕,又曰"君子求诸己"也欤〔4〕! 惟其由己,故诸子自不必问仁于孔子,惟其为己,故孔子自无学术以授门人。是无人无己之学也〔5〕。无己,故学莫先于克己〔6〕;无人,故教惟在于因人〔7〕。试举一二言之。如仲弓〔8〕,居敬行简人也〔9〕,而问仁焉〔10〕,夫子直指之曰敬恕而已〔11〕。雍也聪明,故悟焉而请事。司马牛遭兄弟之难〔12〕,常怀忧惧,是谨言慎行人也,而问仁焉〔13〕,夫子亦直指之曰"其言也讱"而已〔14〕。牛也不聪,故疑焉而反以未足。

由此观之,孔子亦何尝教人之学孔子也哉! 夫孔子未尝教人之学孔子,而学孔子者务舍己而必以孔子为学,虽公亦必以为真可笑矣。

注释

〔1〕颜渊:孔子的弟子颜回。

〔2〕为仁由己:出自《论语·颜渊》:"为仁由己,而由人乎哉!"孔子认为"仁"是先验固有的东西,所以强调自我修养。

〔3〕古之学者为己:出自《论语·宪问》:"子曰:'古之学者为己,今之学者为人。'"古代的学者学习的目的是提高自己的修养,现在的人学习是为了装饰自己给别人看。

〔4〕君子求诸己:出自《论语·卫灵公》:"子曰:'君子求诸己,小人求诸人。'"

〔5〕无人无己:既不强加于人,也不抹煞自己。李贽在《焚书·寄答耿大中丞》中详细地阐述了"无人无己"的含义,并极力加以推崇,其核心是尊重个性。

〔6〕克己:克制自己。《论语·颜渊》:"子曰:'克己复礼为仁。'"

〔7〕教惟在于因人:施行教育的原则在于要根据每个人的个性特点。

〔8〕仲弓:孔子的门徒冉雍,字仲弓。

〔9〕居敬行简:出自《论语·雍也》。为人严肃认真,办事简洁明快。

〔10〕问仁:仲弓问仁之事,见于《论语·颜渊》。仲弓问怎样做才算是仁,孔子回答说:"出外做事好像去接待贵宾,使用人民好像进行重大的祭典。己所不欲,勿施于人。"

〔11〕夫子直指之曰敬恕而已:孔子直接告诉他做到敬、恕就可以了。

〔12〕司马牛:孔子门徒司马耕,字子牛,相传是宋国司马桓魋(tuí)的弟弟。孔丘有一次路过宋国,率领门徒在大树下演习礼仪,因孔子曾批评桓魋违反周礼,就被桓魋派兵包围,险些丧命。后来桓魋夺权失败,遭到宋国国君打击,全家被迫逃亡。司马牛为他哥哥的事担惊受怕。事见《史记·孔子世家》和《左传·哀公十四年》。

〔13〕问仁:关于司马牛问仁之事见于《论语·颜渊》。司马牛问孔子怎样才是仁,孔子回答说:"仁德的人不轻易出言。"司马牛不理解,以为这太简单了,又追问一次。孔子是针对司马牛性情急躁,爱多说话而言的。

〔14〕讱(rèn):言语迟钝。

　　夫惟孔子未尝以孔子教人学,故其得志也,必不以身为教于天下[1]。是故圣人在上,万物得所[2],有由然也[3]。夫天下之人得所也久矣,所以不得所者,贪暴者扰之[4],而"仁者"害之也。"仁者"天下之失所也而忧之,而汲汲焉欲贻之以得所之域[5]。于是有德礼以格其心[6],有政刑以絷其四体[7],而人始大失所矣。

〔1〕必不以身为教于天下:也一定不以自身作为教育天下的榜样。

〔2〕万物得所:万物都各得其所。

〔3〕有由然也:有原因才这样的。

〔4〕贪暴者扰之:贪暴的帝王、官吏加以骚扰。

〔5〕而汲汲焉欲贻之以得所之域:而急急忙忙地要给他们一个安生之地。汲汲焉,急迫的样子。贻(yí),赠送。

〔6〕德礼:此语出自《论语·为政》。指"德化"和"礼治"。格,改正,限制。

〔7〕有政刑以絷其四体:用政令、刑罚约束他们的行动。絷(zhí),捆绑,束缚。四体,四肢。

　　夫天下之民物众矣[1],若必欲其皆如吾之条理[2],则天地亦且不能。是故寒能折胶[3],而不能折朝市之人[4];热能伏金[5],而不能伏竞奔之子[6]。何也?富贵利达所以厚吾天生之五官[7],其势然也。是故圣人顺之[8],顺之则安之矣。是故贪财者与之以禄,趋势者与之以爵,强有力者与之以权,能者称事而官[9],愞者夹持而使[10]。有德者隆之虚位[11],但取具瞻[12],高才者处以重任,不问出入[13]。各从所好,各骋所长[14],无一人之不中用[15]。何其事之易也?虽欲饰诈以投其好[16],我自无好之可投;虽欲揜丑以著其美[17],我自无丑之可揜,何其说之难也[18]?是非真能明明德于天下[19],而坐致天下太平者欤[20]!是非真能不见一丝作为之迹[21],而自享心逸日休之效者欤[22]!然则孔氏之学术亦妙矣,则虽谓孔子有学有术以教人亦可也。然则无学无术者,其兹孔子之学术欤!

[1]民物众矣:人和事物太多了。
[2]条理:条条框框。
[3]寒能折胶:严寒能使胶变脆而折断。
[4]朝市之人:指争名于朝廷、争利于集市上的一类人。
[5]热能伏金:高温可以熔化金属。苏轼《玉石偈》:"寒至折胶,热至流金。"
[6]竞奔之子:追名逐利者。
[7]厚:满足。
[8]圣人顺之:圣人顺从这种趋势。
[9]称(chèn)事而官:使他的才能和官职相称。
[10]愞者夹持而使:对软弱无能的人带领他干事。愞(nuò),同"懦",软弱无能。
[11]有德者隆之虚位:有道德的人让他高居于只有盛名而无实权的位置上。隆:隆起,抬高。
[12]但取具瞻:只用来供大家敬仰。但,只。具,都。
[13]不问出入:语出《史记·陈丞相世家》。刘邦出黄金(铜)四万斤与陈平让他用来分化项羽集团,不问其出入(指刘邦不过问支出情况)李贽在此指不加干涉之意。
[14]各骋所长:各人施展发挥其特长。骋(chěng),奔跑,这里是施展、发挥的意思。
[15]中:得当。
[16]虽欲饰诈以投其好:即使想用伪装的手段投人所好。
[17]揜(yǎn):同"掩"。著,显示。
[18]说(shuì):劝说。
[19]明明德:语出《大学》:"大学之道,在明明德。"彰明至德,发扬至上的美德。明,发扬。明德,完美的德行。
[20]而坐致天下太平者:端然而坐就导致天下太平的圣王。
[21]见(xiàn):同"现"。 作为:有所作为。
[22]心逸日休:心情舒畅而一天天获得幸福。休,吉,美好。

公既深信而笃行之[1],则虽谓公自己之学术亦可也,但不必人人皆如公耳。故凡公之所为自善[2],所用自广[3],所学自当[4]。仆自敬公[5],不必仆之似公也[6]。公自当爱仆,不必公之贤于仆也[7]。则公此行[8],人人有弹冠之庆矣[9];否则,同者少而异者多[10],贤者少而愚不肖者多,天下果何时而太平乎哉!

〔1〕笃(dǔ)行:忠实奉行。
〔2〕所为自善:所做的自然很好。
〔3〕所用自广:应用推广到普天下。
〔4〕所学自当:所学的自然也很恰当。
〔5〕仆自敬公:我自然要敬重你。
〔6〕不必仆之似公也:不一定非像你那样。
〔7〕不必公之贤于仆也:不一定你就比我贤明。
〔8〕公此行:指1584年耿定向离开家乡去北京任都察院左佥(qiān)都御史一事。都御史,推荐和弹劾官员,往往决定官员的升降,职权很大。
〔9〕弹冠:语出《汉书·王吉传》。弹去帽子上的尘土,准备做官。此处形容高兴得意的样子。
〔10〕同者少而异者多:赞同你的人少,不赞同你的人多。

在这封信中,李贽公开反对偶像崇拜,反对效法孔丘,他嘲讽孔子实际上"无学无术"。李贽认为每个人都有长处,要"各从所好,各骋所长",发展人的"自然之性",满足其"富贵利达"的要求,这是反对封建专制、崇尚个性的积极思想。李贽尖锐地指出"仁者"推行的"德礼"、"政刑"是使天下不安的原因。

耿定向是李贽的主要论敌,李贽用自己所理解的孔子思想批驳论敌,很有针对性。

与杨定见

此文选自《焚书》卷一书答。杨定见是麻城的一位居士。

此事大不可。世间是非纷然,人在是非场中,安能免也。于是非上加起买好远怨等事,此亦细人常态,不足怪也[1]。古人以真情与人,卒至自陷者,不知多少[2],祇有一笑为无事耳。

为彼讲是非,而我又与之讲是非,讲之不已,至于争辩。人之听者,反不以其初之讲是非者为可厌,而反厌彼争辩是非者矣。此事昭然[3],但迷在其中而不觉耳。既恶人讲是非矣,吾又自讲是非。讲之不已,至于争,争不已,至于失声[4],失声不已,至于为仇。失声则损气,多讲则损身,为仇则失亲,其不便宜甚矣。人生世间,一点便宜亦自不知求[5],岂得为智乎?

〔1〕"于是非上加起买好远怨等事"三句:在是非争端面前干些讨好别人、躲避怨恨的事,这是见识短浅的人经常的表现,不值得奇怪。

〔2〕"古人以真情与人"三句:古人把自己的真实感情告诉别人,最终陷入不幸的事情,不知有多少。

〔3〕昭然:很明显。

〔4〕失声:激动得说不出话来。

〔5〕一点便宜亦自不知求:一点好处都不知道为自己谋求。

且我以信义与人交,已是不智矣,而又责人之背信背义,是不智上更加不智,愚上加愚,虽稍知爱身者不为[1],而我可为之乎?虽稍知便宜者必笑,而可坐令人笑我乎[2]?此等去处,我素犯上,但能时时自反而克之,不肯让便宜以与人也[3]。千万一笑,则当下安妥[4],精神复完,胸次复旧开爽。且不论读书作举业事,只一场安稳睡觉,便属自己受用矣[5]。此大可叹事,大可耻事,彼所争与诬者,反不见可叹可耻也。

〔1〕虽稍知爱身者不为:即使稍微还知道爱惜自己的人都不去干。

〔2〕"虽稍知便宜者必笑"二句:即使稍微懂得维护个人利益的人都会嘲笑我们,难道我们愿意让人家嘲笑我们吗?坐令,致使。

〔3〕"此等去处"几句:这样的一些事,我经常犯错误,但是还能经常自我反省而改正,不肯把便宜让别人都占去。

〔4〕千万一笑,则当下安妥:在各种各样的是非面前一笑置之,就会立即平安无事了。

〔5〕受用:享受,得益。

李贽劝杨定见不要去争辩是非,在各种是非面前一笑置之。这只是李贽对友人的劝慰,而不是他的真实性格。

复京中友朋

此文选自《焚书》卷一书答。京中友朋是指李贽的主要论敌耿定向之类的人物。

来教云:"无求饱,无求安[1]。此心无所系著,即便是学。"注云:"心有在而不暇及,若别有学在,非也[2]。就有道则精神相感,此心自正,若谓别出所知见相正,浅矣[3]。"又云:"'苟志于仁矣,无恶也[4]。'恶当作去声,即侯明挞记[5],第欲并生[6],谗说殄行,犹不愤疾于顽[7]。可见自古圣贤,原无恶也。曰'举直错诸枉'[8],错非舍弃之,盖错置之错也。即诸枉者亦要错置之,使之得所,未忍终弃也[9]。又曰:'大学之道,在明明德,在亲民[10]。'只此一亲字,便是孔门学脉[11]。能亲便是生机[12]。些子意思[13],人人俱有,但知体取,就是保任之扩充之耳[14]。"来示如此,敢以实对。

[1]无求饱,无求安:出《论语·学而》:"子曰:'君子食无求饱,居无求安,敏于事而慎于言,就有道而正焉,可谓好学也已。'"人没有过多的欲望,无忧无虑,才是治学的态度。

[2]心有在而不暇及,若别有学在,非也:学习精力集中而无暇顾及其他,如果另有所思,就不对了。

[3]就有道则精神相感,此心自正,若谓别出所知见相正,浅矣:接近有道之人精神受到感染,心自然而然就端正了。如果有道之人另外有什么高见要指教别人,那就浅薄了。

[4]苟志于仁矣,无恶也:见《论语·里仁》。如果有志于培养仁爱之心,就没什么可以憎恶的。

[5]侯明挞记:用鞭棍等打人。《尚书·益稷》:"侯之明之,挞以记之。"孔氏传:"当行射侯之礼以明善恶之教;答挞不是者,使记识其过。"侯,箭靶,这里指射。

[6]第欲:只希望。并生:出自于《尚书·益稷》:"书用识哉,欲并生哉。"孔氏传:"书识其非,欲使改悔,与其并生。" 第欲并生:只希望他们能改悔,与无过者共生存。

[7]谗说殄行,犹不愤疾于顽:《尚书·益稷》:"钦四邻,庶顽谗说,若不在时。"孔安国传:"日近前后左右之臣,敕使敬其职。众顽愚谗说之人,若所行不在于是而为非者,当察之。"谗,说别人的坏话。殄行,残暴的行为。殄,灭除。顽,愚妄。这句话的意思是对说坏话、干坏事的愚蠢狂妄之人,仍无愤恨之情。

[8]举直错诸枉:语出《论语·为政》。哀公问曰:"何为则民服?"孔子对曰:"举直错诸枉,则民服;举枉错诸直,则民不服。"这段话的意思是:鲁哀公问道:"做些什么事才能使百姓服从呢?"孔子回答说:"选拔正直的人安置在奸邪小人的上位,老百姓就会服从;若提拔小人安置在正直人的上位,老百姓就会不服从。"错,通"措",安置。枉,指邪曲小人。

[9]即诸枉者亦要错置之,使之得所,未忍终弃也:即使对那些奸邪小人,也要安置他们,使他们有个

适宜的位置,不忍心完全抛弃他们。

〔10〕大学之道,在明明德,在亲民:语出《礼记·大学》:"大学之道,在明明德,在亲民,在止于至善。"意思是达到最高理想的途径在于彰显自己高尚的德性,在于爱民,在于行为的至善。"大学,至道,最高理想。明明德,彰显美德。第一个明是动词,彰显之意,第二个明是形容词,高尚、美。

〔11〕学脉:指学派传统。

〔12〕能亲便是生机:能亲民爱民就有生命力。

〔13〕些子意思:这一点点意思。

〔14〕但知体取,就是保任之扩充之耳:只要能身体力行并能取得经验教训,就是承担并发扬光大了。保任,承担,承继。

夫曰安饱不求,非其性与人殊也。人生世间,惟有学问一事,故时敏以求之[1],自不知安饱耳,非有心于不求也。若无时敏之学,而徒用心于安饱之间,则伪矣。既时敏于学,则自不得不慎于言。何也?吾之学未曾到手,则何敢言?亦非有意慎密其间,而故谨言以要誉于人也[2]。今之敢为大言,便偃然高坐上[3],必欲为人之师者,皆不敏事之故耳[4]。

〔1〕时敏:经常地、勤勉地。

〔2〕亦非有意慎密其间,而故谨言以要誉于人也:也不是故意小心谨慎地说话以便在人前求取名誉。

〔3〕便偃然高居上:便安然地高居上位。

〔4〕必欲为人之师者,皆不敏事之故耳:一定想为人师,都是因为做学问不勤勉的缘故。

夫惟真实敏事之人,岂但言不敢出,食不知饱,居不知安而已,自然奔走四方,求有道以就正[1]。有道者,好学而自有得,大事到手之人也[2]。此事虽大,而路径万千,有顿入者[3],有渐入者。渐者虽迂远费力,犹可望以深造;若北行而南其辙,入海而上太行,则何益矣!此事犹可[4],但无益耳,未有害也。苟一入邪途,岂非求益反损,所谓"非徒无益而又害之"者乎?是以不敢不就正也。如此就正[5],方谓好学,方能得道,方是大事到手,方谓不负时敏之勤矣。

〔1〕求有道以就正:《论语·学而》:"就有道而正焉。"求教于有道之人以便修正自己。

〔2〕大事:佛家语。原指使众生领悟的佛理。这里指悟道,指领悟做人的大道理,进入最高的理想境界。

〔3〕顿入:佛教指顿然破除妄念,觉悟真理。顿,突然。

〔4〕此事犹可:这种事还能说得过去。

〔5〕如此就正:指上文"求有道以就正",求教于有道之人以便修正自己。

　　如此,则我能明明德。既能明德,则自然亲民。如向日四方有道,为我所就正者,我既真切向道,彼决无有厌恶之理,决无不相亲爱之事,决无不吐肝露胆与我共证明之意〔1〕。何者?明明德者,自然之用固如是也〔2〕。非认此为题目〔3〕,为学脉,而作意以为之也〔4〕。今无明明德之功,而遽曰亲民,是未立而欲行,未走而欲飞,且使圣人"明明德"吃紧一言,全为虚说矣〔5〕。故苟志于仁,则自无厌恶。何者?天下之人,本与仁者一般,圣人不曾高,众人不曾低,自不容有恶耳。所以有恶者,恶乡愿之乱德〔6〕,恶久假之不归〔7〕,名为好学而实不好学者耳。若世间之人,圣人与仁人胡为而恶之哉〔8〕!盖已至于仁,则自然无厌恶,已能明德,则自能亲民。皆自然而然,不容思勉,此圣学之所以为妙也。故曰:"学不厌,知也;教不倦,仁也〔9〕。""性之德也,合内外之道也〔10〕,故时措之宜也〔11〕。"何等自然,何等不容已〔12〕。今人把"不厌""不倦"做题目,在手里做〔13〕,安能做得成,安能真不厌不倦也?

〔1〕决无不吐肝露胆与我共证明之意:决没有不诚心诚意与我共证明学术问题的。
〔2〕明明德者,自然之用固如是也:彰显美德的人,由于本性就是这样,表现是自然而然的。
〔3〕非认此为题目:不把这看作是一个题目。此,指亲民、无所憎恶。
〔4〕作意:特意。
〔5〕且使圣人"明明德"吃紧一言,全为虚说也:而且使"彰显美德"很重要的一句话,完全成了空话。吃紧:要紧,重要。
〔6〕恶乡愿之乱德:憎恶伪善者混淆善恶是非。乡愿,伪善者。愿,谨慎老实。《孟子·尽心下》:"万子曰:'一乡皆称原人焉,无所往而不为原人,孔子以为德之贼,何哉?'……"乡愿也引申为浅陋、胆小无能的人。
〔7〕恶久假之不归:语出《孟子·尽心》:"五霸,假之也。久假而不归,恶知其非有也。"憎恶长期弄虚作假而掩盖真相。归,归还,还原。
〔8〕若世间之人,圣人与仁人胡为而恶之哉:像世间的普通人,圣人与仁人为什么要厌恶他的呢?
〔9〕学不厌,知也;教不倦,仁也:出自《孟子·公孙丑》:"子贡曰:'学不厌,智也,教不倦,仁也。仁且智,夫子既圣矣乎。'"这句话的意思是学习不满足就是智慧,教人而不知疲倦就是仁德。
〔10〕性之德也,合内外之道也:语出《礼记·中庸》:"是故君子诚之为贵。诚者,非自成己而已也,所以成物也。成己,仁也;成物,知也。性之德也,合外内之道也。"人具备高尚道德的根本,是符合人类自身和天地万物发展要求的规律。内,于人事而言;外,于万物而言。
〔11〕故时措之宜也:语出《礼记·中庸》:"故时措之宜也。"圣者仁者到需要的时候能采取自然而适宜的举动。措,用。宜,适宜。

047

〔12〕不容已:不容许强制、做作。已,必,一定。
〔13〕在手里做:指写文章。

圣人只教人为学耳,实能好学,则自然到此。若不肯学,而但言"不厌""不倦",则孔门诸子,当尽能学之矣,何以独称颜子为好学也邪[1]?既称颜子好学不厌,而不曾说颜子为教不倦者,可知明德亲民,教立而道行,独有孔子能任之,虽颜子不敢当乎此矣。今人未明德而便亲民,未能不厌而先学不倦,未能慎言以敏于事,而自谓得道,肆口妄言之不耻,未能一日就有道以求正,而便以有道自居,欲以引正于人人[2]。吾诚不知其何说也。

〔1〕颜子:春秋末鲁国人。名回,字子渊。孔子的得意门生,孔子曾赞扬他的好学精神。
〔2〕引正:导引、指正。

故未明德者,便不可说亲民;未能至仁者,便不可说无厌恶。故曰"毋友不如己者"[1]。以此慎交,犹恐有便辟之友[2],善柔之友[3],故曰"赐也日损"[4],以其悦与不若己者友耳。如之何其可以妄亲而自处于不闻过之地也乎[5]?故欲敏事而自明己德[6],须如颜子终身以孔子为依归,庶无失身之悔[7],而得好学之实。若其他弟子,则不免学夫子之不厌而已,学夫子之不倦而已,毕竟不知夫子之所学为何物,自己之所当有事者为何事[8]。虽同师圣人,而卒无得焉者,岂非以此之故欤!吁!当夫子时[9],而其及门之徒,已如此矣。何怪于今!何怪于今!吁!是亦余之过望也,深可恶也[10]。

〔1〕毋友不如己者:出自《论语·子罕》。子曰:"主忠信,毋友不如己者,过则勿惮改。"意思是要以忠和信两种道德为主,不要跟不如自己的人交朋友,有了过错就不要怕改正。
〔2〕便(pián)辟:逢迎谄媚。
〔3〕善柔:阿谀奉承。
〔4〕赐也日损:端木赐(孔子学生子贡名)越来越不如从前了。损,坏。
〔5〕如之何其可以妄亲而自处于不闻过之地也乎:为什么他要随便地亲近不如自己的人而使自己处于听不到批评的境地呢?
〔6〕故欲敏事而自明己德:所以要勤敏做事来彰显自己的美德。
〔7〕庶无失身之悔:几乎没有丧失节操的悔恨。

〔8〕自己之所当有事者为何事：自己该做什么事情。
〔9〕当夫子时：当孔夫子在世的时候。
〔10〕是亦余之过望也，深可恶也：这也是我对他抱的希望太大了，这太可恶啦！表面上李贽在责怪自己，实则指斥"京中友朋"。

  李贽先将其"来教"的观点一一罗列，然后再逐次批驳，指出其观点歪曲孔学。无求安饱是由于勤学而非做作；四方请教是为了请人指点而不是误入歧途；立志爱人要品德高尚，不自视高人一等而一视同仁，不能做是非不分的老好人和弄虚做假的伪善者。最后以孔子"毋友不如己者"为据，宣告与这些"友朋"决裂。

答耿司寇

  此文选自《焚书》卷一。答耿司寇是一封万言长信，写于1586年。耿司寇即耿定向，司寇是耿当时所任的官职，是对刑部侍郎的习惯称呼。

  此来一番承教〔1〕，方可称真讲学，方可称真朋友。公不知何故而必欲教我，我亦不知何故而必欲求教于公，方可称是不容已真机〔2〕，自有莫知其然而然者矣。

  嗟夫〔3〕！朋友道绝久矣。余尝谬谓千古有君臣，无朋友，岂过论欤〔4〕！夫君犹龙也，下有逆鳞，犯者必死，然而以死谏者相踵也〔5〕。何也？死而博死谏之名，则志士亦愿为之，况未必死而遂有巨福耶？避害之心不足以胜其名利之心，以故犯害而不顾，况无其害而且有大利乎！

  若夫朋友则不然：幸而入，则分毫无我益；不幸而不相入，则小者必争，大者为仇。何心老至以此杀身〔6〕，身杀而名又不成，此其昭昭可鉴也〔7〕。故余谓千古无朋友者，谓无利也。是以犯颜敢谏之士，恒见于君臣之际，而绝不闻之友朋之间。今者何幸而见仆之于公耶〔8〕！是可贵也。又何幸而得公之教仆耶！真可美也。快哉怡哉！居然复见恻恻切切景象矣〔9〕。然则岂惟公爱依仿孔子，仆亦未尝不愿依仿之也〔10〕。

〔1〕承教：承蒙教诲。承，客套话，承蒙。
〔2〕不容已真机：非人为所致的自然存在的机缘。不容已，不可遏止。已，止。

〔3〕嗟夫:感叹词。

〔4〕过:错误,过失。

〔5〕相踵(zhǒng):跟着别人的脚后跟。踵,脚后跟。

〔6〕何心老:即何心隐(1517—1579),明学者,泰州学派的代表人物之一。到处聚徒讲学,曾以计促严嵩罢相,为严党所仇。后得罪张居正,卒遭杀害。

〔7〕昭昭:明白。

〔8〕仆:我。

〔9〕偲偲切切:语出《论语·子路》:"朋友切切偲偲。"偲,同偲(sī),亦作切切偲偲,是相互切磋、相互督促的意思。

〔10〕仆亦未尝不愿依仿之也:我也未尝不愿依仿孔子教育别人。

惟公之所不容已者,在于汎爱人,而不欲其择人;我之所不容已者,在于为吾道得人,而不欲轻以与人,微觉不同耳。公之所不容已者,乃人生十五岁以前《弟子职》诸篇入孝出弟等事〔1〕,我之所不容已者,乃十五成人以后为大人明《大学》〔2〕,欲去明明德于天下等事〔3〕。公之所不容已者博,而惟在于痛痒之末;我之所不容已者专,而惟直收吾开眼之功〔4〕。公之所不容已者,多雨露之滋润,是故不请而自至,如村学训蒙师然,以故取效寡而用力艰;我之所不容已者,多霜雪之凛洌,是故必待价而后沽,又如大将用兵,直先擒王,以故用力少而奏功大。虽各各手段不同,然其为不容已之本心一也〔5〕。心苟一矣,则公不容已之论,固可以相忘于无言矣。若谓公之不容已者为是,我之不容已者为非;公之不容已者是圣学,我之不容已者是异学〔6〕,则吾不能知之矣。公之不容已者是知其不可以已,而必欲其不已者,为真不容已;我之不容已者,是不知其不容已,而自然不容已者,非孔圣人之不容已。则吾又不能知之矣。恐公于此,尚有执已自是之病在〔7〕。恐未可遽以人皆悦之〔8〕,而遽自以为是,而遽非人之不是也。恐未可遽以在邦必闻〔9〕,而遽居之不疑,而遽以人尽异学,通非孔、孟之正脉笑之也〔10〕。

注释

〔1〕《弟子职》:中国古代的学则。见《管子·杂篇》。旧说乃古塾师相传教弟子之法。述弟子受业、应客、坐作、进退、洒扫、馔馈等仪节。

〔2〕《大学》:儒家经典之一,约为秦汉之际的儒家作品。提出了明明德、亲民、止于至善的三纲领和格物、致知、诚意、正心、修身、齐家、治国、平天下的八条目,成为南宋以后理学家讲伦理、政治、哲学的基本纲领。

〔3〕欲去明明德于天下等事:应该在社会上明显地表现出美好品德的事情。明明德,表现美好的品

德。第一个明是动词表现,第二个明是美好,形容词。

〔4〕开眼:佛家语。指领悟佛教的真理。此处泛指领悟真理。

〔5〕本心:指善心。《孟子·告子》:"此之谓失其本心。"孟子主张性善论。南宋陆九渊认为封建道德意识是人心固有的,只要按"本心"去做就是正确的。明代王守仁承袭此说创立心学,李贽受此影响很大。

〔6〕异学:异端之学,即儒学之外的"左道旁门"。

〔7〕执己自是:固执己见,自以为是。

〔8〕遽:遂,就。

〔9〕在邦必闻:在全国有名望。出自《论语·颜渊》。

〔10〕正脉:正统。

我谓公之不容已处若果是,则世人之不容已处总皆是;若世人之不容已处诚未是,则公之不容已处亦未必是也。此又我之真不容已处耳[1]。未知是否,幸一教焉!

试观公之行事[2],殊无甚异于人者。人尽如此,我亦如此,公亦如此。自朝至暮,自有知识以至今日,均之耕田而求食,买地而求种,架屋而求安,读书而求科第[3],居官而求尊显,博求风水以求福荫子孙[4]。种种日用,皆为自己身家计虑,无一厘为人谋者[5]。及乎开口谈学,便说尔为自己,我为他人,尔为自私,我欲利他;我怜东家之饥矣,又思西家之寒难可忍也;某等肯上门教人矣,是孔、孟之志也,某等不肯会人,是自私自利之徒也,某行虽不谨[6],而肯与人为善[7],某等行虽端谨,而好以佛法害人。以此而观,所讲者未必公之所行,所行者又公之所不讲,其与言顾行、行顾言何异乎[8]?以是谓非孔圣之训可乎?翻思此等,反不如市井小夫[9],身履是事,口便说是事,作生意者但说生意,力田作者但说力田,凿凿有味[10],真有德之言[11],令人听之忘厌倦矣。

〔1〕此又我之真不容已处耳:这又是我们真正坚持的地方。

〔2〕公:指耿定向。

〔3〕科第:科举考试。

〔4〕风水:迷信说法。房屋和祖坟所处的地势关系到人的吉凶。　福荫(yìn):指先世给子孙后代带来的好处。

〔5〕厘:长度单位。十毫为一厘,很小的单位。

〔6〕谨:严谨。

〔7〕与人为善:出自《孟子·公孙丑上》,教人做好事。耿定向自称"以兴起纯学为己任",并自称"与人为善"。

〔8〕言顾行、行顾言:这两句话出自《中庸》。说话时考虑能否做得到,做事时想想自己是怎么说的。

〔9〕市井小夫：这里指普通百姓。市井，做买卖的地方。
〔10〕凿凿(zuò)：确确实实。
〔11〕有德之言：有真实内容，给人以启发的话。德，好处。

　　夫孔子所云言顾行者，何也？彼自谓于子臣弟友之道有未能，盖真未之能，非假谦也。
　　人生世间，惟是四者终身用之[1]，安有尽期。若谓我能，则自止而不复有进矣。圣人知此最难尽，故自谓未能。己实未能，则说我不能，是言顾其行也。说我未能，实是不能，是行顾其言也。故为慥慥[2]，故为有恒[3]，故为主忠信[4]，故为毋自欺[5]，故为真圣人耳。不似今人全不知己之未能，而务以此四者责人教人。所求于人者重，而所自任者轻，人其肯信之乎？

〔1〕四者：子臣弟友之道。
〔2〕慥慥(zào)：忠厚老实。
〔3〕有恒：有恒心。此语出自《论语·述而》。
〔4〕主忠信：以忠和信为主。此语出自《论语·学而》。
〔5〕毋自欺：不要欺骗自己。

　　圣人不责人之必能，是以人人皆可以为圣。故阳明先生曰[1]："满街皆圣人。"佛氏亦曰："即心即佛[2]，人人是佛。"夫惟人人之皆圣人也，是以圣人无别不容已道理可以示人也[3]，故曰"予欲无言"[4]。夫惟人人之皆佛也，是以佛未尝度众生也[5]。无众生相[6]，安有人相；无道理相，安有我相。无我相，故能舍己；无人相，故能从人。盖强之也，以亲见人人之皆佛而善与人同故也。善既与人同，何独于我而有善乎？人与我既面此善，何有一人之善而不可取乎？故曰："自耕稼陶渔以至为帝，无非取诸人者。"后人推而诵之曰[8]：即此取人为善，便自与人为善矣[9]。舜初未尝有欲与人为善之心也，使舜先存与善之心以取人[10]，则其取善也必不诚。人心至神，亦遂不之与，舜亦必不能以与人矣[11]。舜惟终身知善之在人，吾惟取之而已。耕稼陶渔之人既无不可取，则千圣万贤之善，独不可取乎？又何必专学孔子而后为正脉也？

〔1〕阳明先生：即王守仁。明代哲学家、教育家。曾筑室故乡余姚(今浙江余姚)阳明洞中,世称阳明先生。他初习程朱理学和佛学,后转陆九渊心学,并发展了陆九渊学说,用来对抗程朱学派。他认为"万事万物之理不外于吾心",否认心外有理、有事、有物。他的学说以反传统的姿态出现,在明代中期以后影响很大。

〔2〕即心即佛：禅宗观点。人心就是佛,指佛性就在人的心里。

〔3〕是以圣人无别不容已道理可以示人也：因此圣人也没有什么特殊的道理拿来告诉别人。

〔4〕予欲无言：语出《论语·阳货》。子曰："予欲无言。"

〔5〕度众生：佛家语。指引导世人脱离世俗烦恼,出离生死。

〔6〕相：佛教名词。对"性"而言。佛教把一切事物外观的形象状态,称为"相"。

〔7〕自耕稼陶渔以至为帝,无非取诸人者：出自《孟子·公孙丑上》。意思是舜从耕于历山及其陶渔皆取人之善谋而从之。

〔8〕推：赞许。

〔9〕即此取人为善,便自与人为善矣：《孟子·公孙丑上》："取诸人以为善,是与人为善者也。"

〔10〕与善：即与人为善,与别人共同为善。

〔11〕"人心至神"三句：人心是最神妙莫测的(他能理解舜之用心在于自我为善),就不和人共同为善,舜也就不能和他共同为善了。

　　夫人既无不可取之善,则我自无善可与,无道可言矣。然则子礼不许讲学之谈〔1〕,亦太苦心矣,安在其为挫抑柳老,而必欲为柳老伸屈,为柳老遮护至此乎〔2〕？又安见其为子礼之口过,而又欲为子礼掩盖之耶？公之用心,亦太琐细矣！既已长篇大篇书行世间,又令别人勿传,是何背戾也〔3〕？反覆详玩〔4〕,公之用心亦太不直矣〔5〕！且于礼未尝自认以为己过,纵有过,渠亦不自盖覆,而公乃反为之覆,此诚何心也？古之君子,其过也如日月之食,人皆见而又皆仰〔6〕；今之君子,岂徒顺之,而又为之辞〔7〕。公其以为何如乎？柳老平生正坐冥然寂然〔8〕,不以介怀〔9〕,故不长进,公独以为柳老夸,又何也？岂公有所憾于柳老而不欲其长进耶〔10〕？然则子礼之爱柳老者心髓,公之爱柳老者皮肤,又不言可知矣。柳老于子礼为兄,渠之兄弟尚多也,而独注意于柳老；柳老又不在仕途,又不与之邻舍与田〔11〕,无可争者。其不为毁柳老以成其私,又可知矣。既无半点私意,则所云者纯是一片赤心,公固聪明,何独昧此乎〔12〕？纵子礼之言不是,则当为子礼惜,而不当为柳老忧。若子礼之言是,则当为柳老惜,固宜将此平日自负孔圣正脉,不容已真机,直为柳老委曲开导。柳老惟知敬信公者也,所言未必不入也。今若此,则何益于柳老,柳老又何贵于与公相知哉！然则子礼口过之称，亦为无可奈何，姑为是言以诖责耳[13]。设使柳老所造已深，未易窥见，则公当大为柳老喜，而又不必患其介意矣。何也？遁世不见知而不悔，此学的也[14]。众人不知我之学，则吾为贤人矣，此可喜也。贤人不知我之学，则我为圣人矣，又不愈可喜乎？圣人不知我之学，则吾为神人矣[15]，尤不愈可喜乎？当时知孔子者唯颜子，虽子贡之徒亦不之知，此真所以为孔子耳，又安在乎必于子礼之知之也？又安见其为挫抑柳老，使刘金吾诸公辈轻视我等也耶[16]？我谓不患人之轻视我等，我等正自轻视耳。区区护名，何时遮盖得完耶？

[1]然则子礼不许讲学之谈：然而周思敬关于不许讲学的一番话。子礼，周思敬，字子礼，号友山。耿定向的学生。

[2]"安在其为挫抑柳老"三句：何以见得周思敬是为了摧残抑制柳老，而后又要替柳老申诉委曲，为柳老遮护至于说出这些话来？挫抑，使挫折、使压抑。柳老，周思久，号柳塘，子礼兄，耿定向的好朋友。伸，同"申"。

[3]背戾：违背情理。

[4]详玩：仔细考虑。

[5]直：正。

[6]"古之君子"三句：《孟子·公孙丑下》："古之君子，其过也如日月之食，民皆见之，及其更也，民皆仰之。"

[7]为之辞：为错误辩解。

[8]正坐冥然寂然：端坐着沉默无言。

[9]不以介怀：不以为意。介，置。

[10]有所憾：有什么仇恨。

[11]邻舍与田：指房屋和田产相邻。

[12]昧：糊涂，不明白。

[13]诖(huàn)责：推卸、逃避责任。

[14]学的：做学问的目的。

[15]神人：道家理想中得道而神秘莫测的人。

[16]刘金吾：其人不详。

且吾闻金吾亦人杰也，公切切焉欲其讲学，是何主意？岂以公之行履[1]，有加于金吾耶？若有加，幸一一示我，我亦看得见也。若不能有加，而欲彼就我讲此无益之虚谈[2]，是又何说也？吾恐不足以诳三尺之童子，而可以诳豪杰之士哉？然则孔子之讲学非欤？孔子直谓圣愚一律,不容加损,所谓麒麟与凡兽并走,凡鸟与凤凰齐飞,皆同类也。所谓万物皆吾同体是也。而独有出类之学[3],唯孔子知之,故孟子言之有味耳。然究其所以出类者,则在于巧中焉,巧处又不可容力。今不于不可用力处参究,而唯欲于致力处着脚,则已失孔、孟不传之秘矣,此为何等事,而又可轻以与人谈耶?

[1]行履:作为。
[2]无益之虚谈:耿定向认为李贽讲学的内容是无益之虚谈。
[3]出类之学:超众的学问。

公闻此,必以为异端人只宜以训蒙为事[1],而但借"明明德"以为题目可矣,何必说此虚无寂灭之教[2],以眩惑人邪?夫所谓仙佛与儒,皆其名耳。孔子知人之好名也,故以名教诱之[3];大雄氏知人之怕死[4],故以死惧之;老氏知人之贪生也[5],故以长生引之。皆不得已权立名色以化诱后人[6],非真实也。唯颜子知之,故曰夫子善诱。今某之行事,有一不与公同者乎?亦好做官,亦好富贵,亦有妻孥,亦有庐舍,亦有朋友,亦会宾客,公岂能胜我乎?何为乎公独有学可讲,独有许多不容已处也?我既与公一同,则一切弃人伦、离妻室、削发披缁等语[7],公亦可以相忘于无言矣。何也?仆未尝有一件不与公同也,但公为大官耳。学问岂因大官长乎?学问如因大官长,则孔、孟当不敢开口矣。

[1]训蒙:犹启蒙,初级教育。训,开道。
[2]虚无寂灭:指道家和佛家思想。
[3]名教:以儒家所定的名分和儒家的教训为准则的道德观念。
[4]大雄氏:佛之德号。佛有大智力,能伏魔障,故名大雄。
[5]老氏:即老子,姓名为李耳,道家学派的创始人。
[6]名色:佛家语。五蕴的总称。佛教认为人身并无一个自我实体,由色蕴、受蕴、想蕴、行蕴、识蕴等五种东西组成。此指人能感受到的各种形象、状态。
[7]缁(zī):黑色。僧人穿缁衣。

且东廓先生[1],非公所得而拟也。东廓先生专发挥阳明先生"良知"之旨[2],以继往开来为己任,其妙处全在不避恶名以救同类之急,公其能此乎？我知公详矣，公其再勿说谎也！须如东廓先生，方可说是真不容已。近时唯龙溪先生足以继之[3]，近溪先生稍能继之[4]。公继东廓先生，终不得也。何也？名心太重也，回护太多也[5]。实多恶也，而专谈志仁无恶；实偏私所好也，而专谈汎爱博爱；实执定己见也；而专谈不可自是。公看近溪有此乎？龙溪有此乎？况东廓哉！此非强为尔也，诸老皆实实见得善与人同，不容分别故耳。既无分别，又何恶乎？公今种种分别如此，举世道学无有当公心者，虽以心斋先生[6]，亦在杂种不入公觳率矣[7]，况其他乎！其同时所喜者，仅仅胡庐山耳[8]。麻城周柳塘、新邑吴少虞[9]，只此二公为特出，则公之取善亦太狭矣，何以能明明德于天下也？

〔1〕东廓先生：即邹守益(1491—1562)，明学者。字谦之，号东廓。安福(今属江西)人。曾任太常少卿兼侍读学士，官至南京国子祭酒。先宗程朱，后师事王守仁，并笃守王学传统。强调"慎独"、"戒惧"为"致良知"的主要修养方法。著作有《东廓集》。

〔2〕良知：孟子认为人生而具有的道德观念。详见《孟子·尽心上》。后来王守仁据此提出"致良知"的学说。

〔3〕龙溪先生：即王畿，明学者。字汝中，别号龙溪。官至南京兵部郎中。王守仁的学生。讲学四十馀年，在吴楚闽越江浙传播王学。把王守仁"良知"学说进一步引向禅学。著作有《龙溪集》。

〔4〕近溪先生：即罗汝芳，明学者。泰州学派代表人物之一。字惟德，号近溪，南城(今属江西)人。曾任刑部主事，官至参政。学于颜钧。聚众讲学，曾以公堂为讲学场所。在"致良知"上，主张"以赤子良心，不学不虑为的，以天地万物同体，彻形骸忘物我为大"《见黄宗羲《明儒学案》》。是王学中更接近禅宗的一派。著作有《近溪子文集》。

〔5〕回护：护短、遮掩。

〔6〕心斋先生：即王艮(1483—1541)，明哲学家。泰州学派的创立者。初名王银，王守仁为其更名，字汝止，号心斋。出身盐丁，后拜王守仁为师，但又"时时不满师说"。以讲学终身。提出了"百姓日用即道"的命题，强调身为家国天下的根本，以"安身立本"作为封建伦理道德的出发点。重视教育，认为"论学则不必论天分"。著作有《王心斋先生遗集》。

〔7〕亦在杂种不入公觳率矣：也在非正统之列，不合您的标准。觳率(gòulǜ)：射箭时根据所射的目标而把弓拉开的程度。这里指称心的范围。

〔8〕胡庐山：胡直(1517—1585)，明学者。字正甫，号庐山。泰和(今属江西)人。曾任四川参议、广西参政，官至福建按察使。王守仁再传弟子。接受佛教"三界唯心"的观点，认为儒、佛在"天地万物不外乎心"一点上并无不同。反对程朱理学"穷理致知"的学说。著作有《胡子衡齐》。

〔9〕麻城周柳塘、新邑吴少虞：周柳塘即周思久，号柳塘，耿定向的好友。吴少虞：耿定向的门徒。

我非不知敬顺公之为美也，以"齐人莫如我敬王"也[1]。亦非不知顺公则公必爱我，公既爱我，则合县士民俱礼敬我，吴少虞亦必敬我，官吏师生人等俱来敬我,何等好过日子,何等快活!公以众人俱来敬我,终不如公一人独知敬我;公一人敬我,终不如公之自敬也。

吁!公果能自敬,则余何说乎!自敬伊何?戒谨不睹,恐惧不闻,毋自欺,求自慊,慎其独[2]。孔圣人之自傲者盖如此。若不能自敬,而能敬人,未之有也。所谓本乱而求末之治,无是理也。故曰"壹是皆以修身为本"[3]。此正脉也,此至易至简之学,守约施博之道,故曰"君子之守,修其身而天下平"[4],又曰"人人亲其亲、长其长而天下平"[5],又曰"上老老而民兴孝"[6],更不言如何去平天下,但只道修身二字而已。孔门之教,如此而已,吾不知何处更有不容已之说也。

〔1〕齐人莫如我敬王:语出《孟子·公孙丑下》。孟子曰:"我非尧舜之道不敢以陈于王前,故齐人莫如我敬王也。"李贽引这一句表示最高的敬意。

〔2〕"戒谨不睹"数句:语意出自于《礼记·中庸》:"是故君子戒慎乎其所不睹,恐惧乎其所不闻。莫见乎隐,莫显乎微,故君子慎其独也。"慊(qiàn):憾,恨。

〔3〕壹是皆以修身为本:语出《礼记·大学》:"自天子以至于庶人,壹是皆以修身为本。其本乱而末治者否矣。"

〔4〕君子之守,修其身而天下平:语出《孟子·尽心下》:"守约而施博者,善道也……君子之守,修其身而天下平。"

〔5〕人人亲其亲、长其长而天下平:语出《孟子·离娄上》:"道在迩而求诸远,事在易而求诸难。人人亲其亲、长其长而天下平。"

〔6〕上老老而民兴孝:出自《礼记·大学》:"所谓平天下在治其国者,上老老而民兴孝,上长长而民兴悌,上恤孤而民不倍,是以君子有絜矩之道也。"老老,尊敬老人。倍,背。絜,执。矩,法。

公勿以修身为易,明明德为不难,恐人便不肯用工夫也。实实欲明明德者,工夫正好艰难,在埋头二三十年,尚未得到手,如何可说无工夫也?龙溪先生年至九十,自二十岁为学,又得明师,所探讨者尽天下书,所求正者尽四方人,到末年方得实诣[1],可谓无工夫乎?公但用自己工夫,勿愁人无工夫用也。有志者自然来共学,无志者虽与之谈何益!近溪先生从幼闻道,一第十年乃官[2],至今七十二岁,犹历涉江湖各处访人,岂专为传法计欤[3]!盖亦有不容已者。此其一生好名,近来稍知藏名之法,历江右、两浙、姑苏以至秣陵[4],无一道学不去参访,虽弟于之求师,未有若彼之切者,可谓致了良知,更无工夫乎?然则公第用起工夫耳[5],儒家书尽足参详,不必别观释典也[6]。解释文字,终难契入[7];

执定己见,终难空空;耘人之田[8],终荒家穰[9]。愿公无以刍荛陶渔之见而弃忽之也[10]。古人甚好察此言耳[11]。

〔1〕实诣:实际的造诣。
〔2〕一第十年乃官:考中进士,过了十年才正式为官。
〔3〕传法:佛教名词。传播佛法或以佛法传后人。此处指传播自己的学说。
〔4〕江右:今江西省。古人以东为左,西为右,此因自江北视之。　两浙:浙东与浙西的合称,大致相当于今浙江省、上海市及江苏省东南部。　姑苏:当时的苏州府。　秣陵:县名,大致在今南京市一带。
〔5〕然则公第用起工夫耳:然而您一旦用功。
〔6〕不必别观释典也:不一定去看佛家经典。
〔7〕契入:深入。契,刻。
〔8〕耘人之田:总是挑别人的毛病。
〔9〕终荒家穰:自己也没有什么收获。家穰(nǎng),自家的丰收。
〔10〕刍荛陶渔:平民百姓。刍荛(chúráo),打柴的人。陶,制瓦器者。渔,捕鱼人。
〔11〕好察此言:喜欢考察和研究平民百姓的话。

　　名乃锢身之锁,闻近老一路无一人相知信者。柳塘初在家时,读其书便十分相信,到南昌则七分,至建昌又减二分[1],则得五分耳。及乎到南京,虽求一分相信,亦无有矣。柳塘之徒曾子,虽有一二分相信,大概亦多惊讶。焦弱侯自谓聪明特达[2],方子及亦以豪杰自负[3],皆弃置大法师不理会之矣[4]。乃知真具只眼者举世绝少[5],而坐令近老受遁世不见知之妙用也[6]。至矣,近老之善藏其用也[7]。曾子回对我言曰:"近老无知者,唯先生一人知之。"吁!我若不知近老,则近老有何用乎!惟我一人知之足矣,何用多知乎!多知即不中用,犹是近名之累,曷足贵欤!故曰"知我者希,则我贵矣"。吾不甘近老之太尊贵也。近老于生,岂同调乎?正尔似公举动耳[8]。乃生深信之,何也?五台与生稍相似[9],公又谓五台公心热,仆心太冷。吁!何其相马于牝牡骊黄之间也[10]!

　　展转千百言,略不识忌讳,又家贫无代书者,执笔草草,绝不成句;又不敢纵笔作大字,恐重取怒于公[11]。书完,遂封上。极知当重病数十日矣,盖贱体尚未甚平,此劳遂难当。但得公一二相信,即刻死填沟壑,亦甚甘愿,公思仆此等何心也?仆佛学也,岂欲与公争名乎,抑争官乎?皆无之矣。公倘不信仆,试以仆此意质之五台,以为何如?以五台公所信也[12]。若以五台亦佛学,试以问之近溪老何如?

〔1〕建昌：府名，今江西南城一带。

〔2〕焦弱侯：焦竑，明代著名学者。万历中以殿试第一为翰林修撰。后因议论时政被贬为宁州同知。不久隐退专事著述。他是李贽的挚友。　特达：仕途非常通达。

〔3〕方子及：其人不详。

〔4〕法师：佛教名词。对精通经典理论并能讲解佛法者的尊称。此大法师指罗近溪。

〔5〕具只眼：有独特眼力。

〔6〕坐令：致使。

〔7〕至矣，近老之善藏其用也：近溪先生善于隐藏他的功用真是到了极点。至，极点。

〔8〕近老于生，岂同调乎？正尔似公举动耳：近溪先生在我看来，难道不和您同调吗？正和您的举动相似。

〔9〕五台：即陆光祖，字与绳，号五台。嘉靖进士，官至工部右侍郎。因忤张居正而引疾归，后再起，官至吏部尚书。广引人才，不念旧恶，心胸宽广，为一代名臣。

〔10〕何其相马于牝牡骊黄之间也：您看人为什么只看外表，不注重本质。牝牡指马的性别，骊黄指马的毛色，代指表面现象。此典出于《淮南子·道应》。九方堙求马，他注重马的本质而不注重表面现象。

〔11〕重：重新，再一次。

〔12〕以五台公所信也：因为五台（陆光祖）是您所相信的人。

公又云："前者《二鸟赋》原为子礼而发〔1〕，不为公也。"夫《二鸟赋》若专为子礼而发，是何待子礼之厚〔2〕，而视不肖之薄也〔3〕！生非护惜人也〔4〕，但能攻发吾之过恶，便是吾之师。吾求公施大炉锤久矣。物不经锻炼，终难成器；人不得切琢，终不成人。吾来求友，非求名也；吾来求道，非求声称也〔5〕。公其勿重为我盖覆可焉！我不喜吾之无过而喜吾过之在人〔6〕，我不患吾之有过而患吾过之不显。此佛说也，非魔说也；此确论也，非戏论也。公试虚其心以观之，何如？

〔1〕《二鸟赋》：当为耿氏所作，内容对李贽多有贬斥。

〔2〕厚：感情深。

〔3〕视不肖之薄也：对我（李贽）多么薄情。不肖，原指品行不好或不才。这里是李贽的自谦之词。薄，薄情。

〔4〕生非护惜人也：我不是爱遮掩自己缺失的人。

〔5〕声称：名誉、赞许。

〔6〕喜吾过之在人：非常高兴别人指出我的过错。

每思公之所以执迷不返者，其病在多欲。古人无他巧妙，直以寡欲为养心之功，诚有味也〔1〕，公今既宗孔子矣，又欲兼通诸圣之长；又欲清,又欲任,又欲和[2]。既于圣人之所以继往开来者,无日夜而不发挥,又于世人之所以光前裕后者[3],无时刻而不系念。又以世人之念为俗念,又欲时时盖覆,只单显出继往开来不容已本心以示于人。分明贪高位厚禄之足以尊显也,三品二品之足以褒宠父祖二亲也,此公之真不容已处也,是正念也。却回护之曰:"我为尧、舜君民而出也,吾以先知先觉自任而出也。"是又欲盖覆此欲也,非公不容已之真本心也。且此又是伊尹志[4],非孔子志也。孔、孟之志,公岂不闻之乎!孔孟之志曰:"故将大有为之君,必有所不召之臣,欲有谋焉则就之,其尊德乐道不如是,不足与有为也[5]。"是以鲁缪公无人乎子思之侧,则不能安子思[6]。孔、孟之家法,其自重如此,其重道也又如此。公法仲尼者,何独于此而不法,而必以法伊尹为也?岂以此非孔圣人之真不容已处乎?吾谓孔、孟当此时若徒随行逐队[7],旅进旅退[8],以恋崇阶[9],则宁终身空室陋巷穷饿而不悔矣。此颜子之善学孔子处也。

〔1〕味:体会。

〔2〕又欲清,又欲任,又欲和:清,清高。任,任事。和,随和。《孟子·万章下》:"伯夷,圣之清者也;伊尹,圣之任者也;柳下惠,圣之和者也。"

〔3〕光前裕后:使前人感到光荣,使后代生活富裕。

〔4〕伊尹:商初大臣。传说是家奴出身,原为有莘氏女的陪嫁之臣。汤用为"小臣",后任以国政。帮助汤攻灭夏桀。汤去世后,历佐卜丙、仲壬二君。仲壬死后,太甲不尊汤法,被他放逐。三年后太甲悔过,又接回复位。伊尹志就是不管所事国君之德操优劣,以先知先觉自任。

〔5〕"故将大有为之君"几句:详见《孟子·公孙丑下》。不足以有为:不值得和这样(不尊德乐道)的国君共事。

〔6〕"是以鲁缪公无人乎子思之侧"二句:详见《孟子·公孙丑下》。鲁缪公尊敬并礼遇子思,子思以道不行为理由准备离去,缪公经常派贤人去挽留他,并且听从子思的建议。子思重新决定留下来。子思,战国初期哲学家,名伋。孔子之孙。相传曾受业于曾子。认为"诚"是世界本原,以"中庸"为其学说的核心。后被尊为"述圣"。《礼记》之中的《中庸》等篇,相传为其所著。

〔7〕随行逐对:随大流。

〔8〕旅进旅退:与众人共进共退。旅,共同。

〔9〕以恋崇阶:喜欢高职位。崇阶,高职位。

不特是也[1]。分明憾克明好超脱不肯注意生孙,却回护之曰[2]:"吾家子侄好超脱,不以嗣续为念。"乃又错怪李卓老曰:"因他超脱,不以嗣续为重,故儿效之耳。"吁吁!生子生孙何事也,乃亦效人乎!且超脱又不当生子乎！即儿好超脱，故未有孙，而公不超脱者也，何故不见多男子乎？我连生四子俱不育〔3〕，老来无力，故以命自安，实未尝超脱也。公何诬我之甚乎！

〔1〕不特是也：不只如此。
〔2〕回护：护短。
〔3〕育：养活。

又不特是也。分明憾克明好超脱，不肯注意举子业〔1〕，却回护之曰："吾家子侄好超脱，不肯著实尽平常分内事。"乃又错怪李卓老曰："因他超脱，不以功名为重，故害我家儿子。"吁吁！卓吾自二十九岁做官以至五十三岁乃休，可曾有半点超脱也！克明年年去北京进场，功名何曾轻乎！时运未至，渠亦未尝不坚忍以俟〔2〕，而翁性急，乃归咎于举业之不工，是而翁欲心太急也〔3〕。世间工此者何限，必皆一一中选，一一早中，则李、杜文章不当见遗，而我与公亦不可以侥幸目之矣〔4〕。

〔1〕举子业：又称举业，指应科举考试的诗文。
〔2〕渠亦未尝不坚忍以俟：他也未尝没有坚忍地等待。渠，他。俟，等待。
〔3〕而翁：尔翁，您这位先生。
〔4〕"则李、杜文章不当见遗"二句：那么李白、杜甫的文章不该被主考官遗漏，而我和你也就不可以侥幸地看到他们的文章了。

夫所谓超脱者，如渊明之徒〔1〕，官既懒做，家事又懒治，乃可耳。今公自谓不超脱者固能理家；而克明之超脱者亦未尝弃家不埋也，又何可以超脱憾之也！既能超脱足追陶公，我能为公致贺，不必憾也。此皆多欲之故，故致背戾，故致错乱，故致昏蔽如此耳。且克明何如人也，筋骨如铁，而肯效颦学步从人脚跟走乎〔2〕！即依人便是优人〔3〕，亦不得谓之克明矣。故使克明即不中举，即不中进士，即不作大官，亦当为天地间有数奇品，超类绝伦，而可以公眼前蹊径限之欤〔4〕？

〔1〕渊明：陶渊明，东晋诗人。曾任江州祭酒、镇军参军、彭泽令等职，因当时社会动乱、政治腐败，决心

去职归隐。

〔2〕效颦:东施效颦,典故出自《庄子·天运》。美女西施病了,皱着眉头,按着胸口。同村的丑女看见了,觉得姿态很美,也学她的样子,却丑得可怕。比喻胡乱模仿,效果很坏。 学步:邯郸学步。典故出自《庄子·秋水》。战国时有个燕国人到赵国都城邯郸去,看到那里的人走路姿态都很美,就跟着人家学,结果不但没学会,连自己原来的走法也忘掉了,只好爬着回去。比喻模仿别人不成,反而丧失了原有的技能。

〔3〕即依人便是优人:如果模仿别人就是演员。优人,艺人,即演员。

〔4〕蹊径:小路。

吴少虞曾对我言曰:"楚倥放肆无忌惮〔1〕,皆尔教之。"我曰:"安得此无天理之谈乎?"吴曰:"虽然,非尔亦由尔,故放肆方稳妥也。"吁吁!楚倥何曾放肆乎?且彼乃吾师,吾惟知师之而已。渠眼空四海,而又肯随人脚跟走乎?苟如此,亦不得谓之楚倥矣。大抵吴之一言一动,皆自公来,若出自公意,公亦太乖张矣〔2〕。纵不具只眼,独可无眼乎〔3〕!吾谓公且虚心以听贱子一言,勿蹉跎误了一生也〔4〕。如欲专为光前裕后事〔5〕,吾知公必不甘,吾知公决兼为继往开来之事者也。一身而二任,虽孔圣必不能。故鲤死则死矣〔6〕,颜死则恸焉〔7〕,妻出更不复再娶〔8〕,鲤死更不闻再买妾以求复生子。无他,为重道也;为道既重,则其他自不入念矣。公于此亦可遽以超脱病之乎!

〔1〕楚倥:即耿定理,耿定向之弟。李贽的好友。
〔2〕乖张:怪僻,不讲情理。
〔3〕纵不具只眼,独可无眼乎:即使不是独具慧眼,怎么能没有一般见识呢?
〔4〕蹉跎(cuōtuó):光阴白白地过去。
〔5〕光前裕后:给前人增光,为后代造福。
〔6〕鲤:孔鲤,孔子之子。
〔7〕颜:颜回,春秋末鲁国人。名回,字子渊,孔子的得意门生。
〔8〕妻出:孔鲤之母后来被出。

然吾观公,实未尝有传道之意,实未尝有重道之念。自公倡道以来,谁是接公道柄者乎〔1〕?他处我不知,新邑是谁继公之真脉者乎〔2〕?面从而背违〔3〕,身教自相与遵守〔4〕,言教则半句不曾奉行之矣〔5〕。以故,我绝不欲与此间人相接。他亦自不与我接。何者?我无可趋之势故耳。吁吁!为师者忘其奔走承奉而来也,乃直任之而不辞曰〔6〕:"吾道德之所感召也。"为弟子者亦忘其为趋势附热而至也〔7〕,乃久假而不归曰:"吾师道也,吾友德也。"吁!以此为学道,即稍稍有志向者,亦不愿与之交,况如仆哉!其杜门不出,非简亢也[8],非绝人逃世也;若欲逃世,则入山之深矣。麻城去公稍远,人又颇多,公之言教亦颇未及,故其中亦自有真人稍可相与处耳。虽上智之资未可即得[9],然个个与语,自然不俗。黄陂祝先生旧曾屡会之于白下[10],生初谓此人质实可与共学[11],特气骨太弱耳[12]。近会方知其能不昧自心,虽非肝胆尽露者,亦可谓能吐肝胆者矣。使其稍加健猛,亦足承载此事[13],愿公加意培植之也。

〔1〕道柄:比喻倡导之举。
〔2〕真脉:真正的传承。
〔3〕面从而背违:表面听从你的话,背地里却违背你的话。
〔4〕身教自相与遵守:你所做的事情他全部能效法。
〔5〕言教则半句不曾奉行之矣:你所讲的连半句也未能照办。
〔6〕乃直任之而不辞曰:却直接听任他说讨好的话而不拒绝。
〔7〕趋势附热:奉承依附有权有势的人。
〔8〕简亢:怠慢,高傲。
〔9〕上智:不教而知者,即圣人。与下愚相对,下愚是教而无益者。
〔10〕黄陂祝先生旧曾屡会之于白下:过去曾经几次与黄陂人祝先生在白下会面。黄陂(pí),县名。一处在湖北,一处在江西。此处可能指湖北黄陂。白下,今江苏南京。
〔11〕质实:质朴诚实。
〔12〕气骨:指刚健之气。
〔13〕此事:传道之事。

闻麻城新选邑初到,柳塘因之欲议立会,请父母为会主[1]。余谓父母爱民,自有本分事,日夜不得闲空,何必另标门户[2],使合县分党也?与会者为贤,则不与会者为不肖矣[3]。使人人有不肖之嫌,是我辈起之也。且父母在,谁不愿入会乎?既愿入会,则入会者必多不肖;既多不肖,则贤者必不肯来。是此会专为会不肖也[4]。岂为会之初意则然哉[5],其势不得不至此耳。况为会何益于父母,徒使小子乘此纷扰县公。县公贤则处置自妙,然犹未免分费精神,使之不得专理民事;设使聪明未必过人,则此会即为断性命之刀斧矣,有仁心者肯为此乎!盖县公若果以性命为重,则能自求师寻友,不必我代之劳苦矣。何也?我思我学道时,正是高阁老、杨吏部、高礼部诸公禁忌之时[6],此时绝无有会,亦绝无有开口说此件者。我时欲此件切,自然寻得朋友,自能会了许多不言之师,安在必立会而后为学乎?此事易晓,乃柳塘亦不知,何也?若谓柳塘之道,举县门生无有一个接得者,今欲趁此传与县公,则宜自将此道指点县公,亦不宜将此不得悟入者尽数招集以乱聪听也[7],若谓县公得道,柳塘欲闻,则柳塘自与之商证可矣,且县公有道,县公自不容已,自能取人会人,亦不必我代之主赤帜也[8]。反覆思惟,总是名心牵引,不得不颠倒耳。

[1]父母:即上文的新邑侯,麻城县县令。封建社会称州县官为父母官。
[2]门户:学术中由见解不同产生的宗派。
[3]不肖:不才,不好。
[4]是此会专为会不肖也:这个文人聚会专门是为了聚集没有才学的文人。第一个会是名词,指文人聚会。第二个会是动词,指聚集的意思。
[5]则然:就是如此。
[6]高阁老:高拱,新郑人,字肃卿,嘉靖进士,累官至文渊阁大学士。 杨吏部:杨博,蒲州人,字惟约,嘉靖进士,官至吏部尚书。 高礼部:高仪,钱塘人,字子象,嘉靖进士,官礼部尚书,曾酌定诸种大典礼,后官至文渊阁大学士。 禁忌之时:指禁止会社之时。
[7]亦不宜将此不得悟入者尽数招集以乱聪听也:也不应该把什么也不懂的人全部招集来以致于扰乱听闻。聪听,听闻。聪,听觉。
[8]"县公自不容已"三句:县令自然要坚持自己的思想主张,自然会选择人、召集人,也不需要我们这些人为他打出耀眼的旗号。赤帜,红旗,这里指耀眼的旗号。

　　李贽在麻城一带影响越大,耿定向的劝教之心就越重,他不想让朋友在"异端邪说"的路上越走越远。
　　李贽对耿定向的劝教颇为反感,他要反戈一击,不顾重病在身,写下了这封长信,篇幅之长可谓"中国书信之最"。
　　李贽锋芒毕露地批评耿定向把自己标榜为孔脉的正宗,把别人视为"旁门左道";责人严责己宽,追求名利不择手段。既想宗孔子重道,又想学伊尹为官;既想以先知先觉自居,又想贪图高官厚禄光宗耀祖。贪欲多,私心重。
　　李贽尽吐两人之分歧,是内心的袒露,是真情的喷发,把耿定向的假道学面目揭露无遗。语言尖锐,逻辑严密。明末清初人钱谦益曾说:"与耿天台往复书累累万言,胥天下之伪学者,莫不胆张心动,恶其害己,于是咸以为妖为幻,噪而逐之。"(《列朝诗集》闰三《卓吾先生李贽》)李贽与耿定向的分歧,是孔孟"正脉"与"异端"思想的冲突。

答邓明府

此文选自《焚书》卷一书答。邓明府是耿定向的弟子邓鼎石。明府是对县令的敬称。邓为耿定向的学生,李贽在此批评耿定向。

某偶尔游方之外,略示形骸虚幻人世如此,且因以逃名避谴于一时所谓贤圣大人者[1]。兹承过辱,勤恳慰谕,虽真肉骨不啻矣[2],何能谢?第日者奉教[3],尚有未尽请益者,谨略陈之[4]。

[1]"某偶尔游方之外"数句:我超然世外,只是偶尔在社会上露一面,并且逃避盛极一时的圣贤对我的指责。方之外,即世外。《庄子·宗师》:"彼游方之外者也。"贤圣大人者,指当时的一些道学家。

[2]兹承过辱,勤恳慰谕,虽真肉骨不啻矣:现在承蒙您过分地屈辱自己,勤恳地慰解我,即使骨肉亲人也赶不上您的一片深情。不啻,不只。

[3]何能谢?第日者奉教:怎样才能表达对您的感激呢?以后要接受您的教诲。第日,以后,次日。

[4]尚有未尽请益者,谨略陈之:还有一些未能完全请教的问题,简略陈述如下。

夫舜之好察迩言者[1],余以为非至圣则不能察,非不自圣则亦不能察也[2]。已至于圣,则自能知众言之非迩,无一迩言而非真圣人之言者。无一迩言而非真圣人之言,则天下无一人而不是真圣人之人明矣。盖强为也,彼盖曾实用知人之功[3],而真见本来面目无人故也[4];实从事为我之学,而亲见本来面目无我故也[5]。本来无我,故本来无圣,本来无圣,又安得见己之为圣人,而天下之人之非圣人耶?本来无人,则本来无迩,本来无迩,又安见迩言之不可察,而更有圣人之言之可以察也耶?故曰:"自耕稼陶渔,无非取诸人者[6]。"居深山之中,木石居而鹿豕游[7],而所闻皆善言,所见皆善行也。此岂强为?法如是故[8]。今试就生一人论之。

[1]夫舜之好察迩言者:舜是喜欢体察世俗民情的人。迩言,浅近之言,指民情民俗。

[2]余以为非至圣则不能察,非不自圣则亦不能察也:我认为不是大圣人就不能体察世俗民情,不是自以为圣人的人也不能体察世俗民情。

〔3〕彼盖曾实用知人之功：圣人曾用功了解人的贤愚。

〔4〕而真见本来面目无人故也：而真正地发现人与人之间没有什么本质的区别。

〔5〕无我：无私。

〔6〕自耕稼陶渔，无非取诸人者：出自《孟子·公孙丑上》。意思是说舜从种庄稼、制陶器、当渔夫一直到掌管天下，没什么优点不是从别人那里学来的。

〔7〕木石居而鹿豕游：树木岩石不动而动物走动。这里指舜住在深山中所处的自然环境。

〔8〕此岂强为？法如是故：这难道是勉强的认识？万物本来就是这样的。法，佛教名词。通指一切事物。

　　生狷隘人也〔1〕，所相与处，至无几也。间或见一二同参从入无门〔2〕，不免生菩提心〔3〕，就此百姓日用处提撕一番〔4〕，如好货，如好色，如勤学，如进取，如多积金宝，如多买田宅为子孙谋，博求风水为儿孙福荫，凡世间一切治生产业等事，皆其所共好而共习，共知而共言者，是真迩言也。于此果能反而求之〔5〕，顿得此心，顿见一切贤圣佛祖大机大用〔6〕，识得本来面目，则无始旷劫未明大事〔7〕，当下了毕〔8〕。此予之实证实得处也，而皆自于好察迩言得之。故不识讳忌，时时提唱此语。而令师反以我为害人〔9〕，诳诱他后生小子〔10〕，深痛恶我。不知他之所谓后生小子，即我之后生小子也，我又安忍害之？但我之所好察者，百姓日用之迩言也。则我亦与百姓同其迩言者，而奈何令师之不好察也？

〔1〕狷(juàn)隘：性情急躁，心胸狭小。

〔2〕间或见一二同参从入无门：有时见一两个同参禅的人在一起研究道学。间或，有时，偶尔。同参，佛教名词。指同参禅的僧侣，后成为一般同学、僧侣间的相互称呼。从入，相随进入。这里指共同研究、学习。无门，指"道"。《道德指归论》："道之为物，窥之无户，察之无门。"

〔3〕菩提心：佛教用语。指觉悟之心。

〔4〕提撕：原指拉耳朵，引申为告诫、提醒。

〔5〕于此果能反而求之：对这些"迩言"如果能反过来思考。

〔6〕顿见一切贤圣佛祖大机大用：顿时会发现贤圣佛祖佛法重大的关键机制和需求。

〔7〕则无始旷劫未明大事：于是历时久远而不能明白的大事。无始旷劫，喻历时长久。

〔8〕当下了毕：当下就明白了。

〔9〕令师：你的老师耿定向。令，美，敬词。

〔10〕诳诱：欺骗、引诱。

　　生言及此〔1〕，非自当于大舜也，亦以不自见圣，而能见人人之皆圣人者与舜同也〔2〕；不知其言之为迩〔3〕，而能好察此迩言者与舜同也。今试就正于门下〔4〕：门下果以与舜同其好察者是乎？不与舜同其好察者乎?自然好察者是乎?强以为迩言之中必有至理,然后从而加意以察之者为是乎?愚以为强而好察者,或可强于一时,必不免败缺于终身,可勉强于众人之前,必不免败露于余一人之后也。此岂余好求胜[5],而务欲令师之必余察也哉[6]!盖以正舜、跖之分[7],利与善之间,至甚可畏而至甚不可以不察也。既系友朋性命,真切甚于肉骨[8],容能自已而一任其不知察乎[9]?俗人不知,谬谓生于令师有所言说[10],非公聪明,孰能遽信余之衷赤也哉[11]!

[1]生言及此:我说这些话。
[2]而能见人人之皆圣人者与舜同也:而是能发现人人都是圣人,这个看法和舜相同。
[3]不知其言之为迩:不认为百姓之言就是浅俗的话。
[4]今试就正于门下:现在我向你请教。门下,指可以传授知识或技艺的人的跟前。
[5]此岂余好求胜:这难道是我争强好胜。
[6]而务欲令师之必余察也哉:而务必想让您的老师像我一样注重考察"迩言"呢!
[7]盖此正舜、跖之分:舜与跖的区别。跖(zhí):春秋战国之际人。一作蹠,旧时被称为盗跖。《荀子·不苟》:"盗跖吟口,名声若日月,与舜禹俱传而不息;然而君子不贵者,非礼之中也。"可见舜与跖的区别是礼义与非礼义之别。
[8]真切:真诚亲切。
[9]容能自已:能允许自己袖手旁观。容,允许。已,止。
[10]谬谓生于令师有所言说:错误地认为我对您的老师有所非议。
[11]孰能遽信余之衷赤也哉:谁就能相信我的赤诚之心呢!遽,就。

然此好察迩言,原是要紧之事,亦原是最难之事。何者?能好察则得本心[1],然非实得本心者决必不能好察。故愚每每大言曰:"如今海内无人。"正谓此也。所以无人者,以世之学者但知欲做无我无人工夫,而不知原来无我无人自不容做也[2]。若有做作,即有安排,便不能久,不免流入欺己欺人不能诚意之病。欲其自得,终无日矣。然愚虽以此好察,日望于令师,亦岂敢遂以此好察迩言取必于令师也哉[3]!但念令师于此,未可遽以为害人,使人反笑令师耳。何也?若以为害人,则孔子"仁者人也"之说[4],孟氏"仁人心也"之说[5],达摩西来单传直指诸说[6],皆为欺世诬人,作诳语以惑乱天下后世矣。尚安得有周、程[7],尚安得有阳明、心斋、大洲诸先生及六祖、马祖、临济诸佛祖事耶[8]?是以不得不为法辨耳。千语万语只是一语[9],千辩万辩不出一辩[10]。恐令师或未能察，故因此附发于大智之前[11]，冀有方便或为我转致之耳。

[1]本心：善心。

[2]自不容做：本来不容许做作。

[3]亦岂敢遂以此好察迩言取必于今师也哉：又怎么敢以喜欢体察世俗民风的要求来勉强您的老师呢？

[4]仁者人也：出自《礼记》。哀公问政，孔子回答为政之道。意思是仁义之道在于爱人。

[5]仁人心也：出自《孟子·告子上》。意思是仁爱是发自人内心的一颗善心。

[6]达摩：菩提达摩，中国佛教禅宗的创始者。相传为南天竺人，南朝宋末航海至广州，后辗转至嵩山少林寺。 单传直指：达摩所创立的传授佛教教义的一种方法。指传授时不立文字，直指人心，见性成佛。

[7]周、程：周敦颐（1017—1073），字茂叔，道州（今湖南道县）人。他是宋明理学的创始人，北宋著名哲学家，学者称他为濂溪先生。 程：程颐、程颢兄弟二人。求学于周敦颐，并同为北宋理学的奠基者，世称二程。有《二程全书》。

[8]阳明：即王守仁（1472—1529），明哲学家、教育家。尝筑室故乡阳明洞中，世称阳明先生。初学程朱理学与佛学，后转陆九渊心学，并发展了陆九渊心学用以对抗程朱理学。他断言"夫万事万物之理不外吾心"，"心明便是天理"。 心斋：即王艮（1483—1541），明哲学家。泰州学派的创立者。初名王银，王守仁为其更名，字汝止，号心斋。出身盐丁，后拜王守仁为师，"时时不满师说"，提出"百姓日用即道"的命题。以讲学终身。 大洲：即赵文肃，曾任明代的翰林院学士，文渊阁大学士。曾因仗义直言，屡忤权奸严嵩，而被罢官。谥号为文肃。 六祖：指禅宗第六代祖师慧能，姓卢。 马祖：僧名。据《景德传灯录·六》：江西道一禅师，汉州人，俗姓马。故称马祖。住南康龚公山。 临济：即慧照禅师义玄，住镇州临济院。为临济宗（禅宗五家之一）之祖。

[9]一语：指道，即发现本心。

[10]一辩：指道，即发现本心。

[11]故因此附发于大智之前：所以趁写信的机会，顺便向你阐发。大智，指邓明府。

　　且愚之所好察者，迩言也。而吾身之所履者，则不贪财也，不好色也，不居权势也，不患失得也，不遗居积于后人也[1]，不求风水以图福荫也。言虽迩而所为复不迩者何居？愚以为此特世之人不知学问者以为不迩耳，自大道观之，则皆迩也；未曾问学者以为迩耳，自大道视之，则皆不迩也。然则人人各自有一种方便法门[2]，既不俟取法于余矣；况万物并育，原不相害者，而谓余能害之，可欤？

[1]遗居积：留遗产。

[2]法门：佛教指修行者入道的门径，这里泛指门径、方法。

吾且以迩言证之：凡今之人，自生至老，自一家以至万家，自一国以至天下，凡迩言中事，孰待教而后行乎？趋利避害，人人同心。是谓天成，是谓众巧，迩言之所以为妙也。大舜之所以好察而为古今之大智也，今令师之所以自为者[1]，未尝有一厘自背于迩言，而所以诏学者[2]，则必曰专志道德，无求功名，不可贪位慕禄也，不可患得患失也，不可贪货贪色、多买宠妾田宅为子孙业也。视一切迩言，皆如毒药利刃，非但不好察之矣。审如是[3]，其谁听之！若曰："我亦知世之人惟迩言是耽，必不我听也[4]，但为人宗师[5]，不得不如此立论以教人耳。"果如此自不妨，古昔皆然，皆以此教导愚人，免使法堂草加深三尺耳矣[6]，但不应昧却此心，便说我客人也。世间未有以大舜望人[7]，而乃以为害人者也；以大舜事令师[8]，而乃以为慢令师者也[9]，此皆至迩至浅至易晓之言，想令师必然听察，第此时作恶已深[10]，未便翻然若江河决耳[11]。故敢直望门下，惟门下大力，自能握此旋转机权也[12]。若曰："居士向日儒服而强谈佛[13]，今居佛国矣，又强谈儒。"则于令师当绝望矣[14]。

[1]所以自为者：所做的一切事情。
[2]所以诏学者：所说的教导学生的话。诏，告。
[3]审如是：果真如是。
[4]"我亦知世之人惟迩言是耽"二句：我也知道世俗之人沉迷于世俗需求，一定不听我的说教。
[5]宗师：指在思想或学术上受人尊崇而可奉为楷模的人。
[6]免使法堂草加深三尺耳矣：意思是如果不以此教导愚人，则无人来听讲，讲堂门口就会长出三尺高的草。
[7]以大舜望人：希望后人能以舜为榜样去行事。
[8]以大舜事令师：用大舜的行为来规劝你的老师。
[9]慢：态度冷淡，没有礼貌。
[10]第此时作恶已深：(你的老师)到此时作事很丑恶。
[11]未便翻然若江河决耳：不能像江河决堤那样迅速彻底地改正。
[12]旋转机权：转变他的关键时机。
[13]居士：不出家的信佛人。这里指李贽。
[14]则于令师当绝望矣：那么对你的老师不能再抱希望了。

李贽的思想核心是"道"。李贽认为道就在"百姓日用"之"迩言"中。他认为好货、好色、勤学、进取、多积金帛，多买田宅为子孙谋，博采风水为儿孙福荫等追求个人利益的行为，都是符合人的天性的，是人的原始欲望，不仅市井小民如此，尽人皆如此，即使大圣大贤，亦不能无势利之心。

李贽还提倡向民众学习。舜向民众学习"耕稼陶渔"的生活技能，所以成为圣人。向民众学习应该是发自内心的真实愿望，而并非勉强做作。最后李贽批评邓明府的老师耿定向反对李向民众学习，认为是毒害学生，而耿自己则大谈为人应如何高尚，实则却与世俗之人无二致。

复焦弱侯

此文选自《焚书》卷二书答。焦弱侯即焦竑，万历十七年进士第一，笃信卓吾之学，二人互相推重，是李贽的朋友。

冲庵方履南京任[1]，南北中外，尚未知税驾之处[2]，而约我于明月楼。舍稳便，就跋涉，株守空山，为侍郎守院[3]，则亦安用李卓老为哉！计且住此，与无念、凤里、近城数公朝夕龙湖之上[4]，所望兄长尽心供职。

[1] 冲庵：明代顾养谦号冲庵，官至户部侍郎、兵部侍郎，总督蓟辽诸军务。胆气过人，遇事有智慧。享有极高的声望。

[2] 税(tuō)驾：休息、停宿。税，通"脱"。司马贞《史记索隐》："脱驾犹解驾，言休息也。"

[3] 侍郎：明朝各部的长官。这里以顾养谦的官职代指其人。　守院：看守空院。院指明月楼，为冲庵之别居。

[4] 与无念、凤里、近城数公：为与李贽同住龙潭湖的僧人。

弟尝谓世间有三等人，致使世间不得太平，皆由两头照管[1]。第一等，怕居官束缚，而心中又舍不得官。既苦其外，又苦其内。此其人颇高，而其心最苦；直至舍了官方得自在。弟等是也。又有一等，本为富贵，而外矫词以为不愿，实欲托此以为荣身之梯，又兼采道德仁义之事以自盖。此其人身心俱劳，无足言者。独有一等，怕作官便舍官，喜作官便作官；喜讲学便讲学，不喜讲学便不肯讲学。此一等人心身俱泰，手足轻安，既无两头照顾之患，又无掩盖表扬之丑[2]，故可称也。赵文肃先生云[3]:"我这个嘴,张子这个脸[4],也做了阁老[5],始信万事有前定。只得心闲一日,便是便宜一日。"世间功名富贵,与夫道德性命,何曾束缚人,人自束缚耳。

[1]两头照管:指两方面的好处都想得到。
[2]掩盖表扬:掩盖追求荣华富贵的内心,表现张扬道德仁义之事。
[3]赵文肃:即赵大洲,谥号为文肃。曾任翰林院学士、文渊阁大学士。曾仗义直言,屡忤权奸严嵩,被罢官。
[4]张子:即张居正(1525—1582),明代政治家。嘉靖时由编修官至侍讲学士领翰林院事。隆庆元年(1567)入阁。穆宗死后与宦官冯保合谋,逐高拱,代为首辅。万历初年,神宗年幼,前后当政十年,推行改革,颇有成效。万历十年(1582)病死。死后被弹劾,尽夺官阶。
[5]阁老:明代称大学士、翰林学士入阁(中央官署)办事者为阁老。

有《出门如见大宾篇·说书》[1],附往请教。大抵圣言切实有用,不是空头,若如说者[2],则安用圣言为耶!世间讲学诸书,明快透髓,自古至今未有如龙溪先生者[3]。弟旧收得颇全,今俱为人取去。诸朋友中读经既难,读大慧法语又难[4],惟读龙溪先生书无不喜者。以此知先生之功在天下后世不浅矣。杨复所《心如谷种论》及《惠迪从逆》作[5],是大作家[6],论首三五翻[7],透彻明甚,可惜末后作道理不称耳[8]。然今人要未能作此。今之学者,官重于名,名重于学,以学起名,以名起官,循环相生,而卒归重于官。使学不足以起名,名不足以起官,则视弃名如敝帚矣。无怪乎有志者多不肯学[9],多以我辈为真光棍也[10]。于此有耻,则羞恶之心自在。今于言不顾行处,不知羞恶[11],而恶人作耍,所谓不能三年丧而小功是察是也[12]。悲夫!

[1]《出门如见大宾篇·说书》:李贽所著《说书》之篇名。
[2]若如说者:假使需要解释。说,解说。
[3]龙溪先生:即王畿(1496—1583),明学者。字汝中,别号龙溪。嘉靖进士。官至南京兵部郎中。王守仁的学生,讲学四十馀年,在吴楚闽越江浙传播王学。把王守仁"良知"学说进一步引向禅学。著作有《龙溪集》。
[4]大慧:南宋高僧,名宗果。　法语:佛教用语。讲佛法的言语。大慧有语录二十卷,敕入大藏经。
[5]杨复所:明人杨起元,号复所。官至吏部侍郎兼侍读学士,为泰州学派后人。
[6]大作家:佛教用语。指禅家有大机用者,此处指杨起元所著对佛家有重大作用。

〔7〕论首三五翻：开头反复三五次。
〔8〕作道理不称：总结的道理与前文不相称。
〔9〕无怪乎有志者多不肯学：无怪乎有志做官的人大多数不肯学习。
〔10〕多以我辈为真光棍也：大多数有志做官的人认为我们这些好学者是一无所有的光棍。
〔11〕"今于言不顾行处"二句：现在对于自己言行不一不知羞耻。
〔12〕所谓不能三年丧而小功是察是也：所谓自己不能为自己的亲人服丧却苛求别人去为远亲服丧，说的就是这种人。小功，服丧五个月，以悼念远亲。

近有《不患人之不己知患不知人·说书》一篇[1]。世间人谁不说我能知人，然夫子独以为患[2]，而帝尧独以为难[3]，则世间自说能知人者，皆妄也。于同学上亲切，则能知人，能知人，则能自知。是知人为自知之要务，故曰"我知言"[4]，又曰"不知言，无以知人"也[5]。于用世上亲切不虚[6]，则自能知人，能知人则由于能自知。是自知为知人之要务，故曰："知人则哲，能官人。"[7]尧舜之知而不遍物，急先务也[8]。先务者，亲贤之谓也。亲贤者，知贤之谓也。自古明君贤相，孰不欲得贤而亲之，而卒所亲者皆不贤，则以不知其人之为不贤而妄以为贤而亲之也。故又曰："不知其人可乎。"[9]知人则不失人，不失人则天下安矣。此尧之所难，夫子大圣人之所深患者，而世人乃易视之。呜呼！亦何其猖狂不思之甚也[10]！况乎以一时之喜怒，一人之爱憎，而欲视天下高蹈远行之士[11]，混俗和光之徒[12]，皮毛臭秽之夫，如周丘其人者哉[13]！故得位非难，立位最难。若但取一概顺己之侣，尊己之辈，则天下之士不来矣。今诵诗读书者有矣，果知人论世否也！平日视孟轲若不足心服，及至临时，恐未能如彼"尚论"切实可用也[14]。

〔1〕《不患人之不己知患不知人·说书》：李贽所著《说书》之篇名。
〔2〕然夫子独以为患：《论语·学而》："不患人之不己知，患不知人也。"
〔3〕而帝尧独以为难：《尚书·皋陶谟》载，皋陶曰："都，在知人在安民。"禹曰："吁，咸若时，惟帝其难之。"意思是皋陶说："人君的责任在于安民。"禹说："人君都能如此就太好了，尧帝还觉得知人安民是难事，何况别人呢！"都，感叹词。
〔4〕我知言：出自《孟子·公孙丑》："我知言，我善养吾浩然之气。"
〔5〕不知言，无以知人：出自《论语·尧曰》："孔子曰：'不知命，无以为君子也；不知礼，无以立也；不知言，无以知人也。'"意思是不了解别人言语的正误，就不能了解人的善恶。
〔6〕于用世上亲切不虚：在为官之时能亲察实情而不虚伪。用世，出仕，作官。
〔7〕知人则哲，能官人：出自《尚书·皋陶谟》："禹曰：'知人则哲，能官人。'"意思是了解别人的善恶就

富有智慧,就能任用人。

〔8〕尧舜之知而不遍物,急先务也:尧舜了解的事情也不是面面俱到,而是先了解急需的事情。

〔9〕不知其人可乎:出自《孟子·万章下》。意思是不了解他们的为人可以吗?

〔10〕猖狂:凶猛而放肆。

〔11〕高蹈远行之士:指隐居山林不仕者。

〔12〕混俗和光之徒:指隐身于世俗之中的贤人。《老子·道德经》:"和其光,同其尘。"原指道的属性,此处已改变了原意,化其意而用之。

〔13〕皮毛臭秽之夫,如周丘其人者哉:指身为普通劳动者如屠夫之类的隐士,像庄周、孔丘这样的人。

〔14〕尚论:议论古人之事。《孟子·万章下》:"以友天下之善士为未足,又尚论古之人。"尚,同上。此处的"尚论"指孟子论为友之道。

极知世之学者以我此言为妄诞逆耳,然逆耳不受,将未免复蹈同心商证故辙矣[1],则亦安用此大官以诳朝廷,欺天下士为哉!毒药利病,刮骨刺血,非大勇如关云长者不能受也,不可以自负孔子、孟轲者而顾不如一关义勇武安王者也[2]。

〔1〕同心商证:与看法一致的人一起商讨证明。指喜听顺耳之言。

〔2〕不可以自负孔子、孟轲者而顾不如一关义勇武安王者也:如果以孔子、孟轲的传人自居还惧怕利病的毒药,那还不如刮骨刺血的关羽呢。刮骨刺血,事见《三国志》第三十六卷《关羽传》。

苏长公何如人[1],故其文章自然惊天动地。世人不知,只以文章称之,不知文章直彼馀事耳,世未有其人不能卓立而能文章垂不朽者[2]。弟于全刻抄出作四册,俱世人所未取。世人所取者,世人所知耳,亦长公俯就世人而作也[3]。至其真洪钟大吕[4],大扣大鸣,小扣小应,俱系精神髓骨所在,弟今尽数录出,时一披阅,心事宛然[5],如对长公披面语。憾不得再写一部,呈去请教尔。倘印出[6],令学生子置在案头,初场二场三场毕具矣[7]。

〔1〕苏长公何如人:苏轼是何等知名的人物。长公,相对其弟苏辙而言。

〔2〕卓立:高大而正直。

〔3〕俯就:将就。

〔4〕洪钟大吕:指苏轼的豪迈文风。洪钟,大钟。大吕,十二律中的第二律。

〔5〕心事宛然:指苏轼的文章表现他的内心世界。宛然,仿佛。

〔6〕倘：表示假设,假如。

〔7〕初场二场三场毕具矣：李贽选编了苏轼文四册,三场考试可以参考的文章都齐备了。初场二场三场,明清两代科举乡试(考举人)与会试(考贡士、进士)分三场进行。

龙溪先生全刻〔1〕,千万记心遗我！若近溪先生刻〔2〕,不足观也。盖《近溪语录》须领悟者乃能观于言语之外,不然,未免反加绳束,非如王先生字字皆解脱门〔3〕,既得者读之足以印心,未得者读之足以证入也〔4〕。

〔1〕龙溪先生：即王畿(1498—1583),明学者。字汝中,别号龙溪。山阴(今浙江绍兴)人。嘉靖进士。官至南京兵部郎中。王守仁的学生。讲学四十余年,在吴楚闽越江浙传播王学。把王守仁"良知"学说进一步引向禅学。著作有《龙溪集》。

〔2〕近溪先生：即罗汝芳(1515—1588),明学者。泰州学派代表人物之一。字惟德,号近溪。嘉靖进士。曾任刑部主事,官至参政。聚众讲学,曾以公堂为讲学场所。在"致良知"上,主张"以赤子良心,不学不虑为的,以天地万物同体,彻形骸忘我为大"(见黄宗羲《明儒学案》)。是王学中更接近禅宗的一派。著作有《近溪子文集》。

〔3〕非如王先生字字皆解脱门：不像王畿的文章那样,字字句句都能启发人步入脱离烦恼而自在无碍的门径。解脱,佛教名词,脱离烦恼。

〔4〕既得者读之足以印心,未得者读之足以证入也：已得解脱的人读了王畿的文章可与他心心相印,还未得佛性的人读了王先生的文章可以有所领悟并逐渐步入最高境界。印心,合心。证人,由领悟而进入。

焦弱侯是李贽的挚友,焦笃信李贽的学问,所以信中多探讨学术问题。

又与焦弱侯

此文选自《焚书》卷二书答,是李贽写给焦弱侯的一封信。焦竑(1540—1620),字弱侯,江宁(南京)人,明代翰林院修撰,是李贽的密友。文中表现出李贽对伪道学家的深恶痛绝,从讽刺调侃到直言斥责,无不使道学先生的虚伪情态昭然于世。这封信是李贽反理学的一篇代表之作。

郑子玄者,丘长孺父子文会友也〔1〕。文虽不如其父子,而质实有耻〔2〕,不肯讲学〔3〕,亦可喜,故喜之。盖彼全不曾亲见颜、曾、思、孟〔4〕,又不曾亲见周、程、张、朱〔5〕,但见今之讲周、程、张、朱者,以为周、程、张、朱实实如是尔也,故耻而不肯讲。不讲虽是过,然使学者耻而不讲,以为周、程、张、朱卒如是而止，则今之讲周、程、张、朱者可诛也。此以为周、程、张、朱者皆口谈道德而心存高官，志在巨富；既已得高官巨富矣，仍讲道德，说仁义自若也；又从而哓哓然语人曰[6]："我欲厉俗而风世[7]。"此谓败俗伤世者，莫甚于讲周、程、张、朱者也，是以益不信。不信故不讲。然则不讲亦未过矣。

〔1〕郑子玄、丘长孺父子：是李贽在麻城讲学期间的朋友。　文会：当时文人相互切磋文章、学问的组织。
〔2〕质实有耻：品质诚实，知道羞耻。
〔3〕讲学：讲理学。
〔4〕颜、曾、思、孟：指颜渊、曾参(shēn)、子思、孟轲。颜、曾为孔子弟子。子思，孔子的孙子孔伋，字子思。孟轲，受业于子思。
〔5〕周、程、张、朱：宋代理学家周敦颐、程颐、程颢、张载、朱熹，是宋代理学的主要代表人物。
〔6〕哓哓(xiāo)：形容争辩的声音。原指鸟类因恐惧而发出的鸣叫声。
〔7〕厉俗而风世：改良风俗，感化世人。厉，同"砺"，磨砺。风，教育感化。

　　黄生过此[1]，闻其自京师往长芦抽丰[2]，复跟长芦长官别赴新任。至九江[3]，遇一显者[4]，乃舍旧从新，随转而北，冲风冒寒，不顾年老生死。既到麻城[5]，见我言曰："我欲游嵩、少[6]，彼显者亦欲游嵩、少，拉我同行，是以至此。然显者俟我于城中[7]，势不能一宿。回日当复道此，道此则多聚三五日而别，兹卒卒诚难割舍云[8]。"其言如此，其情何如？我揣其中实为林汝宁好一口食难割舍耳[9]。然林汝宁向者三任[10]，彼无一任不往，往必满载而归，兹尚未厌足，如饿狗思想隔日屎，乃敢欺我以为游嵩、少。夫以游嵩、少藏林汝宁之抽丰来赚我[11]，又恐林汝宁之疑其为再寻己也，复以舍不得李卓老，当再来访李卓老，以赚林汝宁，名利两得，身行俱全。

　　我与林汝宁皆在其术中而不悟矣，可不谓巧乎[12]！今之道学，何以异此！

〔1〕黄生：从下文看此人是一个讲道学的人。
〔2〕自京师往长芦抽丰：从京师到长芦从有钱有势的人那里捞取钱财。京师，京城，今北京。长芦，今河北沧州市西。抽丰，也叫"秋风"或"打秋风"。封建社会一些人利用各种关系假借各种名义，从有钱有势的人那里捞取财物，骗取馈赠。

〔3〕九江：今江西九江市。
〔4〕显者：指所谓有名望、有地位之人。
〔5〕麻城：今湖北麻城县。当时李贽住在这里。
〔6〕嵩：嵩山，在今河南登封县北。 少：少室山，在今河南登封县北，少室山北麓五乳峰下有少林寺。
〔7〕俟(sì)：等候。
〔8〕卒卒(cù)：匆匆忙忙，卒，同"猝"。
〔9〕林汝宁：可能是当时河南汝宁知府林云程。从上下文推测，可能是上文所说的"显者"。 好一口食：代指一笔钱财。
〔10〕然林汝宁向者三任：然而林汝宁从前曾三次赴新任。向者，从前。
〔11〕以游嵩、少藏林汝宁之抽丰来赚我：以游览嵩山、少室山作借口而隐藏捞取林汝宁赴任的钱财油水，讨好李贽。赚(qiè)，通"慊"，指满足、快意。
〔12〕巧：指机巧、奸诈。

　　由此观之，今之所谓圣人者，其与今之所谓山人者一也〔1〕，特有幸不幸之异耳。幸而能诗，则自称曰山人；不幸而不能诗，则辞却山人而以圣人名。幸而能讲良知，则自称曰圣人；不幸而不能讲良知，则谢却圣人而以山人称。展转反覆〔2〕，以欺世获利，名为山人而心同商贾，口谈道德而志在穿窬〔3〕。夫名山人而心商贾，既已可鄙矣，乃反掩抽丰而显嵩、少，谓人可得而欺焉，尤可鄙也！今之讲道德性命者〔4〕，皆游嵩、少者也；今之患得患失，志于高官重禄，好田宅，美风水，以为子孙荫者〔5〕，皆其托名于林汝宁，以为舍不得李卓老者也。然则郑子玄之不讲学，信乎其不足怪矣。

〔1〕山人：原指隐士，这里指明代的一种读书人，自称"山人"，标榜清高，实际却经常奔走于权势之门，到处打秋风，捞钱财。
〔2〕展转：同"辗转"，翻来覆去。
〔3〕穿窬(yú)：指偷窃行为。穿，穿壁。窬，爬墙，通"踰"。
〔4〕性命：理学家认为上天把"理"赋予人，叫做性；人的富贵贫贱、长寿短命等是天的意志，叫做命。
〔5〕荫：庇护。

　　且商贾亦何可鄙之有？挟数万之赀〔1〕，经风涛之险，受辱于关吏，忍诟于市易〔2〕，辛勤万状，所挟者重，所得者末。然必交结于卿大夫之门，然后可以收其利而远其害，安能傲然而坐于公卿大夫之上哉！今山人者，名之为商贾，则其实不持一文；称之为山人，则非公卿之门不履〔3〕，故可贱耳。虽然,我宁无有是乎?然安知我无商贾之行之心,而释迦其衣以欺世而盗名也耶[4]?有则幸为我加诛,我不护痛也。虽然,若其患得而又患失,买田宅、求风水等事,决知免矣[5]。

[1]赀(zī):同"资",钱财,资金。
[2]诟(gòu):辱骂。
[3]履(lǚ):原指鞋子,这里指"踏"的意思。
[4]而释迦其衣以欺世而盗名:穿着佛家的外衣欺世盗名。释迦,佛教创始人释迦牟尼的简称,代指佛教。
[5]绝知免矣:绝对没有的。

这封信表现了李贽对程朱理学的批判精神。李贽揭露了假道学"展转反覆,以欺世获利,名为山人而心同商贾,口谈道德而志在穿窬"的虚伪丑恶的灵魂。文笔犀利,具有讽刺意味。

在揭露"口谈道德而心存高官,志在巨富"的假道学之后,李贽大力肯定商人的生存价值。商人依靠自己的能力,经历风险获得钱财,经商致富,和农民耕种一样,应当得到社会的承认和尊重。李贽替商人辩护,带有鲜明的时代特征,这是资本主义萌芽在思想领域的反映。

复邓鼎石

此文选自《焚书》卷二书答。邓鼎石,可能是邓应祈,当时任湖北麻城县令,李贽的友人。

杜甫非耒阳之贤[1],则不免于大水之厄;相如非临邛[2],则程郑、卓王孙辈当以粪壤视之矣[3]。势到逼迫时,一粒一金一青目[4],便高增十倍价,理势然也,第此时此际大难为区处耳[5]。谨谢!谨谢!

[1]耒(lěi)阳之贤:指唐代曾任耒阳(今属湖南省)县令的聂某。杜甫于公元770年坐船去湖南投靠亲友,中途因涨大水,几天没有食物。聂某听说后,派人送去酒肉。
[2]相如:西汉文学家司马相如。 临邛(qióng):县名,在今四川省。这里用临邛县名代指县令王吉,司马相如在贫贱时受到临邛县令王吉的敬重。

〔3〕程郑、卓王孙：临邛县的两个富豪。
〔4〕青目：黑色的眼珠在中间，是对人喜爱和重视的一种表情。
〔5〕第此时此际大难为区处耳：只是此时处境太困难了。第，只是。区处，处境。

　　焦心劳思，虽知情不容已，然亦无可如何，祇得尽吾力之所能为者。闻长沙、衡、永间大熟[1]，襄、汉亦好[2]，但得官为籴本[3]，付托得人，不拘上流下流，或麦或米，令惯籴上户，各赍银两[4]，前去出产地面籴买，流水不绝，运到水次[5]，官复定为平价，贫民来籴者，不拘银数多少，少者虽至二钱三钱亦与方便。但有银到，即流水收银给票，令其自赴水次搬取。出籴者有利则乐于趋事，而籴本自然不失；贫民来转籴者既有粮有米，有谷有麦，亦自然不慌矣。

　　至于给票发谷之间，简便周至，使人不阻不滞，则自有仁慈父母在[6]。且当此际，便一分，实受一分赐，其感戴父母，又自不同也。

〔1〕衡、永：衡，今湖南衡阳。永，明代永州，今湖南零陵。
〔2〕襄、汉：襄，今湖北襄阳。汉，今湖北汉口。
〔3〕籴(dí)：买粮。
〔4〕赍(jī)：携带。
〔5〕水次：码头。
〔6〕仁慈父母：封建社会称州、县地方官吏为"仁慈父母"。

　　仆谓在今日[1]，其所当为，与所得为，所急急为者[2]，不过如此。若曰"救荒无奇策"，此则俗儒之妄谈，何可听哉！世间何事不可处[3]，何时不可救乎？尧无九年水[4]，以有救水之奇策也。汤无七年旱[5]，以有救旱之奇策也。此谓蓄积多而备先具者，特言其豫备之一事耳，非临时救之之策也。惟是世人无才无术，或有才术矣，又恐利害及身，百般趋避，故亦遂因循不理，安坐待毙。然虽自谓不能，而未敢遽谓人皆不能也[6]。独有一等俗儒，己所不能为者，便谓人决不能为，而又敢倡为大言曰："救荒无奇策。"呜呼！斯言出而阻天下之救荒者，必此人也。然则俗儒之为天下虐，其毒岂不甚哉！

〔1〕仆：我，自谦之词。

〔2〕所急急为者：应该抓紧做的。
〔3〕处：处理，办理。
〔4〕尧无九年水：传说唐尧时连涝九年，没有成灾。
〔5〕汤无七年旱：传说商汤时连旱七年，没有成灾。
〔6〕遽(jù)：匆忙，断然。

李贽给邓鼎石回信之时，湖北麻城一带发生了水灾。俗儒在自然灾害面前说"救荒无奇策"，对此，李贽加以驳斥，并提出"世间何事不可处，何时不可救"的论断。

答以女人学道为见短书

文章选自《焚书》卷二书答。万历十六年，李贽在麻城芝佛院著述讲学，趋从者若鹜。李贽对求教的女弟子也给予指导，并与寡居在家的大同巡抚梅国桢之女梅澹然互通书信探讨佛理，为此道学家攻击他，并说："妇人见短，不堪学道。"李贽写这封信批驳了这种观点，提出了女子和男子在才智上没有差别，女子同样可以参政治国、写诗作文。

昨闻大教，谓妇人见短，不堪学道〔1〕。诚然哉！诚然哉！夫妇人不出阃域〔2〕，而男子则桑弧蓬矢以射四方〔3〕，见有长短，不待言也。但所谓短见者，谓所见不出闺阁之间；而远见者，则深察乎昭旷之原也。短见者只见得百年之内，或近而子孙，又近而一身而已；远见则超于形骸之外，出乎死生之表，极于百千万亿劫不可算数譬喻之域是已〔4〕。短见者祇听得街谈巷议、市井小儿之语，而远见则能深畏乎大人，不敢侮于圣言〔5〕，更不惑于流俗憎爱之口也。余窃谓欲论见之长短者当如此，不可止以妇人之见为见短也。故谓人有男女则可，谓见有男女岂可乎？

〔1〕道：这里指佛学。
〔2〕阃(kǔn)域：指妇女居住的内室。阃，门槛。
〔3〕桑弧蓬矢以射四方：出自《礼记·内则》："国君世子生……射人以桑弧蓬矢六，射天地四方。"意思是国君生了儿子，命令射手用桑木做的弓和蓬杆做的箭六支，射向天、地和东南西北四方。据说桑是万木之本，蓬是御乱之草，举行这样的仪式，象征着国君之子将来志在四方，能治国安邦。此处用意是在说明男

子活动范围广阔,象征着男子志在四方。

〔4〕劫:佛学名词。古印度认为世界经历若干万年毁灭一次,重新再开始。这样一个周期叫一劫。

〔5〕畏乎大人,不敢侮于圣言:出于《论语·季氏》:"子曰:'君子有三畏:畏天命,畏大人,畏圣人之言。'"这里引用的意思是对大人深怀敬畏,不敢触犯圣人的言论。

  谓见有长短则可,谓男子之见尽长,女人之见尽短,又岂可乎?设使女人其身而男子其见,乐闻正论而知俗语之不足听,乐学出世而知浮世之不足恋〔1〕,则恐当世男子视之,皆当羞愧流汗,不敢出声矣。此盖孔圣人所以周流天下〔2〕,欲庶几一遇而不可得者〔3〕,今反视之为短见之人,不亦冤乎!冤不冤,与此人何与,但恐傍观者丑耳〔4〕。

〔1〕出世:佛家语,摆脱人世间的束缚。 浮世:佛家语。佛家认为人世是沉浮不定、虚幻不真的,所以称人世间为浮世。

〔2〕周流:周游。孔子周游列国宣传自己的学说。

〔3〕庶几(jī):副词,也许可以。

〔4〕丑:以之为丑,认为他不高明。

  自今观之,邑姜以一妇人而足九人之数〔1〕,不妨其与周、召、太公之流并列为十乱〔2〕;文母以一圣女而正《二南》之《风》〔3〕,不嫌其与散宜生、太颠之辈并称为四友〔4〕。此区区者特世间法〔5〕,一时太平之业耳,犹然不敢以男女分别,短长异视,而况学出世道,欲为释迦老佛、孔圣人朝闻夕死之人乎〔6〕?此等若使间巷小人闻之〔7〕,尽当责以阚观之见〔8〕,索以利女之贞,而以文母、邑姜为罪人矣,岂不冤甚也哉!故凡自负远见之士,须不为大人君子所笑,而莫汲汲欲为市井小儿所喜可也〔9〕。若欲为市井小儿所喜,则亦市井小儿而已矣。其为远见乎?短见乎?当自辨也。余谓此等远见女子,正人家吉祥善瑞〔10〕,非数百年积德未易生也。

〔1〕邑姜:周武王的王后,太公望之女,周成王之母。

〔2〕十乱:指周武王的十个能治理乱世的大臣。指周公旦、召(shào)公奭(shì)、太公望、毕公、荣公、太颠、闳(hóng)夭、散宜生、南宫适(kuò)和邑姜。《论语·泰伯》提及"十乱":"武王曰:'予有乱臣十人。'孔子曰:'才难,不其然乎!唐虞之际,于斯为盛。有妇人焉,九人而已。'"孔子认为天下人才难得,"十乱"中还有一位妇女,除了她不过九个人罢了。表现出孔子对妇女的轻视,李贽在此引用证明妇女也能从事政治活动。

〔3〕文母:周文王的妃子太姒(sì)。　正《二南》之风:使周南、召(shào)南两地的民歌诗风淳正。传统儒家诗学认为《周南》、《召南》抒发的感情不偏不倚,是受了文王和文母教化的结果。李贽援引这一说法,是为了证明妇女中也有品德高尚的人。

〔4〕四友:《尚书大传·西伯戡耆》记载:"文王以闳夭、太公望、南宫适、散宜生为四友。"李贽把文母、太颠列在"四友"之内,与《尚书》记载不同。

〔5〕区区者:人和事不重要。指上文所述"十乱"、"四友"所做的事。　特:只。　世间法:佛家语。指人世间的事物和道理。

〔6〕欲为释迦老佛、孔圣人朝闻夕死之人乎:要做佛祖释迦牟尼、孔圣人那样的求道之人呢? 朝闻夕死,出自《论语·里仁》:"子曰:'朝闻道,夕死可矣。'"

〔7〕闾(lú)巷:小街道,借指民间。

〔8〕责:要求。　阃观之见:出自《周易·观卦·六二爻辞》:"阃观,利女贞。"意思是女子应当见识狭小,这是做妇人的正道。阃观,小见。

〔9〕汲汲:形容心情急切,努力追求。

〔10〕吉祥善瑞:吉祥的征兆。

夫薛涛〔1〕,蜀产也,元微之闻之〔2〕,故求出使西川〔3〕,与人相见。涛因定笔作《四友赞》以答其意,微之果大服。夫微之,贞元杰匠也〔4〕,岂易服人者哉!吁!一文才如涛者,犹能使人倾千里慕之,况持黄面老子之道以行游斯世〔5〕,苟得出世之人,有不心服者乎?未之有也。不闻庞公之事乎〔6〕?庞公,尔楚之衡阳人也,与其妇庞婆、女灵照同师马祖〔7〕,求出世道,卒致先后化去〔8〕,作出世人,为今古快事。愿公师其远见可也。若曰"待吾与市井小儿辈商之",则吾不能知矣!

〔1〕薛涛:唐代女诗人,字洪度,长安(今陕西西安)人。幼时随父入蜀,后为乐妓,时称女校书。

〔2〕元微之:唐代诗人元稹,字微之。曾以监察御史的身份出使东川。文中说元稹因慕薛涛之名要求出使西川,这是人们的附会之说,与事实不符。但元薛之间确有诗词唱和。

〔3〕西川:唐代的一个行政区,在四川西部。

〔4〕贞元:唐德宗年号(785—805)。

〔5〕黄面:指佛教创始人释迦牟尼。传说释迦牟尼佛身显金光。　老子:道家始祖。

〔6〕庞公:即庞蕴,字元道。唐朝襄阳人,曾寓居衡阳城南,曾到江西拜马祖为师,全家修道。

〔7〕马祖:唐朝佛教禅师,号道一,俗姓马,人称"马祖"。

〔8〕化去:即死去。佛教迷信说法认为灵魂不灭,修佛得道的人死后可以进入永无烦恼的幸福世界。

　　这篇文章批驳了理学家认为妇女不能学道的谬论。文章先作驳论,指出现实生活中妇女见识不如男子是社会习俗造成的。男子可以周游四方,见识自然广博;而妇女身居闺房,见识自然受到局限。如果处境换位,妇女的见识也会相应地变化。由此得出结论:见识有长短之分,见识没有男女之别。接着文章正面论述妇女的聪明才智并不比男子差。文章用列举法,列举了妇女能参政、能写诗,那些轻视妇女的言论,才是最没有见识的。

"男尊女卑"、"女子无才便是德"等观念在封建社会根深蒂固,李贽认为男女在见识上是平等的,无疑具有进步意义。

答陆思山

题解

此文选自《焚书》卷二书答。陆思山,生平不详。

承教方知西事〔1〕,然倭奴水寇〔2〕,不足为患,盖此辈舍舟无能为也。特中原有奸者〔3〕,多引结之以肆其狼贪之欲〔4〕,实非真奸雄也,特为高丽垂涎耳〔5〕。诸老素食厚禄〔6〕,抱负不少,卓异屡荐〔7〕,自必能博此蜂虿〔8〕,似不必代为之虑矣。晋老此时想当抵任〔9〕。此老胸中甚有奇抱〔10〕,然亦不见有半个奇伟卓绝之士在其肺腑之间〔11〕,则亦比今之食禄者聪明忠信〔12〕,可敬而已。舍公练熟素养〔13〕,置之家食〔14〕,吾不知天下事诚付何人料理之也!些小变态〔15〕,便仓惶失措,大抵今古一局耳〔16〕,今日真令人益思张江陵也〔17〕。热甚,寸丝不挂,故不敢出门。

〔1〕西事:指明朝的宁夏兵变。万历二十年(1592)春,宁夏副总兵哱拜鞑靼人哱拜及其子承恩杀死巡抚都御史党馨、副使石继芳,据城叛乱,成为轰动朝野的西事。与当时倭寇侵朝并准备进一步侵略中国的"东事"相对举。

〔2〕倭奴水寇:倭寇从海上侵扰明朝。

〔3〕中原:指国内。

〔4〕肆:放肆,这里是"使……得逞"的意思。

〔5〕为高丽垂涎耳:为高丽馋得流口水。高丽,今朝鲜。

〔6〕诸老素食厚禄:那些身居要职的人一向享受着优厚的俸禄。诸老,指朝廷中当权的官僚。

〔7〕卓异屡荐:卓绝不凡的人才多次得到官员们的推荐。

〔8〕博此蜂虿:能消灭侵害国家的毒虫。博,同"搏"。蜂虿(chài),毒蜂和蝎子一类的毒虫。

〔9〕晋老此时想当抵任:刘东星想来也该到达新的任所了。晋老:指刘东星,山西沁水人,是李贽的好友,曾任湖广左布政使、工部尚书等职。抵任,到任。万历二十年(1592),刘东星由湖广左布政使升任右金都御史。

〔10〕奇抱:抱负不凡。

〔11〕肺腑：比喻亲近信赖的人。
〔12〕食禄者：做官的人。
〔13〕公：指陆思山。
〔14〕置之家食：居家无事，国家不予任用。
〔15〕些小变态：微小的变故。些小，微小。变态，变故。
〔16〕一局：一样。
〔17〕张江陵：即张居正(1525—1582)，明代政治家。字叔大，号太岳，湖广江陵(今属湖北)人。嘉靖进士。万历初年，神宗年幼，前后当国十年，推行改革。执行考成法，提高行政效率；用名将戚继光等练兵，加强防御鞑靼贵族的攻掠；各方面卓有成效。万历十年(1582)病死。死后被弹劾，尽夺官阶。

李贽在这封信中表现出对国家危难、官吏无能的忧虑。万历二十年(1592)，宁夏副总兵发动叛乱，李贽希望用人唯贤，就像张居正任用戚继光一样，任用爱国有为之士，为国效力。

答友人书

这篇文章选自《焚书》卷二书答。友人所指未详。

或曰〔1〕："李卓吾谓暴怒是学，不亦异乎！"有乎答曰："卓老断不说暴怒是学〔2〕，当说暴怒是性也。"或曰："发而皆中节方是性〔3〕，岂有暴怒是性之理！"曰："怒亦是未发中有的〔4〕。"

吁吁！夫谓暴怒是性，是诬性也〔5〕；谓暴怒是学，是诬学也。既不是学，又不是性，吾真不知从何处而来的，或待因缘而来乎〔6〕？每见世人欺天罔人之徒〔7〕，便欲手刃直取其首，岂特暴哉〔8〕！

纵遭反噬〔9〕，亦所甘心，虽死不悔，暴何足云！然使其复见光明正大之夫，言行相顾之士〔10〕，怒又不知向何处去，喜又不知从何处来矣。则虽谓吾暴怒可也，谓吾不迁怒亦可也〔11〕。

〔1〕或：有人。这里指道学家。
〔2〕卓老：李贽的朋友对他的尊称。　断：断然，绝对。
〔3〕发而皆中节方是性：《礼记·中庸》："喜怒哀乐之未发谓之中，发而皆中节谓之和。"发而皆中节是指表现出来的种种感情都能合乎礼义法度。中，符合。节，法度。性，人性。
〔4〕怒亦是未发中有的："怒"这种情感也是人性中固有的。

〔5〕诬:动词,歪曲。

〔6〕或待因缘:或许是由于某种原因。待,依靠,凭借。因缘,起因,依据。

〔7〕欺天罔人之徒:欺天蒙人的道学家。李贽在《初谭集》中说:"欺天罔人者必讲道学,以道学之足以售其欺罔之谋也。"罔,蒙蔽。

〔8〕特:只是。

〔9〕反噬:反咬。噬(shì),咬。

〔10〕言行相顾:指言行一致。

〔11〕不迁怒:不把怒气发泄到无关的人身上。

有人攻击李贽"暴怒",李贽公开表明自己有分明的是非和强烈的爱憎,这些喜怒之情完全合乎人性,不受礼的约束。并且公开表示:见到"欺天罔人之徒",便想拿着刀"直取其首",纵使遭到反咬,亦所甘心。表现出李贽坦荡的性格。李贽对理学家极端仇视。

卓吾论略 滇中作

这篇文章选自《焚书》卷三杂述。这是李贽五十二三岁时在云南任姚安知府时写的自传,是李贽前半生的真实记录。

孔若谷曰[1]:吾犹及见卓吾居士[2],能论其大略云。居士别号非一,卓吾特其一号耳。卓又不一,居士自称曰卓,载在仕籍者曰笃[3],虽其乡之人,亦或言笃,或言卓,不一也。居士曰:"卓与笃,吾土音一也[4],故乡人不辨而两称之。"余曰:"此易矣,但得五千丝付铁匠胡同梓人[5],改正矣。"居士笑曰:"有是乎?子欲吾以有用易无用乎?且夫卓固我也,笃亦我也;称我以'卓',我未能也;称我以'笃',亦未能也。余安在以未能易未能乎?"故至于今并称卓、笃焉。

〔1〕孔若谷:李贽假托的人名。这篇传记是以孔若谷的名义写成。

〔2〕吾犹及见卓吾居士:我还见到过卓吾居士。居士,在家奉佛教修道之人。

〔3〕仕籍:旧时官员的名册。

〔4〕土音一也:"卓"和"笃"在李贽家乡的方言中听起来是一样的。

〔5〕五千丝:丝是重量单位,一丝等于万分之一钱,五钱丝等于半钱。　梓人:刻版工人。　梓(zǐ):刻制木板。

居士生大明嘉靖丁亥之岁[1]，时维阳月[2]，得全数焉[3]。生而母太宜人徐氏没[4]，幼而孤，莫知所长[5]。长七岁，随父白斋公读书歌诗，习礼文。年十二，试《老农老圃论》，居士曰："吾时已知樊迟之问[6]，在荷蒉丈人间[7]。然而上大人丘乙已不忍也，故曰：'小人哉，樊须也[8]。'则可知矣。"论成，遂为同学所称。众谓"白斋公有子矣"。居士曰："吾时虽幼，早已知如此臆说未足为吾大人有子贺[9]，且彼贺意亦太鄙浅，不合于理。此谓吾利口能言，至长大或能作文词，博夺人间富与贵，以救贱贫耳，不知吾大人不为也。吾大人何如人哉？身长七尺，目不苟视[10]，虽至贫，辄时时脱吾董母太宜人簪珥以急朋友之婚[11]，吾董母不禁也[12]。此岂可以世俗胸腹窥测而预贺之哉！"

[1] 嘉靖丁亥之岁：明世宗嘉靖六年（1527）。
[2] 时维阳月：这时正是阴历十月。古称阴历十月为阳月。维，助词。
[3] 全数：十月的十是全数。
[4] 太宜人徐氏没：宜人是明清时代对五品官吏的母亲和妻子的一种封号。太，是对长辈的尊称。徐氏，李贽的生母。没，同"殁"，死。
[5] 莫知所长：不知怎样长大的。
[6] 樊迟之问：《论语·子路》记载孔子的学生樊迟向孔丘请教怎样种田、种菜的事。
[7] 荷蒉丈人：事见于《论语·微子》。有一次子路和孔子外出游说，途中失散，子路遇见一位扛着农具的老农，问道："您看见我的老师了吗？"老农回答："四体不勤，五谷不分，怎么能算老师呢？"说完就干活去了。荷，扛着。蒉，古代盛土的筐子。原文作"莜"（diào），系除草用的农具。
[8] 樊须：即樊迟。
[9] 臆说：主观说法。这里指《老农老圃论》。
[10] 苟视：形容不正派的人东张西望。
[11] 簪珥：妇女的首饰。簪（zān），用来绾住头发的首饰。珥，用珠子或玉石做的耳环。
[12] 禁：阻止。

稍长，复愤愤[1]，读传注不省[2]，不能契朱夫子深心[3]。因自怪。欲弃置不事。而闲甚，无以消岁日。乃叹曰："此直戏耳[4]。但剽窃得滥目足矣[5]，主司岂一一能通孔圣精蕴者耶[6]？"因取时文尖新可爱玩者[7]，日诵数篇，临场得五百。题旨下，但作缮写誊录生[8]，即高中矣[9]。居士曰："吾此幸不可再侥也[10]。且吾父老，弟妹婚嫁各及时。"遂就禄[11]，迎养其父，婚嫁弟妹各毕。居士曰："吾初意乞一官，得江南便地，不意走共城万里[12],反遗父忧。虽然,共城,宋李之才宦游地也[13],有邵尧夫安乐窝在焉[14]。尧夫居洛,不远千里就之才问道。吾父子倘亦闻道于此,虽万里可也。且闻邵氏苦志参学[15],晚而有得,乃归洛,始婚娶,亦既四十矣。使其不闻道,则终身不娶也。余年二十九而丧长子,且甚戚[16]。夫不戚戚于道之谋,而惟情是念,视康节不益愧乎[17]!"安乐窝在苏门山百泉之上[18]。居士生于泉,泉为温陵禅师福地[19]。居士谓"吾温陵人,当号温陵居士"。至是日游遨百泉之上[20],曰:"吾泉而生,又泉而官,泉于吾有夙缘哉[21]!"故自谓百泉人,又号百泉居士云。在百泉五载,落落竟不闻道[22],卒迁南雍以去[23]。

[1]愦愦(kuì):糊涂。

[2]传注:讲解古代典籍的文字。这里指朱熹的《诗集传》和《四书集注》等书。这些书被当时官方定为读书人的必读经典,也是科举考试的必读书目。 省(xǐng):领会。

[3]契(qì):合。

[4]此直戏耳:科举考试不过是儿戏罢了。

[5]但剽窃得滥目足矣:只要抄袭能够混过主考官的眼睛就行了。剽(piāo)窃,指抄袭别人的作品。

[6]主司:科举考试的主考官。 精蕴:精华和含意。

[7]时文:这里指当时考试的八股文。

[8]缮(shàn)写誊(téng)录:抄写。

[9]高中:得了很高的名次。

[10]吾此幸不可再侥也:这样侥幸的事我可不再做了。这里的意思是李贽考中了福建省乡试举人以后,不愿再去京城参加考进士的会试。

[11]遂就禄:于是就接受了官职。禄,旧时官吏的俸给。

[12]共城:今河南辉县。

[13]李之才:字挺之,北宋时人,在共城做过官。邵雍曾向李之才求教。 宦游:封建社会指在外地求官或做官。

[14]邵尧夫:即邵雍(1011—1077),北宋哲学家。字尧夫,谥康节。其先祖为范阳人,幼随父迁共城(今河南辉县)。隐居苏门山百源之上,后人称为百源先生。屡授官不赴,后居洛阳。与司马光、吕公著从游甚密。理学象数学派的创始人,著有《皇极经世》、《伊川击壤集》等。 安乐窝:邵雍曾在河南共城隐居,把自己的住所称为"安乐窝"。

[15]苦志参学:刻苦地钻研学问。

[16]戚:忧愁,悲哀。

[17]康节:邵雍,谥康节。

[18]苏门山:在河南辉县西北。 百泉:在苏门山下。

[19]泉为温陵禅师福地:泉州是温陵禅师修道的地方。泉,指福建泉州。温陵禅师,是一个和尚的法号。温陵是泉州的别称。禅师,对和尚的尊称。福地,把仙人居住的地方称为福地。

〔20〕游遨:游览。
〔21〕夙缘:旧有的缘分。
〔22〕落落:孤独。
〔23〕南雍:南京国子监。雍,辟雍,即国子监。

  数月,闻白斋公没[1],守制东归[2]。时倭夷窃肆[3],海上所在兵燹[4]。居士间关夜行昼伏[5],馀六月方抵家。抵家又不暇试孝子事[6],墨衰率其弟若侄[7],昼夜登陴击柝为城守备[8]。城下矢石交[9],米斗斛十千无籴处[10]。居士家口零三十,几无以自活。三年服阕[11],尽室入京[12],盖庶几欲以免难云[13]。

〔1〕白斋公没:李贽的父亲去世。没,同"殁",死。
〔2〕守制:古时当父母或祖父母死去,做官的官员要解除职务,在家守孝三年。
〔3〕倭夷窃肆:日本海盗在我国沿海一带偷袭骚扰。
〔4〕兵燹(xiǎn):战争造成的焚烧破坏等灾害。
〔5〕间关:路经许多关卡,历经艰难险阻。
〔6〕试:做。
〔7〕墨衰(cuī):古代的丧服,用粗麻布制成披在胸前。
〔8〕登陴击柝为城守备:登城打更守备。陴(pí),城墙上的矮墙。柝(tuò),打更用的梆子。
〔9〕城下矢石交:城下箭石横飞。
〔10〕米斗斛十千无籴处:十千钱一斗米也没有地方买。斛(hú),量器名,古时十斗为一斛,宋朝时改为五斗为一斛。籴(dí),买粮食。
〔11〕服阕:守丧三年,期满脱掉孝服。阕,终了,这里指三年期满。
〔12〕尽室入京:妻子和儿女都到了北京。
〔13〕庶几(jī):连词,表现在上面情况之下才能避免某种后果或实现某种希望。

  居京邸十阅月[1],不得缺[2],囊垂尽,乃假馆受徒。馆夏十馀月。乃得缺,称国子先生[3],如旧官[4]。未几,竹轩大父讣又至[5]。是日也,居士次男亦以病卒于京邸。余闻之,叹曰:"嗟嗟!人生岂不苦,谁谓仕宦乐。仕宦若居士,不乃更苦耶!"吊之。入门,见居士无异也。居士曰:"吾有一言,与子商之:吾先曾大父大母殁五十多年矣,所以未归土者,为贫不能求葬地;又重违俗[6],恐取不孝讥。夫为人子孙者,以安亲为孝,未闻以卜吉自卫暴露为孝也[7]。天道神明,吾恐决不肯留吉地以与不孝之人,吾不孝罪莫赎矣。此归必令三世依土[8]。权置家室于河内[9],分赙金一半买田耕作自食[10]，余以半归，即可得也。第恐室人不从耳[11]。我入不听，请子继之！"居士入，反覆与语。黄宜人曰："此非不是，但吾母老，孀居守我[12]，我今幸在此，犹朝夕泣忆我，双眼盲矣。若见我不归，必死。"语未终，泪下如雨。居士正色不顾[13]，宜人亦知终不能迕也[14]，收泪改容谢曰[15]："好好！第见吾母，道寻常无恙[16]，莫太愁忆，他日自见吾也。勉行襄事[17]，我不归，亦不敢怨。"遂收拾行李托室买田种作如其愿。

[1]邸(dǐ)：指官员办事和居住的地方。 阅：经历。
[2]缺：指官员的空额。
[3]国子先生：即国子监博士。国子监是当时政府办的最高学府；博士，是官名，国子监中讲学之人。
[4]如旧官：和在南京的官职一样。
[5]竹轩大父讣又至：祖父去世的消息又到。竹轩，李贽祖父的名字。讣(fù)，报丧的通知。
[6]重违俗：难以违反习俗。重(zhòng)，难。
[7]未闻以卜吉自卫暴露为孝者：还没有听说过为了找块风水好的坟地，只图对自己的好处，而长期不安葬老人算是合乎孝道的。卜吉，通过占卦找一个风水好的地方。古代迷信认为祖坟所处的地势，关系到后代的吉凶。
[8]此归必令三世依土：这次回去一定要安葬好三代老人。
[9]河内：共城。
[10]赙金：别人赠送给办丧事人家的礼钱。
[11]第恐室人不从耳：只怕妻子不听从我。第，只。室人，妻子黄宜人。
[12]孀居：守寡。孀(shuāng)，死了丈夫的妇人。
[13]正色：表情严肃。
[14]迕(wǔ)：逆，违背。
[15]谢：道歉。
[16]无恙：平安无事。恙(yàng)，病。
[17]勉行襄事：尽力办好丧事。襄，完成。

　　时有权墨吏吓富人财不遂[1]，假借漕河名色[2]，尽彻泉源入漕，不许留半滴沟洫间[3]。居士时相见，虽竭情代请，不许。计自以数亩请，必可许也。居士曰："嗟哉，天乎！吾安忍坐视全邑万顷[4]，而令余数亩灌溉丰收哉！纵与，必不受，肯求之！"遂归[5]。

[1]有权墨吏吓富人财不遂：有权的贪官榨取富人的钱财没有得逞。墨吏，贪官污吏。

〔2〕假借漕河名色:假借漕河用水的名义。漕河,运送公粮的河道。
〔3〕不许留半滴沟洫间:不许留半滴水浇田。沟洫(xù),田间水渠。
〔4〕邑(yì):县。
〔5〕遂归:于是回到了泉州。

  岁果大荒,居士所置田仅收数斛稗〔1〕。长女随艰难日久,食稗如食粟〔2〕。二女三女遂不能下咽,因病相继夭死。老媪有告者曰〔3〕:"人尽饥,官欲发粟。闻其来者为邓石阳推官〔4〕,与居士旧,可一请〔5〕。"宜人曰:"妇人无外事,不可。且彼若有旧,又何待请耶?"邓君果挚己俸二星〔6〕,并驰书与僚长各二两者二至〔7〕,宜人以半籴粟〔8〕,半买花纺为布。三年衣食无缺,邓君之力也。

〔1〕稗(bài):这里指草籽。
〔2〕粟:粮食。
〔3〕老媪(ǎo):年老的妇女。
〔4〕邓石阳:名林材,李贽的友人。　推官:明代各府设推官一名,专门管理一府中的刑事。
〔5〕请:请求帮助。
〔6〕星:当时货币的一种重量单位。
〔7〕并驰书与僚长各二两者二至:赶快写信给与李贽共过事的地方官,他们每人送了二两银子,来了两次。
〔8〕籴粟:买了粮食。

  居士曰:"吾时过家毕葬,幸了三世业缘〔1〕,无宦意矣。回首天涯,不胜万里妻孥之想〔2〕,乃复抵共城。入门见室家,欢甚。问二女,又知归未数月,俱不育矣〔3〕。"此时黄宜人,泪相随在目睫间,见居士色变,乃作礼,问葬事,及其母安乐。居士曰:"是夕也,吾与室人秉烛相对〔4〕,真如梦寐矣〔5〕。乃知妇人势逼情真。吾故矫情镇之〔6〕,到此方觉'屐齿之折'也〔7〕!"

〔1〕三世业缘:佛家语,指因果关系。
〔2〕妻孥(nú):妻子儿女。
〔3〕育:养活。
〔4〕秉烛:点着蜡烛。秉,拿着。
〔5〕梦寐:做梦。寐(mèi),睡觉。
〔6〕矫情:假装出来的表情。

〔7〕履齿之折：这个典故出自《晋书·谢安传》。东晋正与前秦在淝水上交战，形势非常严峻，宰相谢安为了安定人心，却从容不迫地与客人下棋。当听到侄子谢玄打胜仗的消息时，内心非常激动，却不露声色。下完棋进卧室的门坎时，却发现不知什么时候把履齿折断了。履齿，古时木鞋底上的齿。李贽用这个典故来说明听到二女夭折的消息，虽故作镇定，其实内心很痛苦。

至京，补礼部司务〔1〕。人或谓居士曰："司务之穷，穷于国子，虽子能堪忍，独不闻'焉往而不得贫贱'语乎〔2〕？"盖讥其不知止也。居士曰："吾所谓穷，非世穷也。穷莫穷于不闻道，乐莫乐于安汝止〔3〕。吾十年馀奔走南北，祇为家事〔4〕，全忘却温陵、百泉安乐之想矣〔5〕。吾闻京师人士所都〔6〕，盖将访而学焉〔7〕。"人曰："子性太窄〔8〕，常自见过，亦时时见他人过，苟闻道，当自宏阔。"居士曰："然，余实窄。"遂以宏父自命〔9〕，故又为宏父居士焉。

〔1〕礼部司务：官名。礼部是当时明朝政府主管典礼、科举、学校的一个部门。礼部司务是负责收发公文的职务。
〔2〕焉往而不得贫贱：到哪儿都是贫贱。
〔3〕安汝止：安于你所应该停止的地方。
〔4〕祇：只。
〔5〕温陵、百泉安乐之想：指仿效温陵禅师、邵雍学道的理想。
〔6〕京师人士所都：京师(今北京)是人才聚集的地方。都，聚集。
〔7〕访而学：访问和学习。
〔8〕窄：心胸狭窄。
〔9〕宏父：又作"宏甫"。

居士五载春官〔1〕，潜心道妙〔2〕，憾不得起白斋公于九原〔3〕，故其思白斋公也益甚〔4〕，又自号思斋居士。一日告我曰："子知我久，我死请以志嘱〔5〕。虽然，余若死于朋友之手，一听朋友所为，若死于道路，必以水火葬，决不以我骨贻累他方也。墓志可不作，作传其可。"余应曰："余何足以知居士哉！他年有顾虎头知居士矣〔6〕。"遂著论，论其大略。后余游四方，不见居士者久之，故自金陵已后，皆不撰述〔7〕。或曰："居士死于白下〔8〕。"或曰："尚在滇南未死也〔9〕。"

〔1〕五载春官：从嘉靖四十五年(1566)到隆庆四年(1570)，李贽在礼部作官。春官，礼部的官。

〔2〕潜心道妙：专心研究"道"的深奥理论。李贽研究王守仁的学说是从这时开始的。
〔3〕九原：墓地。
〔4〕故其思白斋公也益甚：所以李贽更加怀念他的父亲白斋公。
〔5〕志：放在墓里刻有死者生平事迹的石刻。
〔6〕顾虎头：东晋画家顾恺之，小字虎头。这里代指李贽的好友顾养谦。
〔7〕撰：记述。
〔8〕白下：今南京。
〔9〕滇南：云南南部。

文章写了李贽全家颠沛流离、子女冻饿而死的惨痛经历，对其仕途也进行了简要的叙述。从某些侧面反映出李贽进步思想产生的社会根源。这篇文章还是研究李贽生平事迹的重要资料。

何心隐论

这篇文章选自《焚书》卷三杂述。何心隐(1517—1579)，明学者。泰州学派代表人物之一。曾在家乡创办"聚和堂"，试行其社会理想。到处聚徒讲学，曾以计促严嵩罢相，为严党所仇。后得罪张居正，卒遭杀害。这篇文章写于万历十六年(1588)何心隐被害十年之后。

何心隐，即梁汝元也〔1〕。余不识何心隐，又何以知梁汝元哉！姑以心隐论之。

世之论心隐者，高之者有三〔2〕，其不满之者亦有三。高心隐者曰："凡世之人靡不自厚其生〔3〕，公独不肯治生〔4〕。公家世饶财者也，公独弃置不事〔5〕，而直欲与一世贤圣共生于天地之间。是公之所以厚其生者与世异也。人莫不畏死，公独不畏，而直欲博一死以成名。以为人尽死也，百忧怆心〔6〕，万事瘁形〔7〕，以至五内分裂，求死不得者皆是也。人杀鬼杀〔8〕，宁差别乎〔9〕？且断头则死，断肠则死，孰快？百药成毒，一毒而药，孰毒？烈烈亦死，泯泯亦死〔10〕，孰烈？公固审之熟矣〔11〕，宜公之不畏死也。"

〔1〕梁汝元：何心隐原姓梁，名汝元。他曾以计促严嵩罢相，为严党所仇，遂改姓名。

〔2〕高:推崇,赞扬。
〔3〕靡不自厚其生:没有不想使自己生活得更好的。靡(mǐ),无。厚其生,使生活富足。
〔4〕治生:经营生计。
〔5〕事:管理经营。
〔6〕怆(chuàng):忧伤。
〔7〕瘁(cuì):劳累。
〔8〕鬼杀:指老死或病死。
〔9〕宁差别乎:难道还有差别吗?宁(nìng),难道。
〔10〕泯泯(mǐn):消失,丧失。这里指平庸。
〔11〕审:思考。

  其又高之者曰:"公诵法孔子者也〔1〕。世之法孔子者,法孔子之易法者耳〔2〕。孔子之道,其难在以天下为家而不有其家〔3〕,以群贤为命而不以田宅为命〔4〕。故能为出类拔萃之人,为首出庶物之人〔5〕,为鲁国之儒一人,天下之儒一人,万世之儒一人也。公既独为其难者,则其首出于人者以是,其首见怒于人者亦以是矣。公乌得免死哉〔6〕!削迹伐木〔7〕,绝陈畏匡〔8〕,孔圣之几死者亦屡,其不死者幸也。幸而不死,人必以为得正而毙矣〔9〕,不幸而死,独不曰'仁人志士,有杀身以成仁'者乎〔10〕?死得其死,公又何辞也!然则公非畏死也。非不畏死也,任之而已矣〔11〕。且夫公既如是而生矣,又安得不如是而死乎?彼谓公欲求死以成名者非也,死则死矣,此有何名而公欲死之欤?"

〔1〕诵法:称诵,效法。
〔2〕易法者:容易效法的地方。
〔3〕不有其家:不顾及自己的家庭。
〔4〕命:生命,这里比喻最宝贵的东西。
〔5〕首出庶物:超群出众。庶物,群类,万物。
〔6〕乌:何。
〔7〕削迹伐木:指孔子在周游列国时四处碰壁之事。削迹,此语出自《庄子·渔父》。孔子离开卫国以后,卫人把他车轮的痕迹也削去了。伐木,见《史记·孔子世家》。孔子从曹国来到宋国,和弟子们在一棵大树下演习周礼,宋国的司马桓魋听说后去杀他,先砍倒大树,吓得孔子和弟子们逃跑了。
〔8〕绝陈畏匡:见《史记·孔子世家》。绝陈,孔子和他的弟子在陈、蔡之间被围困,想跑也跑不了,粮食都吃光了,跟随他的弟子饿得爬不起来了。畏匡,孔子路过匡地时,被匡人拦截,扣留了五天。
〔9〕得正而毙:出自《礼记·檀弓上》,是孔子门徒曾参临死前说的话。原意是死也要合乎"礼"的规定。李贽在这里是"死当其死"的意思,即死得合理、得当。
〔10〕仁人志士,有杀身以成仁:出自《论语·卫灵公》。子曰:"志士仁人,无求生以害仁,有杀生以成

仁。"

〔11〕任之：任凭，听凭。

其又高之者曰："公独来独往，自我无前者也[1]。然则仲尼虽圣，效之则为颦[2]，学之则为步丑妇之贱态，公不尔为也[3]。公以为世人闻吾之为，则反以为大怪，无不欲起而杀我者，而不知孔子已先为之矣。吾故援孔子以为法[4]，则可免入室而操戈[5]。然而贤者疑之，不贤者害之，同志终鲜[6]，而公亦竟不幸为道以死也。夫忠孝节义，世之所以死也，以其有名也，所谓死有重于泰山者是也，未闻有为道而死者。道本无名，何以死为？公今已死矣，吾恐一死而遂湮灭无闻也。今观其时武昌上下[7]，人几数万，无一人识公者，无不知公之为冤也。方其揭榜通衢[8]，列公罪状，聚而观者咸指其诬[9]，至有嘘呼叱咤不欲观焉者[10]，则当日之人心可知矣。由祁门而江西[11]，又由江西而南安而湖广[12]，沿途三千馀里，其不识公之面而知公之心者，三千馀里皆然也。盖惟得罪于张相者有所憾于张相而云然[13]，虽其深相信以为大有功于社稷者[14]，亦犹然以此举为非是，而咸谓杀公以媚张相者之为非人也。则斯道之在人心，真如日月星辰，不可以盖覆矣。虽公之死无名可名[15]，而人心如是，则斯道之为也，孰能遏之[16]？然公岂诚不畏死者？

〔1〕独来独往，自我无前：有自己的独立人格，不依傍他人，不迷信古人。

〔2〕效之则为颦：即东施效颦，见于《庄子·天运》。美女西施病了，皱着眉头，按着心口。同村的丑女看见了，觉得姿态很美，也学她的样子，却丑得可怕。这里比喻盲目模仿，效果很坏。

〔3〕尔：此。

〔4〕援：引用。

〔5〕入室而操戈：此语出自《后汉书·郑玄传》。郑玄(字康成)曾在何休门下学习经学，后来发表了一些不同于何休的见解，何休不满地说："康成入吾室，操吾矛，以伐我乎？"后人常用"入室操戈"比喻利用从某人那里学来的学说，反过来批驳他。

〔6〕鲜(xiǎn)：少。

〔7〕武昌：当时湖广巡抚衙门在此。何心隐就是在这里被杀害的。

〔8〕揭榜通衢(qú)：把榜文贴在四通八达的大道口。衢，大路。

〔9〕咸指其诬：都说那榜文上所列举的罪状虚妄不实。

〔10〕嘘呼叱咤(chìzhà)：叹息声，怒斥声。

〔11〕祁门：今安徽祁门。在安徽南部山区，邻接江西。

〔12〕南安：今江西大庾。　湖广：古行省名。指今两湖、两广及贵州一带。何心隐在祁门被捕，经江西、

湖南,押解到武昌。

〔13〕张相:张居正(1525—1582),明政治家。湖广江陵(今属湖北)人。万历初年,神宗年幼,前后当国十年,推行改革。各方面都很有成效。李贽高度赞扬张居正是"宰相之杰"。何心隐遇害时,张居正任内阁首辅(宰相)。何心隐与张居正早年曾有过冲突,有人说何的死是张的授意。李贽反对这种说法。他认为何被捕后,张居正虽然有"轻则决罚,重则发遣"的指令,但"杀之之心无有也"。因此"何公死不关江陵(张居正)事"(《焚书·答邓明府》),而是杀害何心隐的人想以此讨好张居正。

〔14〕社稷(jì):指国家。社,土地神。稷,谷神。

〔15〕无名可名:没有名义可以指称、说出。

〔16〕遏(è):阻挡,制止。

  时无张子房[1],谁为活项伯[2]?时无鲁朱家[3],谁为脱季布[4]?吾又因是而益信谈道者之假也。由今而观,彼其含怒称冤者,皆其未尝识面之夫,其坐视公之死,反从而下石者[5],则尽其聚徒讲学之人。然则匹夫无假,故不能掩其本心;谈道无真,故必欲划其出类[6]。又可知矣。夫惟世无真谈道者[7],故公死而斯文遂丧。公之死顾不重耶!而岂直泰山氏之比哉!此三者,皆世之贤人君子,犹能与匹夫同其真者之所以高心隐也[8]。

〔1〕张子房:即张良(?—前186),汉初大臣,字子房,是帮助刘邦建立西汉王朝的重要谋士之一。

〔2〕项伯:项羽叔父。他与刘邦谋士张良友善。项伯多次杀人,张良曾把他藏匿起来。《史记·留侯世家》对此有记载。

〔3〕鲁朱家:鲁人,名朱家,汉初游侠。

〔4〕季布:秦末汉初楚人,曾在项羽部下为将,多次率兵攻打刘邦。项羽失败后,刘邦悬赏捉拿季布,朱家托人向刘邦说情,季布得到赦免。《史记·季布列传》有记载。

〔5〕下石:即落井下石,比喻乘人危急的时候加以陷害。

〔6〕划(chǎn):同"铲"。

〔7〕谈道者:这里指耿定向。耿定向怕触犯张居正厌恶讲学的禁忌,坐视相交数十年、号称知己的何心隐陷于死地,而不敢援救。

〔8〕高:赞扬。

  其病心隐者曰[1]:"人伦有五[2],公舍其四,而独置身于师友贤圣之间,则偏枯不可以为训[3]。与上闇闇,与下侃侃[4],委蛇之道也[5],公独危言危行,自贻厥咎[6],则明哲不可以保身。且夫道本人性,学贵平易。绳人以太难[7],则畔者必众[8];责人于道路,则居者不安[9];聚人以货财[10],则贪者竞起。亡固其自取矣。"此三者,又世之学者之所以为心隐病也[11]。

[1]病:不满,指责。
[2]人伦有五:指儒家提出的人与人的关系准则:父子有亲,君臣有义,夫妇有别,长幼有序,朋友有信。
[3]偏枯:中医指半身不遂的病。这里指偏于一方面,何氏只重视师友,忽略了其他四方面。
[4]"与上訚訚,与下侃侃"句出自《论语·乡党》:"与下大夫言,侃侃如也;与上大夫言,訚訚如也。"訚訚(yínyín),恭而有礼的样子。侃侃,温和快乐的样子。
[5]委蛇(yí):言辞、声音婉转。
[6]自贻厥咎:自讨苦吃。贻,留给,留下。厥(jué),其。咎(jiù),罪过。
[7]绳:约束。
[8]畔(pàn):同"叛"。
[9]责人于道路,则居者不安:可能指何心隐被捕后,在押赴武昌的路上,多次上书给朝廷,引起了当权者的反感。
[10]聚人以货财:指何心隐常以财物帮助朋友。
[11]病:批评,指责。

吾以为此无足论矣。此不过世之庸夫俗子,衣食是耽[1],身口是急,全不知道为何物,学为何事者,而敢妄肆讥诋,则又安足置之齿颊间耶!独所谓高心隐者,似亦近之,而尚不能无过焉。然余未尝亲睹其仪容,面听其绪论,而窥所学之详,而遽以为过[2],抑亦未可[3]。吾且以意论之,以俟世之万一有知公者可乎[4]?

[1]耽(dān):沉溺,入迷。
[2]遽(jù):匆忙。
[3]抑:或许。
[4]俟(sì):等。

吾谓公以"见龙"自居者也[1],终日见而不知潜,则其势必至于亢矣[2],其及也宜也。然亢亦龙也,非他物比也。龙而不亢,则上九为虚位[3];位不可虚,则龙不容于不亢。公宜独当此一爻者[4],则谓公为上九之大人可也,是又余之所以论心隐也。

[1]见(xiàn):同"现"。《周易·乾卦》中"九二"的爻辞是"现龙在田",意思是龙摆脱了地下潜伏状态,

出现在地面上。用"见龙"象征有"君德"而不在君位的人。

〔2〕亢(kàng)：过分、极度。

〔3〕则上九为虚位：那么"上九"的位置就虚设了。上九，《周易·乾卦》中"上九"的爻辞是"亢龙有悔"，意思是：龙达到了最高的地位，但是，"物极则反"，产生了相反的后果。用"亢龙"象征"德盛名高"而遭遇祸患的"圣人"。

〔4〕爻(yáo)：组成八卦的长短横道。

16世纪曾在中国土地上搞过乌托邦社会实验的何心隐，于1579年被湖广巡抚王之垣以"妖逆"、"大盗犯"的罪名被捕，在武昌拷打致死。李贽为何心隐申张正义，肯定何心隐死得伟大，何心隐死得壮烈，为真正实现孔子之道而杀身成仁，为追求自由而献出了生命。李贽赞扬何心隐是龙，是高尚正直的君子。对残酷杀害何心隐的封建统治者以及见死不救落井下石的假道学加以揭露和痛斥。李贽对杀害何心隐这一事件进行猛烈抨击，从一个侧面表现了他对封建统治者实行封建文化专制和对知识分子进行血腥镇压的强烈不满。

夫妇论 因畜有感

这篇文章选自《焚书》卷三，同见于《初谭集》卷一。"因畜(xù)有感"，即由夫妇养育子女之事而产生的感想。

夫妇，人之始也。有夫妇然后有父子，有父子然后有兄弟，有兄弟然后有上下。夫妇正，然后万事无不出于正。夫妇之为物始也如此。极而言之，天地一夫妇也，是故有天地然后有万物。然则天下万物皆生于两，不生于一，明矣。而又谓一能生二〔1〕，理能生气，太极能生两仪〔2〕，何欤？夫厥初生人〔3〕，惟是阴阳二气〔4〕，男女二命，初无所谓一与理也，而何太极之有？以今观之，所谓一者果何物？所谓理者果何在？所谓太极者果何所指也？若谓二生于一，一又安从生也？一与二为二〔5〕，理与气为二，阴阳与太极为二，太极与无极为二〔6〕。反覆穷诘，无不是二，又乌睹所谓一者〔7〕，而遽尔妄言之哉〔8〕！故吾究物始〔9〕，而见夫妇之为造端也〔10〕。是故但言夫妇二者而已，更不言一，亦不言理。一尚不言，而况言无？无尚不言〔11〕，而况言无无？何也？恐天下惑也。

〔1〕一能生二：《老子》第四十二章说："道生一，一生二，二生三，三生万物。"意思是说万物是由"道"产生的。此处所说的"一"是指宋明理学中的"理"，"二"是指"理"所生出的"阴阳"。

〔2〕太极：我国古代哲学中指宇宙的本原，为原始的混沌之气。　两仪：指天地。

〔3〕厥（jué）：其。

〔4〕阴阳二气：我国古代哲学指宇宙中贯通物质和人事的两大对立面。

〔5〕一与二为二：这里的"一"指朱熹所说的理，"二"指阴阳二气。朱熹认为天地之间有"理"也有"气"，但"理"决定着"气"。李贽认为离开具体事物之上的"一"并不能单独存在，万物无不生于具体的"二"，从而否定了先于事物存在的"天理"。

〔6〕无极：本是道家用语，出自《老子》。道家把所谓的先于万物存在并且产生万物的神秘本源称作"道"，而"道"又是无形无象的，所以叫作"无"或"无极"。宋代理学家沿用这一术语，有时把"太极"称作"无极"，但有时又将"太极"和"无极"说成含意不同的两个概念。

〔7〕乌：哪里。

〔8〕遽（jù）：仓促地、轻率地。

〔9〕故吾究物始：所以我研究万物产生的根源。

〔10〕而见夫妇之为造端也：发现夫妇是一切事物的开端。

〔11〕无：《老子》第四十章中有"天下万物生于有，有生于无"的话，宋明理学中也有"无形而有理"、"无中说有"之说法。

　　夫惟多言数穷[1]，而反以滋人之惑，则不如相忘于无言，而但与天地人物共造端于夫妇之间，于焉食息[2]，于焉语语已矣[3]。《易》曰："大哉乾元[4]，万物资始[5]。至哉坤元[6]，万物资生。资始资生，变化无穷。保合太和[7]，各正性命。"夫性命之正，正于太和[8]；太和之合，合于乾坤[9]。乾为夫，坤为妇。故性命各正，自无有不正者[10]。然则夫妇之所系为何如[11]，而可以如此也夫！可以如此也夫！

〔1〕多言数穷：议论太多，注定行不通。此语出自《老子》。数（shù），注定。

〔2〕食息：吃饭和休息。

〔3〕语语：说话，讨论。

〔4〕乾元：指天。

〔5〕资：凭借。

〔6〕坤元：指地。

〔7〕保合太和：调和着阴阳会合之气，可以决定万物的属性和性命。保合，保全，调和。太和，阴阳会合之气。

〔8〕夫性命之正，正于太和：万物的属性和性命合于正道，决定于阴阳二气的调和。

〔9〕太和之合，合于乾坤：阴阳二气的会合，归总为上天和大地。

〔10〕故性命各正,自无有不正者:天地合乎正道,就没有不合乎正道的了。
〔11〕系:关系。

李贽此文中的"夫妇",是借喻生成万物的天地。这是一篇关于宇宙生成问题的哲学论文,大约写于1588年。

宋明理学认为在天地万物产生之前,有一种绝对精神的"理","理"派生并主宰一切,是世界的本源。针对理学家的论断,李贽明确地提出"天下万物皆生于二,不生于一"的命题。万物是由事物的两个对立面,即"阴阳二气"作用而成的。当然,李贽对世界本源的认识是朴素的。

战国论

此文选自《焚书》卷三杂述。李贽提出:"夫春秋之后为战国,既为战国之时,则自有战国之策。"社会条件变了,当然不能用春秋之策来治理天下。

余读《战国策》而知刘子政之陋也〔1〕。夫春秋之后为战国〔2〕,既为战国之时,则自有战国之策。盖与世推移,其道必尔〔3〕。如此者,非可以春秋之治治之也明矣〔4〕。况三王之世欤〔5〕!

〔1〕《战国策》:属国别体杂史,是战国时期的史料汇编。原名《国策》、《国事》、《事语》、《短长》等,作者不止一人,次序混乱,语多重复。 刘子政:即刘向(前77—前6),字子政。西汉经学家、目录学家、文学家。刘向对《战国策》进行了整理编订,仿《国语》体例分国编次,列为西周、东周、秦、齐、楚、赵、韩、魏、燕、宋、卫、中山十二策,共33篇,并定名为《战国策》。
〔2〕春秋:我国历史上的一个时期(前772—前481),因鲁国编年史《春秋》包括这一段时期而得名。现在一般把公元前770年到公元前476年划为春秋时代。 战国:我国历史上的一个时代(前475—前221)。
〔3〕尔:如此。
〔4〕非可以春秋之治治之也明矣:不可以用治理春秋的办法来治理战国,这是很明白的。治治,第一个治是治理春秋的办法,是名词;第二个治是动词,治理。
〔5〕三王:关于三王的说法不一。这里指夏禹、商汤、周文王。

五霸者〔1〕,春秋之事也。夫五霸何以独盛于春秋也?盖是时周室既衰,天子不能操礼乐征伐之权以号令诸侯,故诸侯有不令者,方伯、连帅率诸侯以讨之[2],相与尊天子而协同盟[3],然后天下之势复合于一。此如父母卧病不能事事,群小构争[4],莫可禁阻,中有贤子自力家督[5],遂起而身父母之任焉。是以名为兄弟,而其实则父母也。虽若侵父母之权,而实父母赖之以安,兄弟赖之以和,左右童仆诸人赖之以立,则有劳于厥家大矣[6]。管仲相桓[7],所谓首任其事者也。从此五霸迭兴,更相雄长,夹辅王室,以藩屏周。百足之虫[8],迟迟复至二百四十馀年者[9],皆管仲之功、五霸之力也。诸侯又不能为五霸之事者,于是有志在吞周,心图混一,如齐宣之所欲为者焉[10]。晋氏为三[11],吕氏为田[12],诸侯亦莫之正也。则安得不遂为战国而致谋臣策士于千里之外哉!其势不至混一,故不止矣。

[1]五霸:春秋时最有实力的五个诸侯王,即齐桓公、晋文公、秦穆公、楚庄王、宋襄公。
[2]方伯:一方诸侯的首领。 连帅:十国诸侯的首领。
[3]尊天子而协同盟:尊重天子,使诸侯同盟协调一致。
[4]构争:造成争斗。
[5]家督:原指长子,这里指主管家事的人。
[6]厥:其。
[7]管仲:即管敬仲。春秋初期政治家。名夷吾,字仲。被齐桓公任命为卿,尊称"仲父"。他在齐进行改革,国力大振。帮助齐桓公以"尊王攘夷"相号召,使齐桓公成为春秋时第一个霸主。
[8]百足之虫:《淮南子》有"百足之虫,至死不僵"一语。这里比喻日趋衰落但仍保存着空架子的周王朝。
[9]二百四十馀年:指春秋时期总年数,即从鲁隐公元年(前722)起,至鲁哀公十四年(前481)止,计二百四十一年,这是根据《春秋》记事起止年代计算的。
[10]齐宣:即齐宣王(?—前301),战国时齐国君。齐宣王六年(前314),乘燕国内乱,派匡章率军攻占燕国,燕国人民纷起反抗,被迫撤退。后曾和楚联合与秦、韩、魏三国作战,在濮水被打败。他企图扩大疆土,使其他诸侯称臣。
[11]晋氏三分:公元前403年,卿大夫韩、赵、魏三家瓜分了晋国,形成了韩、赵、魏三个封建国家。
[12]吕氏为田:齐国本是周初吕尚的封地。公元前481年,田成子杀死齐简公,夺取了齐国政权。公元前386年,周安王承认田氏为诸侯。

  刘子政当西汉之末造[1],感王室之将毁。徒知美三王之盛,而不知战国之宜,其见固已左矣[2],彼鲍、吴者[3],生于宋、元之季,闻见塞胸,仁义盈耳,区区褒贬,何足齿及!乃曾子固自负不少者也[4],咸谓其文章本于《六经》矣[5],乃讥向自信之不笃,邪说之当正[6],则亦不知《六经》为何物,而但窃褒贬以绳世[7],则其视鲍与吴亦鲁、卫之人矣[8]。

〔1〕末造：末年。
〔2〕左：偏差。
〔3〕鲍：鲍彪，字之虎，宋代人，著有《鲍氏战国策注》。　吴：吴师道，字正传，元代人，著有《战国策校注》等。
〔4〕曾子固：即曾巩(1019—1083)，北宋文学家，字子固。唐宋八大家之一。曾为《战国策》作序。
〔5〕《六经》：被儒家奉为经典的六部书，即《诗》、《书》、《礼》、《易》、《乐》、《春秋》。
〔6〕自信之不笃，邪说之当正：刘向认为《战国策》所记的奇谋异策值得一读。曾巩在《战国策·序》中批评刘向助长诈谋，堵塞仁义，受了流俗的迷惑而不自信，批评刘向应该修正的邪说而没有修正。
〔7〕绳：木工用的墨线，引申为用某一标准来衡量。
〔8〕鲁、卫：春秋时的两个诸侯国，这里借喻为兄弟，比喻不相上下。《论语·子路》："鲁卫之政，兄弟也。"

李贽认为"三王"不足法，"仁义"不足取，《六经》不足据，战国是一个社会变革的时代，社会政治也在相应变化。

刘向向往三代之治，叹战国天下大乱，认为一代不如一代，这是崇古论。李贽分析刘向生活在西汉末年，感王室之衰，借评论战国来抒发天下大乱之忧是可以理解的，但他"徒知羡三王之盛，而不知战国之宜，其见固已左矣"；而鲍彪、吴师道等人，生于宋元之际，被偏见灌塞胸臆，被道学家所影响，对战国的评论很不恰当。文章观点鲜明，锋芒毕露。

杂说

此文选自《焚书》卷三。"说"是文体名，宜于议论、阐述事理。文章对《拜月亭》、《西厢记》、《琵琶记》进行比较，在评论中阐发文学观点，是李贽童心说在戏曲批评中的进一步发挥。

《拜月》、《西厢》〔1〕，化工也〔2〕；《琵琶》〔3〕，画工也〔4〕。夫所谓画工者，以其能夺天地之化工，而其孰知天地之无工乎〔5〕？今夫天之所生，地之所长，百卉具在，人见而爱之矣，至觅其工，了不可得〔6〕，岂其智固不能得之欤！要知造化无工，虽有神圣，亦不能识知化工之所在，而其谁能得之？由此观之，画工虽巧，已落二义矣〔7〕。文章之事，寸心千古〔8〕，可悲也夫！

〔1〕《拜月》：即相传为施惠创作的南戏《拜月亭记》。　《西厢》：元人王实甫创作的北杂剧《西厢记》。

〔2〕化工：指顺应自然、师法造化的自然美。
〔3〕《琵琶》：即元末明初人高则诚创作的南戏《琵琶记》，根据民间传说"赵贞女和蔡二郎"加工而成。
〔4〕画工：指讲求法度、虚伪矫饰的人工美。
〔5〕无工：不施任何巧饰和造作。
〔6〕了不可得：一点也得不到。
〔7〕二义：二流的。
〔8〕寸心千古：杜甫《偶题》诗有"文章千古事，得失寸心知"句。李贽借这两句诗述说创作之成败甘苦只有作者自己知道，别人难于理解。

且吾闻之：追风逐电之足〔1〕，决不在于牝牡骊黄之间〔2〕；声应气求之夫〔3〕，决不在于寻行数墨之士〔4〕；风行水上之文〔5〕，决不在于一字一句之奇。若夫结构之密，偶对之切；依于理道，合乎法度；首尾相应，虚实相生：种种禅病皆所以语文〔6〕，而皆不可以语于天下之至文也〔7〕。杂剧院本〔8〕，游戏之上乘也〔9〕，《西厢》、《拜月》，何工之有！盖工莫工于《琵琶》矣。此高生者〔10〕，固已殚其力之所能工〔11〕，而极吾才于既竭。惟作者穷巧极工，不遗余力，是故语尽而意亦尽，词竭而味索然亦随以竭。吾尝揽《琵琶》而弹之矣〔12〕：一弹而叹，再弹而怨，三弹而向之怨叹无复存者。此其故何耶？岂其似真非真，所以入人之心者不深耶！盖虽工巧之极，其气力限量只可达于皮肤骨血之间，则其感人仅仅如是，何足怪哉！《西厢》、《拜月》，乃不如是。

〔1〕追风逐电之足：形容马跑得非常快。
〔2〕牝(pìn)牡骊黄：《淮南子·道应训》有这样一个故事：九方堙为秦穆公相马，穆公问是什么样的马，九方堙说是"牡而黄"的马，派人去看却是一匹"牝而骊"的千里马。九方堙相马已略去了马的表面现象，而深入到马的内在品质。后来用牝牡骊黄指代事物的表象。牝，母马。牡，公马。骊，黑马。黄，黄马。
〔3〕声应气求之夫：《周易·乾卦·文言》："同声相应，同气相求。"声应气求指心心相印，意气相投。
〔4〕寻行(háng)数(shǔ)墨之士：指那些只知道寻章摘句、拘泥于文字句读而不明事理的读书人。
〔5〕风行水上之文：《周易·涣卦·彖辞》："风行水涣。"原指风吹水上泛起微波。这里指自然感人的好文章。
〔6〕禅病：佛教中和尚因坐禅习静不得法而招致的种种疾病。这里指写文章的种种毛病。
〔7〕至文：最好的文章，即化工之文。
〔8〕杂剧院本：指金元时代的戏剧作品。杂剧，专指北杂剧。院本，戏剧脚本。
〔9〕上乘(chèng)：上等。
〔10〕高生：指《琵琶记》的作者高明。
〔11〕殚(dān)：尽。
〔12〕弹：弹琵琶。这里借指研究《琵琶记》。

意者宇宙之内〔1〕，本自有如此可喜之人，如化工之于物，其工巧自不可思议尔。

且夫世之真能文者，比其初，皆非有意于为文也。其胸中有如许无状可怪之事，其喉间有如许欲吐而不敢吐之物，其口头又时时有许多欲语而莫可所以告语之处，蓄极积久，势不能遏。一旦见景生情，触目兴叹，夺他人之酒杯，浇自己之垒块〔2〕；诉心中之不平，感数奇于千载〔3〕。既已喷玉唾珠〔4〕，昭回云汉〔5〕，为章于天矣，遂亦自负，发狂大叫，流涕恸哭，不能自止。

〔1〕意者：想来。
〔2〕垒块：胸中郁积的不平之气。
〔3〕数奇(jī)：命运不好。数，命运的定数。奇，不偶。古代占法以偶数为吉，以奇数为凶。
〔4〕喷玉唾珠：写出珠圆玉润的美文。
〔5〕昭回云汉：《诗经·大雅·云汉》中有"倬彼云汉，昭回于天"。写出的文章像银河，文采灿烂。昭，光。回，转。云汉，银河。

宁使见者闻者切齿咬牙，欲杀欲割，而终不忍藏于名山，投之水火。余览斯记〔1〕，想见其为人，当其时必有大不得意于君臣朋友之间者，故借夫妇离合因缘以发其端〔2〕。于是焉喜佳人之难得，美张生之奇遇，比云雨之翻覆〔3〕，叹今人之如土。其尤可笑者：小小风流一事耳，至比之张旭、张颠、羲之、献之而又过之〔4〕。尧夫云〔5〕："唐虞揖让三杯酒，汤武征诛一局棋〔6〕。"夫征诛揖让何等也？而以一杯一局觑之〔7〕，至眇小矣〔8〕。

〔1〕斯记：指《西厢记》。斯，此。
〔2〕发其端：作为开端。
〔3〕比云雨之翻覆：杜甫《贫交行》："翻手作云覆手雨，纷纷轻薄何须数？"把世态人情比作像云雨那样翻覆无常。
〔4〕张旭：字伯高，善草书，好饮酒，醉后狂呼奔走，有时甚至以头濡墨作狂草，时人称之为张颠。 羲之、献之：羲之是晋朝大书法家王羲之，字逸少，又称王右军。王献之是王羲之的次子，精于书法。
〔5〕尧夫：宋代理学家邵雍，字尧夫，谥康节。
〔6〕唐虞揖让三杯酒，汤武征诛一局棋：两句诗见邵雍的《伊川击壤集·首尾吟》。唐尧把帝位让给虞舜，就好像推让三杯酒；周武讨伐夏桀和殷纣，就像下一局棋。在哲人看来，历史上的大事都不值一提。
〔7〕觑(qù)：看。
〔8〕眇(miǎo)小：细小，微小。

呜呼！今古豪杰，大抵皆然。小中见大，大中见小，举一毛端建宝王刹，坐微尘里转大法轮[1]。此自至理，非干戏论[2]。倘尔不信，中庭月下，木落秋空，寂寞书斋，独自无赖[3]，试取《琴心》一弹再鼓[4]，其无尽藏不可思议[5]，工巧固可思也[6]。呜呼！若彼作者，吾安能见之欤！

[1]小中见大，大中见小，举一毛端建宝王刹，坐微尘里转大法轮：这几句出自《楞严经》。小中现大，大中现小，如同佛家所说的在毛发尖上能建佛寺，坐在一粒微尘里可以运转大法轮。宝王刹，佛寺。大法轮，佛教把传佛法叫转法轮。

[2]干：涉及。

[3]无赖：没事可做，无聊。

[4]琴心：《西厢记》中第二本第四折《听琴》。

[5]无尽藏(zàng)：佛家语，原指"德"和"德"产生的"业用"（功事）无穷无尽。这里指《西厢记》一类的作品艺术感染力无穷无尽。

[6]思：领略。

明代中叶，围绕对《拜月亭》、《西厢记》和《琵琶记》的评价，展开了一场关于戏曲本色的争论。大多数著名戏曲批评家都卷入了这场争论。李贽通过对《拜月亭》、《西厢记》和《琵琶记》的评价，提出了"化工"与"画工"一对美学范畴。化工指顺应自然、师法造化、不露痕迹的自然美；画工指强调法度、虚伪矫饰、穷巧极工的人工美。李贽认为美存在于天地之间，"天之所生，地之所长，百卉俱在，人见而爱之矣"，人们必须通过对自然的观察去了解美、寻求美。只有体现自然美的"化工"之作，才是艺术的最高境界，才是天下至文。

童心说

此文选自《焚书》卷三。童心即真心，是出自人的自然本性的真实感情，人的纯真本性为文艺之根本。只有出自童心的才是好的文学作品，李贽确立了一个文学批评的新标准。《童心说》是晚明启蒙思潮中的代表作。

龙洞山农叙《西厢》[1]，末语云："知者勿谓我尚有童心可也。"夫童心者，真心也；若以童心为不可，是以真心为不可也。夫童心者，绝假纯真,最初一念之本心也。若夫失却童心,便失却真心;失却真心,便失却真人。人而非真,全不复有初矣[2]。

注释

[1]龙洞山农:不详,有人疑为李贽别号,恐非是。李贽所引龙洞山农叙《西厢》说"知者勿谓我尚有童心可也",其言恐别人误以为其有童心。《童心说》即是针对此论而发。故龙洞山农当为当时另一无名评论家的别号。有人认为是颜钧,字山农。

[2]初:人最初的自然淳朴状态。亦即下文所说的"童子者,人之初也;童心者,心之初也"。

童子者,人之初也;童心者,心之初也。夫心之初,曷可失也[1]?然童心胡然而遽失也[2]。盖方其始也,有闻见从耳目而入[3],而以为主于其内[4],而童心失。其长也,有道理从闻见而入,而以为主于其内,而童心失。其久也,道理闻见,日以益多,则所知所觉,日以益广,于是焉又知美名之可好也,而务欲以扬之,而童心失。知不美之名之可丑也,而务欲以掩之,而童心失。夫道理闻见,皆自多读书识义理而来也[5]。古之圣人,曷尝不读书哉!然纵不读书,童心固自在也;纵多读书,亦以护此童心而使之勿失焉耳,非若学者反以多读书识义理而反障之也。夫学者既以多读书识义理障其童心矣,圣人又何用多著书立言,以障学人为耶?童心既障,于是发而为言语,则言语不由衷;见而为政事,则政事无根柢;著而为文辞,则文辞不能达[6];非内含以章美也[7],非笃实生辉光也,欲求一句有德之言,卒不可得,所以者何?以童心既障,而以从外入者闻见道理为之心也。

[1]曷:何。
[2]胡然而遽(jù)失:为什么很快就失去。胡然,怎样。遽,突然,急速。
[3]闻见:听到的和看见的。
[4]内:指人的内心世界。
[5]义理:旧时指经义。宋以后主要指程朱理学。
[6]达:表达。
[7]章:同"彰",表现。

夫既以闻见道理为心矣,则所言者,皆闻见道理之言,非童心自出之言也,言虽工,于我何与!岂非以假人言假言[1],而事假事,文假文乎!盖其人既假,则无所不假矣。由是而以假言与假人言,则假人喜;以假事与假人道，则假人喜；以假文与假人谈，则假人喜；无所不假则无所不喜，满场是假，矮人何辩也[2]？然则虽有天下之至文[3]，其湮灭于假人而不尽见于后世者，又岂少哉！何也？天下之至文，未有不出于童心焉者也。苟童心常存，则道理不行，闻见不立，无时不文，无人不文，无一样创制体格文字而非文者。诗何必古选[4]，文何必先秦，降而为六朝，变而为近体[5]，又变而为传奇[6]，变而为院本[7]，为杂剧[8]，为《西厢曲》，为《水浒传》，为今之举子业[9]，大贤言圣人之道，皆古今至文，不可得而时势先后论也，故吾因是有，感于童心者之自文也，更说什么六经[10]，更说什么《语》《孟》乎[11]！

〔1〕言假言：说假话。
〔2〕场：戏场。　矮人何辩：矮人根本看不到，就无法分辨了。辩，辨。
〔3〕至文：出自童心的最好作品。
〔4〕古选：南朝梁代萧统编的《文选》中的两汉魏晋诗歌。明代前后七子以《文选》所收录的诗为典范，李贽对此不满。
〔5〕近体：隋唐之际出现的格律诗，与古体诗相区别。
〔6〕传奇：唐代的传奇小说，也称传奇文。
〔7〕院本：金元时代行院演出所用的脚本。体制与宋杂剧相同，是北方的宋杂剧向元杂剧过渡的形式。
〔8〕杂剧：兴起于宋，盛行于元。这里指元杂剧。
〔9〕举子业：科举考试所用的文体，在明朝主要是八股文。
〔10〕六经：古代儒家经典，包括《诗经》、《书经》、《礼经》、《乐经》、《易经》、《春秋》。
〔11〕《语》《孟》：《论语》和《孟子》。

　　夫六经《语》《孟》，非其史官过为褒崇之词，则其臣子极为赞美之语，又不然则其迂腐门徒、懵懂弟子[1]，记忆师说，有头无尾，得后遗前，随其所见，笔之于书，后学不察，便谓出自圣人之口也，决定目之为经矣，孰知其大半非圣人之言乎！纵出自圣人，要亦有为而发，不过因病发药，随时处方，以救此一等懵懂弟子、迂腐门徒云耳。药医假病，方难定执[2]，是岂可遽以为万世之论乎！然则六经《语》《孟》，乃道学之口实[3]，假人之渊薮也[4]，断断乎其不可以语于童心之言明矣。呜呼！吾又安得真正大圣人之童心未曾失者，而与之一言文哉！

〔1〕懵(měng)懂:糊涂。

〔2〕方:药方。 定执:固定不变。

〔3〕口实:指口头上标榜、炫耀自己的谈话资料。

〔4〕渊薮(sǒu):鱼和兽聚居之处,比喻意为人物聚集之所。此处指儒家经典是培养假人和假人贩卖道学的大本营。

李贽认为童心不仅是文学创作的源泉,也是评价文学作品的标准。明代文坛前后七子的复古理论"文必秦汉,诗必盛唐"颇为流行,李贽的童心说是晚明文学革新运动的纲领。晚明市民阶层兴起,资本主义思想萌芽,思想领域出现了批判封建传统、追求个性解放、表现自然人性的思潮,《童心说》是新兴社会力量的要求在思想上和文学上的反映。童心说以崭新的思想启发了一代作家;以全新的标准评价前代文学。童心说为稍后公安派的"性灵"说提供了理论依据,也影响了竟陵派的袁枚"性灵说"的文学理论。童心说离经叛道,令人耳目一新,推动了中国16世纪后期至18世纪前期进步文学的发展。对中国哲学、美学和文学产生了重要的影响。

文章大量采用排比句式,气势磅礴。逻辑严密,说理透彻,是一篇非常著名的文论。

高洁说

这篇文章选自《焚书》卷三杂述。文中驳斥了一些人对李贽交友之道的非议,表明了自己高洁的品格。

予性好高〔1〕,好高则倨傲而不能下〔2〕。然所不能下者,不能下彼一等倚势仗富之人耳。否则稍有片长寸善〔3〕,虽隶卒人奴,无不拜也。予性好洁,好洁则狷隘不能容〔4〕。然所不能容者,不能容彼一等趋势谄富之人耳。否则果有片善寸长,纵身为大人王公,无不宾也〔5〕。能下人,故其心虚;其心虚,故所取广;所取广,故其人愈高。然则言天下之能下人者,固言天下之极好高人者也。予之好高,不亦宜乎! 能取人,必无遗人;无遗人,则无人不容;无人不容,则无不洁之行矣。然则言天下之能容人者,固言天下之极好洁人者也。予之好洁,不亦宜乎!

〔1〕高:高洁。
〔2〕好高则倨傲而不能下:好高洁就傲慢而不能屈己。倨(jù)傲,傲慢。
〔3〕片长寸善:一点长处和优点。
〔4〕狷隘:性情正直,不肯同流合污。
〔5〕宾:礼敬。

今世龌龊者[1],皆以予狷隘而不能容,倨傲而不能下,谓予自至黄安[2],终日锁门,而使方丹山有好个四方求友之讥[3];自住龙湖,虽不锁门,然至门而不得见,或见而不接礼者,纵有一二加礼之人,亦不久即厌弃。是世俗之论我如此也。殊不知我终日闭门,终日有欲见胜己之心也;终年独坐,终年有不见知己之恨也,此难与尔辈道也。其颇说得话者,又以余无目而不能知人,故卒为人所欺[4];偏爱而不公,故卒不能与人以终始[5]。彼自谓离毛见皮,吹毛见孔,所论确矣[6]。其实视世之龌龊者,仅五十步,安足道耶?

〔1〕龌龊:比喻人品恶劣。
〔2〕黄安:旧县名。今湖北红安。李贽辞官后因与耿定理友善,携家客居黄安。
〔3〕而使方丹山有好个四方求友之讥:因李贽终日闭门不见客,所以方丹山讥讽他"好个四方求友"之人。方丹山,其人不详。
〔4〕其颇说得话者,又以余无目而不能知人,故卒为人所欺:谈得非常投机的人,又认为我没有辨别好人坏人的眼光,所以最终被人欺骗。
〔5〕偏爱而不公,故卒不能与人以终始:(认为我)对朋友有所偏爱不能公平对待,所以与别人的友谊不能善始善终。
〔6〕彼自谓离毛见皮,吹毛见孔,所论确矣:他们自称由表及里,看到了本质。离,分开。

夫空谷足音[1],见似人犹喜,而谓我不欲见人,有是理乎!第恐尚未似人耳。苟其略似人形,当即下拜,而忘其人之贱也;奔走,而忘其人之贵也。是以往往见人之长,而遂忘其短。非但忘其短也,方且隆礼而师事之,而况知吾之为偏爱耶!何也?好友难遇,若非吾礼敬之至,师事之诚,则彼聪明才贤之士,又曷肯为我友乎?必欲与之为友,则不得不致吾礼数之隆。然天下之真才真聪明者实少也,往往吾尽敬事之诚,而彼聪明者有才者,终非其真,则其势又不得而不与之疏。且不但不真也,又且有奸邪焉，则其势又不得而不日与之远。是故众人咸谓我为无目耳。夫使我而果无目也，则必不能以终远；使我果偏爱不公也，则必护短以终身[2]。故为偏爱无目之论者，皆似之而非也。

〔1〕空谷足音：语本《庄子·徐无鬼》："夫逃虚空者……闻人足跫然而喜矣。"在空寂的山谷里听到了人的脚步声，比喻难得的音信、言论或事物。

〔2〕使我果偏爱不公也，则必护短以终身：假使我对朋友有所偏爱而不能公平对待，那么我必然会庇护朋友的短处，而与之友善终身。

今黄安二上人到此[1]，人又必且以我为偏爱矣[2]。二上人其务与我始终之[3]，无使我受无目之名也。然二上人实知余之苦心也，实知余之孤单莫可告语也，实知余之求人甚于人之求余也。余又非以二上人之才，实以二上人之德也；非以其聪明，实以其笃实也[4]。故有德者必笃实，笃实者则必有德，二上人吾何患乎[5]？二上人师事李寿庵，寿庵师事邓豁渠。邓豁渠志如金刚[6]，胆如天大，学从心悟，智过于师，故所取之徒如其师，其徒孙如其徒。吾以是卜之[7]，而知二上人之必能如我出气无疑也，故作好高好洁之说以贻之。

〔1〕上人：对僧人的敬称。

〔2〕且以：将认为。

〔3〕其务：还是务必。其，还是，语气副词。

〔4〕笃实：忠诚老实。笃(dǔ)，忠实。

〔5〕二上人吾何患乎：对于两个僧人，我有什么担心的呢？

〔6〕邓豁渠：泰州学派代表人物之一，号太湖，四川内江人，讲过学，后弃家出游，落发为僧。曾到黄安访问过耿定理。

〔7〕卜：预料。

文章反驳一些人对李贽交友之道的非议。李贽认为自己是高洁之人，不容那些趋势谄富者、倚势仗富者，对稍有所长的人不论其身份高下，都能广为取容。有人诬蔑李贽狷隘，对朋友偏爱而不公，李贽加以驳斥，申明自己渴求胜友。

文章跌宕起伏，气势磅礴，文如其人。

忠义水浒传序

这篇文章选自明万历本《李氏焚书》卷三杂述。李贽评点过一百回本和一百二十回本的《水浒传》。一百回本的名为《批评忠义水浒传》,一百二十回本的名为《批评忠义水浒全书》。这篇文章是一百二十回本的序言。

太史公曰:"《说难》、《孤愤》[1],贤圣发愤之所作也。"由此观之,古之贤圣,不愤则不作矣。不愤而作,譬如不寒而颤,不病而呻吟也,虽作,何观乎?《水浒传》者,发愤之所作也。盖自宋室不竞,冠屦倒施[2],大贤处下,不肖处上[3]。驯致夷狄处上,中原处下,一时君相犹然处堂燕鹊[4],纳币称臣,甘心屈膝于犬羊已矣。施、罗二公[5],身在元,心在宋;虽生元日,实愤宋事。是故愤二帝之北狩[6],则称大破辽以泄其愤[7];愤南渡之苟安[8],则称灭方腊以泄其愤[9]。敢问泄愤者谁乎?则前日啸聚水浒之强人也,欲不谓之忠义不可也。是故施、罗二公传《水浒》而复以忠义名其传焉。

[1]《说难》、《孤愤》:《韩非子》中的篇名。
[2]冠屦倒施:此处是比喻上下倒置之意。冠,帽子;屦,古代麻葛制成的单底鞋。
[3]不肖:不材之人,小人。
[4]处堂燕鹊:《孔丛子·论势》:"燕鹊处屋,子母相哺,煦煦焉其相乐也,自以为安矣。灶突炎上,栋宇将焚,燕雀颜不变,不知祸之及己也。"处在堂屋的燕鹊容易受到伤害而不觉,比喻处境危险而安之若泰。
[5]施、罗二公:关于《水浒传》的作者,历来有几种不同的说法:有人认为是施耐庵作,有人认为是罗贯中作,也有人认为是施、罗二人的合作。李贽认为是第三种说法。
[6]二帝之狩:指宋钦宗靖康二年(1127),徽、钦二帝被金人所掳之事。狩,古代君主冬天打猎的专称,古代常把君主失国出亡或被掳讳言为狩。
[7]破辽:《水浒传》中宋江等被招安后即北征辽。见一百二十回本《水浒传》第八十三回至八十九回。
[8]南渡:指南宋。宋高宗南渡,保有淮河以南地区,建立了苟且偷安的南宋政权。
[9]灭方腊:《水浒传》中宋江等在征辽、平田虎和王庆后,继灭方腊。方腊是南宋农民起义的领袖。一百二十回本《水浒传》一百十回至一百十九回,有征辽和镇压方腊的情节。

夫忠义何以归于水浒也?其故可知也。夫水浒之众何以一一皆忠义也?所以致之者可知也。今夫小德役大德,小贤役大贤[1],理也。若以小贤役人，而以大贤役于人，其肯甘心服役而不耻乎？是犹以小力缚人，而使大力缚于人，其肯束手就缚而不辞乎？其势必至驱天下大力大贤而尽纳之水浒矣。则谓水浒之众，皆大力大贤有忠有义之人可也，然未有忠义如宋公明者也。今观一百单八人者，同功同过，同死同生，其忠义之心，犹之乎宋公明也，独宋公明者身居水浒之中，心有朝廷之上，一意招安，专图报国，卒至于犯大难，成大功，服毒自缢，同死而不辞，则忠义之烈也。真足以服一百单八人者之心，故能结义梁山，为一百单八人之主。最后南征方腊，一百单八人者阵亡已过半矣；又智深坐化于六和〔2〕，燕青涕泣而辞主〔3〕，二童就计于"混江"〔4〕。宋公明非不知也，以为见几明哲〔5〕，不过小丈夫自完之计，决非忠于君、义于友者所忍屑矣。是之谓宋公明也，是以谓之忠义也。传其可无作欤，传其可不读欤！

〔1〕小德役大德，小贤役大贤：即小德被大德役使，小贤被大贤役使。役，役使，这里是被动用法。

〔2〕智深坐化于六和：佛家称死为坐化。鲁智深死于杭州六和寺。见一百二十回本《水浒传》第一百十九回。

〔3〕燕青涕泣而辞主：宋江等平定方腊回京途中，燕青劝主人卢俊义等一同辞官归隐，卢未从，燕青涕泣辞别。见一百二十回本《水浒传》第一百十九回。

〔4〕二童就计于"混江"：二童指童威、童猛。混江指混江龙李俊。燕青走后，李俊作中风疾，乞宋江军马先行，留二童照顾自己。后来三人与费保八人出海去了外国。见一百二十回本《水浒传》一百十九回。

〔5〕见几：明察事物细微的变化。《易·系辞下》："君子见几而作。" 明哲：明白事理。《诗经·大雅·烝民》："既明且哲，以保其身。"

故有国者不可以不读，一读此传，则忠义不在水浒，而皆在于君侧矣。贤宰相不可以不读，一读此传，则忠义不在水浒，而皆在于朝廷矣。兵部掌军国之枢，督府专阃外之寄〔1〕，是又不可以不读也。苟一日而读此传，则忠义不在水浒，而皆为干城心腹之选矣〔2〕。否则不在朝廷，不在君侧，不在干城腹心，乌乎在？在水浒。此传之所为发愤矣。若夫好事者资其谈柄〔3〕，用兵者藉其谋画，要以各见所长，乌睹所谓忠义者哉！

〔1〕阃外：《史记·冯唐传》："阃以内者寡人制之，阃以外者将军制之。"阃指郭门的门槛。阃外指朝廷之外的地方州县。

〔2〕干城：防身之盾和守卫之城，比喻捍卫者。《诗经·周南·兔罝》："赳赳武夫，公侯干城。"干，盾牌。

〔3〕谈柄：谈话的资料。

《水浒》是通俗小说,被正统文人所蔑视。李贽却认为《水浒》像《史记》、《韩非子》那样,是"发愤之所作也",肯定了《水浒传》的创作意旨和思想内容,把它置于与正统诗文著作等同的地位,提高了《水浒传》的社会地位和文学价值。李贽主要是肯定水浒众将的忠义,把"身居水浒之中,心在朝廷之卜,一意招安,专图报国"的宋江视为"忠义之烈",肯定南征方腊,说明李贽并没有突破封建传统观念的藩篱,而对《水浒》的文学艺术成就基本没有论及。

李中丞奏议序代作

这篇文章选自《焚书》卷三杂述。《李中丞奏议》的作者李世达(1532—1599),曾任左都御史,是李贽的好友。"中丞"是对都御史的习惯称呼。奏议是封建官吏向皇帝上书陈述政见的一种文体。

传曰[1]:"识时务者在于俊杰[2]。"夫时务亦易识耳,何以独许俊杰为也[3]?且夫俊杰之生,世不常有,而事之当务,则一时不无,若必待俊杰而后识,则世之所谓时务皆非时务者欤?抑俊杰之所识者[4],必俊杰而后识,非俊杰则终不能识欤?吾是以知时务之大也。

[1]传(zhuàn):泛指史传类典籍。
[2]识时务者在于俊杰:这句话见于《三国志·蜀书·诸葛亮传》裴松之注引《襄阳记》。
[3]许:许可。
[4]抑:表示选择。或是,还是。

奏议者[1],议一时之务,而奏之朝廷,行之邦国[2],断断乎不容以时刻缓焉者也[3]。奏议多矣,而庸独称陆宣公者[4]?则以此公之学有本,其于人情物理,靡不周知[5],其言词温厚和平,深得告君之体,使人读其言便自心开目明,惟恐其言之易尽也。则真所谓奏议矣,然亦不过德宗皇帝时一时之务耳[6]。盖德宗时既多艰,又好以猜忌为聪明,故公宛曲及之,长短疾徐,务中其肯綮[7],以达乎膏肓[8],直欲穷之于其受病之处,蠹弊之源[9],令人主读之,不觉不知入其中而不怒,则奏议之最也。若非德宗之时,则又乌用此哉[10]?

[1]奏议:上奏皇帝议论政事的文体。
[2]行之邦国:推行到全国。
[3]断断乎不容以时刻缓者也:万万不允许有一时一刻的迟缓。
[4]庸:表示反问,岂。 陆宣公:即陆贽(754—805),唐苏州嘉兴(今属浙江)人,字敬舆,谥号为宣。德宗即位,任翰林学士,参与机谋。建中四年(783)德宗避朱泚之乱到奉天,许多诏书都由他起草。贞元八年(792)为中书侍郎、同平章事,勇于指陈弊政,因被裴延龄所谗,罢相,次年贬为忠州别驾。居忠州十年而死。所作奏议,多用排偶,条理精密,文笔流畅。
[5]靡(mí):没有。
[6]德宗皇帝:唐德宗李适(kuò),780年—805年在位,当时时局动荡,他曾一度逃离长安避难。
[7]肯綮(qìng):本指筋骨结合之处,后用来比喻关键的地方。肯,骨上的肉。綮,筋骨纠结处。
[8]膏肓(huāng):我国古代医学上把心尖脂肪叫膏,心脏和膈膜之间叫肓,认为是药力达不到的地方。
[9]蠹弊之源:病根。蠹(dù),蛀虫。
[10]乌:何。

　　汉有晁、贾:晁错有论[1],贾谊有策[2]。今观谊之策,如改正朔[3],易服色[4],早辅教等[5],皆依仿《周官》而言之[6]。此但可与俗儒道,安可向孝文神圣之主谈也[7]。然三表、五饵之策[8],推恩分王之策[9],以梁为齐、赵、吴、楚之边,剖淮南诸国以益梁而分王其子[10]。梁地二千馀里,卒之灭七国者,梁王力也[11]。孰谓洛阳年少[12],通达国体[13],识时知务如此哉! 至今读其书,犹想见其为人,欲不谓之千古之俊杰,不可得矣。若错之论兵事[14],与夫募民徙边[15],屯田塞下,削平七国等,皆一时急务,千载石画[16],未可以成败论人,妄生褒贬也。盖时者如鸷鸟之趋时[17],务者如易子之交务[18],稍缓其时,不知其务则殆[19],孰谓时务可易言哉!其势非天下之俊杰,固不能以识此矣。

[1]晁错(前200—前154):西汉政论家,深得景帝的信任,任御史大夫。他向景帝建议逐步削夺诸侯王国的封地,以巩固中央集权制度,得到景帝的采纳。后吴楚七国以诛晁错为名,发动了七国之乱,他被袁盎等所谮,被杀。所著政论文有《论募民徙塞下书》、《论贵粟疏》等,议论犀利,分析深刻。
[2]贾谊(前200—前168):洛阳(今河南洛阳)人。20岁时被汉文帝召为博士,不久升为太中大夫。贾谊对当时法度礼乐的制定、服色官名的改定,以及限制削弱诸侯王的势力等提出了积极的建议,但被权们忌恨排斥,被文帝疏远,贬为长沙王太傅、梁怀王太傅。怀王堕马而死,贾谊伤痛过度不久去世,年仅33岁。有政论文《过秦论》、《陈政事疏》、《论积贮疏》等,都是脍炙人口、影响深远的名篇。
[3]改正朔:古代帝王改变历法叫"改正朔"。正(zhēng),正月,夏历一年的第一月。朔,夏历每月初一日。

〔4〕易服色：重新改换车马服饰的颜色。古代改朝换代有重新改换服色的作法。"易服色"是根据"五行(xíng)"说法而定，如汉为土德，土为黄色，所以汉代崇尚黄色。

〔5〕早辅教：及早为太子选择师傅及左右之人，以便教育和辅佐太子。

〔6〕《周官》：儒家经典《周礼》。

〔7〕孝文神圣之主：即汉文帝刘恒（前179—前157在位）。

〔8〕三表、五饵：贾谊向汉文帝建议对付匈奴奴隶主侵扰的一种怀柔政策。三表是喜爱匈奴人的形貌，爱好匈奴人的技艺，对匈奴人讲信用。五饵是赏赐给匈奴奴隶主衣服车马、山珍海味、音乐美女、深宅大院、仓库奴婢，并由皇帝亲自接待前来投降的匈奴首领，用这五种办法作诱饵，达到笼络匈奴的目的。这种办法是国防不强时不得已的办法，不能从根本上解决问题。

〔9〕推恩分王：是贾谊提出的政治措施。在诸侯国内多封诸侯王的子孙为王，使大的侯国分成若干个小诸侯国，土地缩小了，势力自然就削弱了。这样就加强了中央集权统治。

〔10〕分王(wàng)其子：部分侯国土地，封侯王的非嫡长子当王。

〔11〕梁王：汉文帝的儿子刘武。贾谊建议扩展梁国的地盘，增强梁王的实力，以梁国作为淮南诸侯与中央所在地关中之间的缓冲地带。后来吴楚七国之乱起，梁王抗击叛军三个月，与周亚夫配合，平定了七国的叛乱。

〔12〕洛阳年少：《史记·屈原贾生列传》说贾宜"洛阳之人，年少初学"。贾谊为洛阳人，18岁就以通诗书和诸子百家闻名，20岁被汉文帝召为博士。

〔13〕通达国体：通晓国家大事。国体，治国的纲要，大政方针。

〔14〕错之论兵事：晁错有论军事的奏章《言兵事疏》等，提出与匈奴作战要得地形，卒服习（守边士卒要适应驻地的习俗），器用利，从三方面分析敌我的情况，提出相应的对策。

〔15〕与夫募民徙边：晁错有政论文《论募民徙塞下书》。

〔16〕千载石(shuò)画：千年大计。石，通"硕"，大。画，计划。

〔17〕鸷(zhì)鸟之趋时：像凶猛的鸟疾飞时一样抓住时机。鸷鸟，凶猛的鸟，如鹰、雕。

〔18〕易子之交务：一天有一天的事物。易，变换。子，子时，即一天十二个时辰中的第一个时辰。

〔19〕殆：危险。

　　宋人议论太多，虽谓之无奏议可也，然苏文忠公实推陆忠宣奏议矣[1]。今观其上皇帝诸书与其他奏议，真忠肝义胆，读之自然恸哭流涕[2]，又不待以痛哭流涕自言也。然亦在坡公时当务之急耳，过此而徽、钦[3]，则无用矣。亦犹晁、贾之言，只可对文、景、武三帝道耳[4]，过此则时非其时，又易其务，不中用也。

　　余读先贤奏议，其所以尚论之者如此[5]。今得中丞李公奏议读之，虽未知其于晁、贾何如，然陆敬舆、苏子瞻不能过也。故因书昔日之言以请教于公，公其信不妄否？如不妄，则愿载之末简[6]。

〔1〕苏文忠公实推陆忠宣奏议矣：苏文忠即苏轼，死后追谥"文忠"。苏轼非常推崇陆贽的奏议。

〔2〕恸哭流涕：痛哭流涕。恸(tòng)，极悲伤，大哭。

〔3〕徽、钦：宋徽宗及宋钦宗。宋徽宗(1082—1135)即赵佶，北宋皇帝、书画家，1100年—1125年在位。1125年底，传位给宋钦宗赵恒，靖康三年(1127)为金兵所掳。

〔4〕文、景、武：汉文帝刘恒，汉高祖子，公元前180—前157在位。汉景帝即刘启，汉文帝子，公元前157—前141年在位。汉武帝刘彻，汉景帝子，公元前140—前87年在位。

〔5〕尚论：追溯前代，议论古人的事。尚，同"上"。

〔6〕末简：书后。有自谦之意。简，竹简，后引申为书籍。

这篇文章是《李中丞奏议》的序言。李贽对历史上著名的奏议进行分析总结，提出了奏议要"识时知务"，要抓住时机，根据特定历史情况，提出切实可行的对策。

李生十交文

这篇文章选自《焚书》卷三杂述。文章表明李贽的交友原则，只是不愿交假道学的朋友而已。李贽把朋友分为十类：酒食之交、市井之交、遨游之交、坐谈之交、技能之交、术数文墨之交、骨肉之交、心胆之交和生死之交。这十种友谊既有精神层面的，也有市井小民的世俗人情，酒食之交也被李贽所重视。

或问李生曰〔1〕："子好友，今两年所矣〔2〕，而不见子之交一人何？"曰："此非君所知也。余交最广，盖举一世之人，毋有如余之广交者矣。余交有十。十交，则尽天下之交矣。"

何谓十？其最切为酒食之交〔3〕，其次为市井之交。如和氏交易平心，闵氏油价不二，汝交之，我亦交之，汝今久矣日用而不知也。其三为遨游之交，其次为坐谈之交。遨游者，远则资舟，近则谭笑〔4〕，谑而不为虐〔5〕，亿而多奇中。虽未必其人何如，亦可以乐而忘返，去而见思矣。技能可人，则有若琴师、射士、棋局、画工其人焉。术数相将，则有若天文、地理、星历、占卜其人焉。其中达士高人，未可即得，但其技精，则其神王，决非拘牵龌龊〔6〕，卑卑琐琐之徒所能到也。聊以与之游，不令人心神俱爽，贤于按籍索古，谈道德，说仁义乎？以至文墨之交，骨肉之交，心胆之交，生死之交：所交不一人而足也。何可谓余无交？又何可遽以一人索余之交也哉〔7〕？

〔1〕或:有人。
〔2〕所:表示一个不定的数目,"左右"的意思。
〔3〕切:接近、贴近。
〔4〕谭笑:即谈笑。谭,通"谈"。
〔5〕谑而不为虐:开玩笑而不至于使人难堪。谑(xuè),开玩笑。
〔6〕龌龊(wòchuò):形容气量狭小,拘于小节。
〔7〕遽(jù):匆忙。

夫所交真可以托生死者,余行游天下二十多年,未之见也。若夫剖心析肝相信,意者其唯古亭周子礼乎!肉骨相亲,期于无斁,余于死友李维明盖庶几焉。诗有李,书有文,是矣,然亦何必至是。苟能游心于翰墨[1],蜚声于文苑[2],能自驰骋,不落蹊径[3],亦可玩适以共老也。

唯是酒食之交,有则往,无则止不往。然亦必爱贤好客,贫而整,富而洁者,乃可往耳。客为上,好贤次之,整而洁又次之。然是酒食也,最日用之第一义也。余唯酒食是需,饮食宴乐是困,则其人亦以饮食为媒,而他可勿论之矣。故爱客可也,好贤可也,整而洁亦可也。

无所不可,故无所不友[4]。而况倾盖交欢,饮水可肥,无所用媒者哉!已矣!故今直道饮食之事,以识余交游之最切者。饮食之人,则人贱之[5],余愿交汝,幸勿弃也。

〔1〕翰墨:笔和墨。借指文章书画等。
〔2〕蜚声:扬名。
〔3〕蹊径:途径。
〔4〕友:动词,交朋友。
〔5〕贱:轻视。

文章陈述了李贽所结交的十种朋友,既有世俗人情,也有心灵的朋友,只要有一善可采,于己有益,无所不交。表现出李贽交友的观念。李贽与市井小民交往,肯定人的"势利之心","市井小民,身履是事,口便说是事。作生意者但说生意,力田者但说力田。凿凿有味,真有德之言,令人听之忘厌矣。"从这样的市井道德观念出发,自然不愿与"阳为道学,阴为狗彘"的道学家来往了。

自　赞

这篇文章选自《焚书》卷三杂述。作于自称"居士",即削发之前。李贽给自己画了一幅自画像,从中可见李贽的性格个性。

其性褊急[1],其色矜高[2],其词鄙俗[3],其心狂痴[4],其行率易[5],其交寡而面见亲热[6]。其与人也,好求其过,而不悦其所长;其恶人也[7],既绝其人,又终身欲害其人。志在温饱,而自谓伯夷、叔齐[8];质本齐人[9],而自谓饱道饫德[10]。分明一介不与[11],而以有莘藉口[12];分明毫毛不拔,而谓杨朱贼仁[13]。动与物迕[14],口与心违。其人如此,乡人皆恶之矣。昔子贡问夫子曰:"乡人皆恶之何如?"子曰:"未可也[15]。"若居士,其可乎哉[16]!

[1]褊急:气量狭小,性情急躁。褊(biǎn),狭隘。

[2]矜高:自高自大。矜,自尊自大。

[3]鄙俗:粗俗、庸俗。

[4]狂痴:狂妄而不通事理。

[5]率易:直率。

[6]见(xiàn):现。

[7]恶(wù):憎恨、讨厌。

[8]伯夷、叔齐:商末孤竹君之长子及次子。二人因互让君位而投奔周。后又因为反对武王灭商而逃至首阳山不食周粟而死。

[9]质本齐人:本质像《孟子·离娄下》中"齐人有一妻一妾"章中的齐人,爱慕虚荣。

[10]饱道饫德:比喻道德修养高尚。饫(yù),饱。

[11]一介不与:一点点小东西也不愿送人。

[12]而以有莘藉口:以伊尹乐尧舜之道为借口。见《孟子·万章上》。孟子曰:"伊尹耕于有莘之野,而乐尧舜之道焉。……非其义也,非其道也,一介不以与人,一介不以取诸人。"莘(shēn),国名。

[13]而谓杨朱贼仁:杨朱是战国初哲学家。他主张"贵生"、"重己"、"全性葆真,不以物累形",重视个人生命的保存,反对别人对自己的侵夺,也反对侵夺别人。贼仁,损害仁道。

[14]迕(wǔ):违背。

[15]"昔子贡问夫子曰"几句:见《论语·子路》。

[16]若居士,其可乎哉:这样的居士,怎么行呢!

全文以第三人称写法、以他人的口吻对李贽自己进行评价,这是作者对自己矛盾的思想和个性所进行的剖析。表明了李贽孤高脱俗,虽难容于世人,也要坚守自己的信念的志向。文章半是自嘲,表达对世事荒谬的不满;半是借己骂人,讽刺假道学。其中"又终身欲害其人"就不是李贽的性格和观点。

赞刘谐

这篇选自《焚书》卷三。刘谐,字宏源,麻城(今属湖北)人。明朝隆庆五年(1571)进士,曾任兵科给事中、福建按察佥事、余干县(今属江西)知县等职。为官"抗上而不慢下"(《麻城县志》卷二十)。李贽借称赞刘谐对道学家尊孔崇儒的陈腐论调进行了有力的批驳。

有一道学[1],高屐大履[2],长袖阔带,纲常之冠,人伦之衣,拾纸墨之一二,窃唇吻之三四[3],自谓真仲尼之徒焉[4]。时遇刘谐。刘谐者,聪明士,见而哂曰:"是未知我仲尼兄也。"其人勃然作色而起曰:"天不生仲尼,万古如长夜[5]。子何人者,敢呼仲尼而兄之?"刘谐曰:"怪得羲皇以上圣人尽日燃纸烛而行也[6]!"其人默然自止。然安知其言之至哉!

李生闻而善曰:"斯言也,简而当,约而有余[7],可以破疑网而昭中天矣[8]。其言如此,其人可知也。盖虽出于一时调笑之语[9],然其至者百世不能易。"

[1]道学:宋明理学的别称。这里指道学家。
[2]高屐(jī)大履(lǚ):屐,木头鞋。履,鞋。屐履泛指鞋。
[3]唇吻:比喻口才、言辞。
[4]仲尼:即孔子,字仲尼。
[5]天不生仲尼,万古如长夜:宋强幼安《唐子西文录》谓为蜀道馆舍壁间所题。朱熹曾在《朱子语类》卷九三加以引用。
[6]怪得羲皇以上圣人尽日燃纸烛而行也:怪不得羲皇以上的圣人,整日里点着纸捻蜡烛行路啊!怪得,怪不得。羲皇,即伏羲氏,传说中上古三皇之一。纸烛,蘸酒点火可以照明的纸捻。
[7]有余:有余味。
[8]破疑网而昭中天:网同"惘",迷惑不清。昭,明朗。
[9]调笑:开玩笑。

"天不生仲尼,万古如长夜。"此语被后世道学家视为名言。李贽不盲目崇拜"至圣先师","不以孔子之是非为是非",所以当他听到刘谐批驳道学先生的言论,大加赞赏刘谐的独立精神。

文章不足二百字。李贽生动地描述了刘谐与道学家的对话。寥寥数语就把道学先生装腔作势、借孔子以自高的神态塑造得惟妙惟肖。李贽的性格倨傲而倔强,他不崇拜偶像和权威,一切都要用自己的价值观重新评价。

文章短小精悍,文笔辛辣诙谐,语言风趣幽默,对于道学家进行漫画式的描绘,极尽揶揄讽刺之能事。

读律肤说

这篇文章选自《焚书》卷三《杂述》。文章对前后七子的格调说作了新的解释,认为"格"就是人的性格即个性,"调"是文学创作中与作者个性相适应的艺术风格和表现形式。作者的个性风格在作品中自然流露出来,而不应该加以限制。标题的意思是格律诗浅说。

淡则无味,直则无情[1]。宛转有态,则容冶而不雅[2];沉着可思,则神伤而易弱。欲浅不得,欲深不得。拘于律则为律所制,是诗奴也,其失也卑,而五音不克谐[3];不受律则不成律,是诗魔也,其失也亢,而五音相夺伦[4]。不克谐则无色[5],相夺伦则无声[6]。盖声色之来,发于情性,由乎自然,是可以牵合矫强而致乎[7]?故自然发于情性,则自然止乎礼义,非情性之外复有礼义可止也。惟矫强乃失之,故以自然之为美耳,又非于情性之外复有所谓自然而然也。故性格清彻者音调自然宣畅,性格舒徐者音调自然疏缓,旷达者自然浩荡,雄迈者自然壮烈,沉郁者自然悲酸,古怪者自然奇绝。有是格[8],便是有调,皆情性自然之谓也。莫不有情,莫不有性,而可以一律求之哉!然则所谓自然者,非有意为自然遂以谓自然也。若有意为自然,则与矫强何异?故自然之道,未易言也。

〔1〕情:情趣。

〔2〕容冶：仪表妖艳。

〔3〕五音：我国五声音阶上的五个级，相当于现行简谱上的1、2、3、4、5。古代叫宫、商、角(jué)、徵(zhǐ)、羽。 不克谐：不能和谐。克，能。

〔4〕夺伦：失去次序。

〔5〕色：音色，韵味。

〔6〕声：声调，曲调。

〔7〕牵合矫强：即牵强附会。矫强(qiǎng)，勉强。

〔8〕格：品质。

　　李贽从当时颇为流行的"理在情内"的观点出发，提出礼义存在于性情之中，诗文只要发乎性情，自然会止乎礼义。如果在性情之外另设一礼义标准，使人们约束自己的性情去迎合礼义标准，"矫强附会"，去吟诗作文，就会失去自然美。"出于性情，止乎礼义"是儒家的传统诗教，这种理论承认诗歌表达感情的功能，但是要把诗文中表达的感情约束在封建礼教许可的范围内。李贽突破了儒家的诗教，主张诗文抒发感情要自然，感情要强烈而真实。

读若无母寄书

　　此文选自《焚书》卷四杂述。若无是李贽的僧徒。这篇文章是李贽读若无母亲书信的读后感。

　　若无母书云："我一年老一年，八岁守你，你既舍我出家也罢，而今又要远去。你师当日出家，亦待终了父母，才出家去。你今要远去，等我死了还不迟。"若无答云："近处住一毫也不曾替得母亲〔1〕。"母云："三病两痛自是方便，我自不欠挂你〔2〕，你也安心，亦不欠挂我。两不欠挂，彼此俱安。安处就是静处，如何只要远去以求静耶？况秦苏哥从买寺与你以来，待你亦不薄，你想道情，我想世情〔3〕。世情过得，就是道情。莫说我年老，就你二小孩子亦当看顾他。你师昔日出家，遇荒年也顾儿子，必是他心打不过〔4〕，才如此做。设使不顾，使他流落不肖，为人笑耻。当此之时，你要修静，果动心耶，不动心耶？若不动心，未有此理；若要动心，又怕人笑，又只隐忍过日。似此不曾而不动心，与今管他而动心，孰真孰假，孰优孰劣？如此看来，今时管他，迹若动心，然中心安安妥妥[5]，却是不动心；若不管他，迹若不动，然中心隐隐痛痛，却是动心。你试密查你心：安得他好，就是常住，就是金刚[6]。如此只听人言？只听人言，不查人心，就是被境转了[7]。被境转了，就是你不会安心处。你到不去住心地，只要去住境地[8]。吾恐龙潭不静，要住金刚；金刚不静，更住何处耶？你终日要讲道，我今日与你讲心。你若不信，又且证之你师，如果在境，当住金刚；如果在心，当不必远去矣。你心不静，莫说到金刚，纵到海外，益不静也。"

注释

〔1〕替：代劳。意思是住在近处也帮助不了母亲。
〔2〕欠挂：牵挂。
〔3〕你想道情，我想世情：你想佛理，而我想的是世态人情。
〔4〕心打不过：忍受不了内心的不安。
〔5〕中心：心中。
〔6〕"你试密查你心"几句：你试着仔细检查一下你的内心：如果心里安然，那就是虚静，就到了最高佛界。密，仔细。常住，指一种永恒常在、不生不灭的虚静境界。金刚，金刚山，又称须弥山、妙高山。佛经说它是南赡部洲等四大洲的中心，处大海之中，上高336万里，顶上为帝释天所居，半腹为四天王所居。
〔7〕被境转：受外界环境条件的制约。
〔8〕你到不去住心地，只要去住境地：你倒不去寻找虚静的心境，就是要去安静的环境。心地，指虚静的心境。境地，指安静的环境。

　　卓吾子读而感曰：恭喜家有圣母，膝下有真佛[1]。夙夜有心师[2]。所矢皆海潮音[3]，所命皆心髓至言，颠扑不可破[4]。回视我辈傍人隔靴搔痒之言[5]，不中理也。又如说食示人，安能饱人，徒令傍人又笑傍人，而自不知耻也。反思向者与公数纸，皆是虚张声势，恐吓愚人，与真情实意何关乎！乞速投之水火，无令圣母看见，说我平生尽是说道理害人去也。又愿若无张挂尔圣母所示一纸，时时令念佛学道人观看，则人人皆晓然去念真佛，不肯念假佛矣。能念真佛，即是真弥陀[6]，纵然不念一句"弥陀佛"，阿弥陀佛亦必接引[7]。何也？念佛者必修行，孝则百行之先。若念佛名而孝行先缺，岂阿弥陀亦少孝行之佛乎？决无是理也。我以念假佛而求见阿弥陀佛，彼佛当初亦念何佛而成阿弥陀佛乎？必定亦只是寻常孝慈之人而已。言出至情，自然刺心，自然动人，自然令人痛哭。想若无必然与我同也，未有闻母此言而不痛哭者也。

〔1〕恭喜家有圣母,膝下有真佛:恭喜家中有懂佛理的母亲,膝下有若无这样的真佛。

〔2〕夙夜有心师:早晚有自己的心指点自己。这反映了王阳明"心学"观点。

〔3〕所矢皆海潮音:所说的全是佛理。矢,陈说。海潮音:佛家语。喻观世音菩萨说法之声音。因海潮音宏壮,且海潮按时而至,与观世音适时说法相类似,所以以此为喻。

〔4〕所命皆心髓至言,颠扑不可破:所写的全是心中最深感悟的话,是永远也不会被推翻的道理。命,命笔,写。颠扑不可破,无论怎样摔打都不会破裂。比喻永远不会被推翻的道理或真理。

〔5〕隔靴搔痒之言:比喻说话作文等不中肯,没有抓住关键问题的语言。

〔6〕弥陀:阿弥陀佛的简称,也就是弥陀佛。此为梵文音译,意译为"无量光"、"无量寿"。大乘佛教之佛名,西方"极乐世界"之教主,为净土宗信仰的主要对象。此佛像常与释迦、药师二佛并坐为三尊。

〔7〕纵然不念一句"弥陀佛",阿弥陀佛亦必接引:《阿弥陀经》说,念此佛名号,深信无疑,即能往生净土。接引,佛教用语。意思是佛引导信佛的人往西天去。

文章先转述了僧徒若无母亲写给儿子的信。信中劝儿子不要远离亲人去远方学道,只顾道情不顾人情则心不安,心不安就不可能达到虚静的境界而成佛。李贽赞扬若无母亲为圣母,劝若无修行应先敬孝,勿念假佛。李贽的"童心说"就重视人间真情,此处也是道情世情并重,人情佛理兼顾。孝道是儒家伦理,从这篇文章可以看出李贽儒释兼融的思想。

豫约·感慨平生

文章选自《焚书》卷四杂述。这篇自传记录了李贽的一生。李贽晚年住在麻城芝佛院,七十岁那年为院僧写下几条遗嘱,名为《豫约》,《感慨平生》是其中最后一段。

善因等众菩萨[1],见我涅槃[2],必定差人来看。夫诸菩萨甚难得,若善因者,以一身而综数产[3],纤悉无遗;以冢妇而养诸姑[4],昏嫁尽礼[5]。不但各无间言,亦且咸得欢心,非其本性和平,真心孝友[6],安能如此?我闻其才力、其识见大不寻常,而善因固自视若无有也[7]。时时至绣佛精舍[8],与其妹澹师穷究真乘[9],必得见佛而后已[10]。故我尤真心敬重之。此皆尔等所熟闻[11],非千里以外人,百年以远事,或出传说未可信也。

〔1〕善因：一个学佛女子的法名。据下文得知她是梅澹然的姐姐。梅的父亲梅国桢曾任兵部右侍郎，是李贽的好友。善因等人曾借书信向李贽请教佛学。 菩萨：是李贽对在家奉佛女子的尊称。

〔2〕涅槃(nièpán)：佛教用语，原指超脱生死的境界，常用作佛或僧人死的代称。

〔3〕一身而综数产：一个人统管着许多家产。

〔4〕以冢妇而养诸姑：以嫡长子妻的身份赡养几个小姑。

〔5〕昏嫁尽礼：婚嫁完全合乎礼法。昏，通"婚"。

〔6〕孝友：孝敬父母，友爱弟妹。

〔7〕善因固自视若无有也：善因总是觉得自己没有什么才力和见识。

〔8〕绣佛精舍：麻城的一座佛寺。精舍，佛寺。

〔9〕与其妹澹师穷究真乘：同她的妹妹梅澹然一起深钻佛理。澹师，即梅澹然。她当时守寡，常与李贽通信论佛，彼此以"师"相称。

〔10〕见佛：佛教认为修道达到一定的境界，可以见到众佛。

〔11〕尔：你们。指芝佛院的和尚。

　　尔等但说出家便是佛了，便过在家人了〔1〕。今我亦出家〔2〕，宁有过人者〔3〕？盖大有不得已焉耳，非以出家为好而后出家也，亦非以必出家乃可修道然后出家也。在家不好修道乎？缘我平生不爱属人管。夫人生出世，此身便属人管了。幼时不必言；从训蒙师时又不必言〔4〕；既长而入学〔5〕，即属师父与提学宗师管矣〔6〕；入官〔7〕，即为官管矣。弃官回家，即属本府本县公祖父母管矣〔8〕。来而迎，去而送；出分金〔9〕，摆酒席，出轴金〔10〕，贺寿旦〔11〕。一毫不谨，失其欢心，则祸患立至，其为管束至入木埋下土未已也〔12〕，管束得更苦矣。我是以宁飘流四处〔13〕，不归家也。其访友朋求知己之心虽切，然已亮天下无有知我者〔14〕；只以不愿属人管一节，既弃官，又不肯回家，乃其本心实意。特以世人难信，故一向不肯言之。

〔1〕过在家人：超过了在家信佛的人了。

〔2〕今我亦出家：李贽到了麻城芝佛院后，与朋友及和尚一起生活。62岁时剃发，所以自称"出家"，但李贽并没有认祖师，也没有受戒，算不上当和尚。

〔3〕宁有过人者：难道有超过别人的地方吗？

〔4〕训蒙师：教授幼童识字的老师。

〔5〕入学：即进学。那时秀才有资格进入官办的县学。

〔6〕师父：县学的教官。提学宗师：明朝各省督察所属县学师生的官署称作提学道，提学道的长官叫宗

师。

〔7〕入官:进入官场做官。
〔8〕府:明朝地方行政区划,府下管数县。 公祖父母:明朝士绅称府、县地方官为"公祖"和"父母"。
〔9〕出分(fēn)金:下属和百姓为地方官办红白喜事而出的礼钱,俗称"出分子"。
〔10〕轴金:礼金。将钱币用纸包成画轴的样子作为贺礼。
〔11〕寿旦:生日。
〔12〕入木:入棺,死的意思。
〔13〕飘流四处:李贽59岁时把家眷送回原籍,从此再也没有回过故乡泉州。
〔14〕亮:同"谅",确实。

　　然出家遨游,其所游之地,亦自有父母公祖可以管摄得我。故我于邓鼎石初履县时〔1〕,虽身不敢到县庭,然彼以礼帖来,我可无名帖答之乎〔2〕?是以书名帖不敢曰侍生〔3〕,侍生则太尊己;不敢曰治生〔4〕,治生则自受缚。寻思四字回答之,曰"流寓客子"〔5〕。夫流寓则古今时时有之,目令郡邑志书〔6〕,称名宦则必继之以流寓也。名宦者,贤公祖父母也;流寓者,贤隐逸名流也。有贤公祖父母,则必有贤隐逸名流,书流寓则与公祖父母等称贤矣。宦必有名乃纪〔7〕,非名宦则不纪,故曰名宦。若流寓则不问可知其贤,故但曰流寓,盖世未有不是大贤高品而能流寓者。晦庵婺源人〔8〕,而终身延平;苏子瞻兄弟俱眉州人〔9〕,而一葬郏县,一葬颍州。不特是也〔10〕,邵康节范阳人也〔11〕,司马君实陕西夏县人也〔12〕,而皆终身流寓洛阳,与白乐天本太原人而流寓居洛一矣〔13〕。孰谓非大贤上圣而能随寓皆安者乎?是以不问而知其贤也。然既书流寓矣,又书客子,不已赘耶?盖流而寓矣,非筑室而居其地,则种地而食其毛〔14〕,欲不受其管束又不可得也。故兼称客子,则知其为旅寓而非真寓,如司马公、邵康节之流也。去住时日久近,皆未可知,县公虽欲以父母临我〔15〕,亦未可得。既未得以父母临我,则父母虽尊,其能管束得我乎?故兼书四字,而后作客之意与不属管束之情畅然明白,然终不如落发出家之为愈〔16〕。

〔1〕邓鼎石初履县时:邓鼎石即邓应祈,他曾任麻城县令,是李贽的朋友。履(lǚ)县,到县赴任。履,到。
〔2〕名帖:名片。在纸上写上自己的姓名、籍贯、职衔,拜访他人时作传达用。
〔3〕侍生:此处是长辈对晚辈的自谦称。
〔4〕治生:旧时士人对长官的自称。

〔5〕流寓:在异乡居住日久而定居下来。　客子:四处飘泊的游子。

〔6〕郡邑志书:旧时编纂的记载某地的历史、地理、人物的书,即省、府、县等地方志。地方志往往记载一些有名望的官吏和流寓在本地的名人事迹。

〔7〕纪:同"记"。

〔8〕晦庵:即朱熹(1130—1200),南宋哲学家,教育家。字元晦,一字仲晦,号晦庵。徽州婺源(今属江西)人,侨寓延平(今属福建)。

〔9〕苏子瞻兄弟:苏子瞻,即苏轼,字子瞻,眉州(今四川眉山)人。一生在许多地方做官,死后葬于郏县(今属河南)。苏轼弟苏辙,字子由,死后葬于颍州(今属安徽)。

〔10〕不特是也:不仅是这些人。

〔11〕邵康节:即邵雍(1011—1077),北宋哲学家。字尧夫,谥康节。其祖先范阳人,幼随父迁共城(今河南辉县),后居洛阳。

〔12〕司马君实:司马光(1019—1066),北宋大臣,史学家。字君实,陕州夏县(今属山西)涑水乡人。世称涑水先生。王安石行新政,他竭力反对。后退居洛阳,继续编撰《通鉴》。元丰八年哲宗即位,罢黜新党,司马光为相,八个月后病死。

〔13〕白乐天:即白居易(772—846),字乐天,号香山居士,原籍太原,后迁居下邽(今陕西渭南附近)。曾任翰林学士、左拾遗等职,后因上书言事,贬为江州司马。长庆、宝历年间曾出任杭州、苏州刺史。官终刑部尚书。晚年退居洛阳,以诗酒自娱,崇信佛教,写了很多闲适诗。

〔14〕毛:原指土地上生长的草木,这里指庄稼。

〔15〕县公:指县令。

〔16〕落发:剃发,指当和尚。当时规定僧尼不向国家纳税,不服劳役,见官不下跪。所以李贽认为出家可以不受人管束了。

　　盖落发则虽麻城本地之人亦自不受父母管束,况别省之人哉!或曰[1]:"既如此,在本乡可以落发,又何必麻城?"噫[2]!我在此落发,犹必设尽计校[3],而后刀得临头。邓鼎石见我落发,泣涕甚哀,又述其母之言曰:"尔若说我乍闻之[4],整一日不吃饭,饭来亦不下咽,李老伯决定留发也。且汝若能劝得李老伯蓄发,我便说尔是个真孝子,是个第一好官。"呜呼!余之落发,岂容易哉!余唯以不肯受人管束之故,然后落发,又岂容易哉!写至此,我自酸鼻,尔等切勿以落发为好事,而轻易受人布施也!

〔1〕或:有的人。

〔2〕噫:感叹词。

〔3〕计校(jiào):同"计较"。

〔4〕乍:刚刚,忽然。

虽然，余之多事亦已极矣。余唯以不受管束之故，受尽磨难，一生坎坷[1]，将大地为墨，难尽写也。为县博士[2]，即与县令、提学触[3]；为太学博士[4]，即与祭酒、司业触[5]。如秦[6]，如陈[7]，如潘[8]，如吕[9]，不一而足矣[10]。司礼曹务[11]，即与高尚书、殷尚书、王侍郎、万侍郎尽触也[12]。高、殷皆入阁[13]，潘、陈、吕皆入阁，高之扫除少年英俊名进士无数矣[14]，独我以触迕得全[15]，高亦人杰哉！最苦者，为员外郎[16]，不得尚书谢、大理卿董并汪意[17]。谢无足言矣，汪与董皆正人，不宜与余抵。然彼二人者皆急功名，清白未能过人，而自贤则十倍矣[18]，余安得免触耶[19]？又最苦而遇尚书赵[20]。赵于道学有名。孰知道学益有名，而我之触益又甚也！最后为郡守[21]，即与巡抚王触[22]，与守道骆触[23]。王本下流[24]，不必道矣，骆最相知，其人最号有能有守[25]，有文学，有实行，而终不免与之触，何耶？渠过于刻厉[26]，故遂不免成触也。渠初以我为清苦敬我，终反以我为无用而作意害我。则知有己不知有人，今古之号为大贤君子，往往然也。记余尝苦劝骆曰："边方杂夷[27]，法难尽执，日过一日，与军与夷共享太平足矣。仕于此者，无家则难住；携家则万里崎岖而入，狼狈而去。尤不可不体念之！但有一能，即为贤者，岂容备责？但无人告发，即装聋哑，何须细问？盖清谨勇往，只可责己，不可责人，若尽责人，则我之清能亦不足为美矣，况天下事亦只宜如此耶！"嗟嗟！孰知余竟以此相触也哉！虽相触，然使余得以荐人，必以骆为荐首也[28]。此余平生之大略也。上之不能如东方生之避世金马门[29]，以万乘为僚友[30]，含垢忍耻，游戏仕路；最上又不能如胡广之中庸[31]，梁江总之头黑[32]，冯道之五代[33]。贪禄而不能忍诟，其得免于虎口[34]，亦天之幸耳！既老而思胜算，就此一著[35]，已非上策，尔等安得知耶？

[1]坎坷：道路坑坑洼洼，比喻不得志。

[2]县博士：县学的教官，即教谕。从1556年起，李贽在共城（今河南辉县）任教谕共5年。

[3]触：思想上产生抵触。

[4]太学博士：1564年李贽曾任太学博士。明朝政府设立的教育士人的学校称作太学或国子监。太学教授称博士。

[5]祭酒：太学的最高长官。　司业：太学的次长官，掌儒学训导之政。

[6]秦：秦鸣雷，曾任国子监祭酒。

[7]陈：陈以勤，曾任国子监祭酒。

〔8〕潘:潘晟(shèng),曾任国子监司业。

〔9〕吕:吕调阳,曾任国子监司业。

〔10〕不一而足:不止一种或一次,而是很多。

〔11〕司礼曹务:1566年—1570年,李贽任礼部司务。礼曹,即礼部,是明朝政府的六部之一,管理典章制度、科举、接待外宾等。曹,官署。司务,是礼部一般办事人员。

〔12〕高尚书:指礼部尚书高仪。尚书,明代称中央各部最高长官为尚书。 殷尚书:指殷士儋(dān)。王侍郎:指礼部侍郎王希烈。侍郎,明代中央各部次长官。 万侍郎:指万士和。

〔13〕入阁:进入内阁。内阁是明代位于六部之上的中央政府机构,相当于其他朝代的相府。

〔14〕高之扫除少年英俊名进士无数矣:明世宗崇奉道教,以致太常寺(中央政府管理祭祀、礼乐的官署)人员杂滥。高仪上书坚持要求淘汰48人。"扫除进士"可能指这一类事。进士,明代的举人经会试(当时礼部举行的考试)考中后,再经殿试(皇帝主持的考试)合格,称进士。

〔15〕独我以触迕得全:只有我虽然得罪了他,却得到保全。迕(wǔ),违背。

〔16〕员外郎:1570年—1577年,李贽任南京(明朝陪都)刑部员外郎。员外郎,明代各部下各司设员外郎一人,为司之次官。

〔17〕尚书谢:指当时南京刑部尚书谢登之。 大理卿:明代中央政府设大理寺,复审刑部移交的重犯。大理寺的最高长官称大理卿。 董:指董传策。 汪:指汪宗伊。

〔18〕而自贤则十倍矣:觉得自己的贤德超过别人十倍。

〔19〕余安得免触耶:我怎么能不和他们发生冲突呢?

〔20〕尚书赵:指当时南京刑部尚书赵锦。

〔21〕为郡守:1577年—1580年,李贽任云南姚安府知府。郡守,明代对府一级行政长官的称呼。

〔22〕巡抚王:指当时赴云南巡视的王凝。巡抚,明代称朝廷委派到地方巡视民政、军政的大臣。

〔23〕守道骆:指当时任云南守道的骆问礼。骆曾上书皇帝,提出十点建议,从朝廷被贬到云南,一度与李贽为友。守道,明代一省的行政长官为布政使,布政使下设各司分管道,守道就是其中之一,主要职责是督察地方官。

〔24〕王凝本下流:王凝本来就品格低下。

〔25〕有能有守:有才能,有操守。

〔26〕渠过于刻厉:他过于苛刻严厉。渠,他。

〔27〕夷:我国古代对少数民族的贬称。

〔28〕然使余得以荐人,必以骆为荐首也:假如我有推荐人才的可能时,还是首先推荐骆问礼。

〔29〕东方生:即东方朔(前154—前93),西汉文学家。武帝时,为太中大夫。性诙谐滑稽。善辞赋。《史记·滑稽列传》记载,东方朔自称:"陆沉(沦落)于俗,避世金马门。宫殿中可以避世全身,何必深山之中,蒿庐之下。" 金马门:汉代未央宫中有宦署门,前有铜马,称为金马门。武帝让学生在此处供职,充当顾问。

〔30〕万乘(shèng):指皇帝。古代一辆兵车为一乘,周朝制度天子出兵车万辆。

〔31〕胡广:字伯始,东汉人。任公卿之职三十多年,经历安、顺、冲、质、桓、灵六帝,都受优待。《后汉书》中记载胡广在人面前常低眉下气,设法避免权势者的侵害。他精通朝廷的章程,办事老练圆滑,所以京城中有一则谚语说:"万事不理问伯始,天下中庸有胡公。"

〔32〕江总:南朝陈文学家。字总持,济阳考城(今河南民权东北)人。仕梁、陈、隋三代。陈时官至尚书令。世称"江令",不理政务,日与孔范等陪侍陈后主游宴后宫,制作艳词,时号狎客。 头黑:指江总年轻貌美,陪伴皇帝玩乐,以此代替作官从政。

〔33〕冯道(882—954):五代时瀛州景城(今河北沧州西)人,字可道,自号长乐老。后唐、后晋时,历任宰

相;契丹灭后晋,又附契丹任太傅;后汉时,任太师;后周时,又任太师、中书令。后世因其历仕数姓,每加非议。

〔34〕得免于虎口:在官场这个危险的境地能免受伤害。

〔35〕就此一著:就同上司发生冲突这一点而言。

　　故余尝谓世间有三种人决宜出家。盖三种而出家,非避难,即无计治生[1],利其闲散,可以成就吾之懒也[2],无足言也。三种者何?盖世有一种如梅福之徒[3],以生为我酷[4],形为我辱[5],智为我毒[6],身为我桎梏[7],的然见身世之为赘疣[8],不得不弃官而隐夫洪崖、玉笥之间者[9],一也。

〔1〕无计治生:没有办法谋生。
〔2〕可以成就吾之懒也:可以满足自己懒惰的要求。
〔3〕梅福:西汉末九江人,弃官家居后,又离家出走,随女婿严光隐居在富春山。
〔4〕以生为我酷:把人生看作残酷的事。
〔5〕形为我辱:把形体看作耻辱。
〔6〕智为我毒:把智慧看成是毒药。
〔7〕身为我桎梏:把肉体看作枷锁。桎梏(zhìkù),脚镣手铐。
〔8〕的然见身世之为赘疣:的确看出了人生在世是多余无用的。的,的确。赘疣,皮肤上多余而无用的肉结,比喻多余无用的东西。
〔9〕洪崖、玉笥:地名。洪崖在今江西境内。玉笥(sì)是会稽山的一峰,在今浙江境内。

　　又有一种,如严光、阮籍、陈抟、邵雍辈[1],苟不得比于吕尚之遇文王[2],管仲之遇齐桓[3],孔明之遇先主[4],傅说之遇高宗[5],则宁隐无出。故夫子曰:"居则曰不吾知也,如或知女,则何以哉[6]?"又曰:"沽之哉!我待价者也[7]。"是以孔子终身不仕而隐也。其曰"有道则仕,无道则怀"[8],不过以赞伯玉等云耳[9]。若夫子苟不遇知己善价,则虽有道之世,不肯沽也。此又一种也。夫天下曷尝有知己之人哉[10]?况真为天下知己之主欤!其不得不隐居于岩穴、钓台、苏门之山[11],固其所矣[12]。

〔1〕严光:一名遵。东汉初会稽余姚(今属浙江)人,字子陵。曾与刘秀同学。刘秀即位后,他改名隐居。后被召到京师洛阳,任谏议大夫,他不肯受,归隐于富春山。年八十,卒于家。　阮籍(210—263):字嗣宗,魏晋之际名士。阮籍本有济世志,但生于魏晋之际,天下多故,名士很难保全生命。阮籍不参与世事,他虽然对司马氏集团不满,但又不敢正面反抗,只能用纵酒、谈玄作消极抵制。　陈抟(?—989):五代宋初道士。字图南,自号扶摇子。生于唐末。唐长兴中,举进士不第,隐居武当山,服气辟谷。后移居华山。周

世宗、宋太祖、宋太宗都让他做官,他坚决不做。邵雍(1011—1077):北宋哲学家。字尧夫,谥康节。其先范阳人。幼随父迁共城(今河南辉县)。隐居苏门山百源之上,后人称为百源先生。屡授官不赴。后居洛阳,与司马光、吕公著等从游甚密。理学象数学派的创立者。

〔2〕苟:如果。 吕尚之遇文王:周代齐国的始祖。姜姓,吕氏,名望,字尚父。西周初年官太师(武官名),又称师尚父。辅佐武王灭商有功。后封于齐。有太公之称。俗称姜太公。姜太公年七十馀岁时,周文王出猎在渭水边遇到他,立他为太师。

〔3〕管仲:即管敬仲(?—前645),春秋初期政治家。名夷吾,字仲。由鲍叔牙推荐,被齐桓公任命为卿,尊称"仲父"。管仲在齐进行改革,国力大振,帮助齐桓公以"尊王攘夷"相号召,使齐桓公成为春秋时的第一个霸主。

〔4〕孔明之遇先主:孔明即诸葛亮(181—234),三国蜀汉政治家、军事家。字孔明。东汉末,隐居邓县隆中(今湖北襄阳西),留心世事,被称为"卧龙"。建安十二年(207),刘备三顾草庐,他向刘备提出占据荆(今湖南、湖北)、益(今四川)两州,谋取西南各族统治者的支持,联合孙权,对抗曹操,统一全国的建议,即所谓"隆中对"。从此成为刘备的主要谋士,建立了蜀汉政权,曹丕代汉,说刘备称帝,诸葛亮任丞相。

〔5〕傅说之遇高宗:传说商王武丁(死后被称为高宗)做梦得到一个贤人,叫作说(yuè),使人求访,在傅岩(地名)找到了他。他当时以犯人的身份做苦工,武丁举他为相。

〔6〕居则曰不吾知也,如或知女,何以哉:出自《论语·先进》。你们平时在家时,总说没有人了解你,如果有人了解你,你用什么来治国?

〔7〕沽之哉!我待价者也:出自《论语·子罕》。子贡曾问孔子,假如有一块美玉,是收藏起来,还是卖掉呢?孔子说:"卖掉它,我是在等待好价钱呢!"沽,卖。

〔8〕有道则仕,无道则怀:出自《论语·卫灵公》。意为天下政治清明就做官,天下混乱就把本领藏起来。

〔9〕不过以赞伯玉等云耳:这句话不是孔子要奉行的原则,不过是用来赞扬蘧伯玉罢了。伯玉,蘧(qú)伯玉,春秋时卫国大夫,孔丘在卫国时,曾住在他家。

〔10〕曷(hé):何。

〔11〕岩穴:指山间隐居之所,如陈抟等住的地方。 钓台:此处指浙江富春山严光垂钓的地方。 苏门之山:指共城(今河南辉县)苏门山,阮籍、邵雍曾在此游历或隐居。

〔12〕固其所矣:这本来是他们的安身之处啊!

又有一种,则陶渊明辈是也[1]:亦贪富贵,亦苦贫穷。苦贫穷,故以乞食为耻,而曰"扣门拙言词";[2]爱富贵故求为彭泽令[3],因遣一力与儿[4],而曰"助汝薪水之劳"[5]。然无耐其不肯折腰何[6],是以八十日便赋《归去》也[7]。此又一种也。

〔1〕陶渊明:又名陶潜(356—427),字元亮。东晋诗人。他曾做过几个小官,但时间都不长。后来终因看不惯官场的污浊,不愿"为五斗米折腰",辞去彭泽令之职归隐田园,最后在贫病交加中去世。

〔2〕扣门拙言词:出自陶渊明的诗《乞食》。敲别人家的门求助时,羞得不好开口。

〔3〕爱富贵故求为彭泽令:陶渊明曾向人请托,任彭泽(今属江西)县令。

〔4〕因遣一力与儿:于是派了一个佣人给儿子。

〔5〕助汝薪水之劳:这句话出自萧统《陶渊明传》。意思是帮助你们打些柴担水的活。

〔6〕无耐:无奈。

〔7〕是以八十日便赋《归去》也:所以陶渊明作县令80天之后便作了《归去来兮辞》,辞官归隐。

适怀林在傍研墨[1],问曰:"不审和尚于此三种何居[2]?"余曰:"卓哉!梅福、庄周之见[3],我无是也。必遇知己之主而后出,必有盖世真才,我无是才也,故亦无是见也。其唯陶公乎?"夫陶公清风千古,余又何人,敢称庶几[4]?然其一念真实,受不得世间管束,则偶与同耳,敢附骥耶[5]!

〔1〕怀林:人名。芝佛院的一个和尚,经常在李贽身旁学习佛理并照顾李贽。

〔2〕不审:不知。

〔3〕庄周:即庄子(前369—前286),战国时哲学家。做过蒙地的漆园吏,家贫,曾借粟于监河侯,但拒绝了楚威王的厚币礼聘。庄子是战国中期道家学派的代表人物,他的思想有消极悲观的色彩。

〔4〕庶几:差不多,相类。

〔5〕附骥:依附有名的人而成名。骥,好马,比喻杰出人才。

以上六条,末条复潦倒哀鸣,可知余言之不顾矣!劝尔等勿哭勿哀,而我复言之哀哀,真情实意,固自不可强也。我愿尔等勿哀,又愿尔等心哀,心哀是真哀也。真哀自难止,人安能止?

李贽述及自己出家为僧的原因在于"怕受管束"。人自出生起便受到种种管束,所以漂泊他乡,自称"流寓客子",为了彻底地摆脱管束,李贽削发为僧。李贽在官场上与上司同僚抵触,最终弃官出家。这种不愿被管束的思想,有一定的个性解放的倾向。李贽进入仕途而又弃官,弃官又客居黄安,不归故乡,表现出"异端"人物的叛逆行为。

李贽在《续焚书》卷一《与周友山》一文中说:"并及余之平生,后人欲见李卓老者,即此可当年谱矣。"《感慨平生》"言语真切至到,文词惊天动地"。

红　拂

文章选自《焚书》卷四杂述。红拂是唐传奇《虬髯客传》中的人物。隋末天下大乱,杨素的宠妓红拂慧眼识英雄,私奔李靖。故事在英雄豪迈之气中穿插着儿女之情,很有情趣。

此记关目好,曲好,白好,事好。乐昌破镜重合[1],红拂智眼无双[2],虬髯弃家入海[3],越公并遣双妓,皆可师可法,可敬可羡,孰谓传奇不可以兴,不可以观,不可以群,不可以怨乎[4]?

饮食宴乐之间,起义动慨多矣[5]。今之乐犹古之乐[6],幸无差别视之其可!

〔1〕乐昌破镜重合:南朝陈代将要灭亡的时候,驸马徐德言把一个铜镜破开,跟妻子乐昌公主各藏一半,预备失散后当做信物,以后果然由这个线索而夫妻团聚。(见唐代孟棨的《本事诗》)后来比喻夫妻失散或决裂后重新团圆。
〔2〕红拂:唐传奇《虬髯客传》中的人物,杨素的宠妓,她慧眼识英雄,私奔李靖,二人在客店中又遇到意在图王的"虬髯客"。
〔3〕虬髯弃家入海:虬髯客见到李公子即李世民,知天下有主,又不甘称臣,遂远去海岛称王。
〔4〕孰谓传奇不可以兴,不可以观,不可以群,不可以怨乎:取意于《论语·阳货》:"《诗》,可以兴,可以观,可以群,可以怨。"
〔5〕起义动慨:立义明理,感人奋起。
〔6〕今之乐犹古之乐:出自《孟子·梁惠王章句下》。孟子原意是:只要与民同乐,今乐与古乐的作用是一样的。

李贽意在说明传奇这种艺术形式与古代的《诗经》一样,具有兴观群怨的艺术功能,不应该轻视传奇的艺术价值。

曹公二首

文章选自《焚书》卷五读史。曹公是指汉末三国魏之曹操。这两个短篇文章表现了曹操爱才、知人的个性。

曹公欲以爱女嫁丁仪[1],五官中郎将曰[2]:"妇人观貌,而丁仪目眇[3],恐爱女不悦。"后公与仪会,因坐而剧谈[4],勃然起曰[5]:"丁掾好士[6],即使其两目盲,犹当嫁女与之,何况但眇[7]?是儿误我!"呜呼!曹公爱才而忘其眇,爱才而忘其爱,爱才而忘其女之所不爱,若曹公真可谓爱才之极矣!然丁掾亦何可当也?夫人以目眇为病,而丁掾独以目眇见为奇,吾是以知曹公之具眼矣。是故独能以双眼视丁掾也。是故丁掾可以失爱女,而不可以失岳翁!纵可以不称岳翁,而不得不称以知己之主!

〔1〕丁仪:三国魏沛人,字正礼。与曹植友善,后被曹丕借故杀害。
〔2〕五官中郎将:曹丕,当时为五官中郎将。
〔3〕目眇:一只眼瞎了。
〔4〕剧谈:畅谈。
〔5〕勃然:兴奋地。
〔6〕丁掾好士:丁仪被曹操提为掾(yuàn),所以称丁掾。好士,很有才能的人。
〔7〕但眇:只瞎了一只眼。

魏武病头风〔1〕,方伏枕时,一见陈琳檄〔2〕,即跃然起曰:"此愈我疾!此愈我疾〔3〕!"夫文章可以起病,是天下之良药,不从口入而从心授也。病即起于见文章,是天下之真药,不可以形求,而但可以神领也。夫天下之善文章,如良医之善用药,古今天下亦不少矣。故不难于有陈琳,而独难于有魏武。设使呈陈琳之檄于凡有目者之前,未必不皆以为好,然未必遽皆能愈疾也。唯愈疾,然后见魏武之爱才最笃〔4〕,契慕独深也〔5〕。故吾不喜陈琳之能文章,而喜陈琳之遇知己。盖知己甚难,虽琳亦不容不怀知己之感矣。唐之明皇〔6〕,岂不是能文章者?然杜甫《三大礼赋》〔7〕,浩然"不才"诗〔8〕,已弃之如秦、越人矣〔9〕,况六朝之庸主哉〔10〕!况沈、谢引短推长〔11〕,僧虔秃笔自免〔12〕,孝标空续《辨命》哉〔13〕!

〔1〕头风:中医学病名。指头痛经久不愈,时作时止。
〔2〕陈琳(?—217):汉末文学家。字孔璋,广陵射阳(今江苏宝应东北)人。"建安七子"之一。初从袁绍,后归曹操,为司空军谋祭酒,管记室,所草书檄甚多。 檄:这里指陈琳的《为袁绍檄豫州》,为声讨曹操的檄文。
〔3〕愈:治愈。
〔4〕笃(dǔ):忠心。
〔5〕契慕独深:意气相投和钦慕之情很深。
〔6〕唐之明皇:唐玄宗李隆基,其谥号为至道大圣大明孝皇帝,所以称唐明皇。
〔7〕《三大礼赋》:唐玄宗天宝元年二月十八日亲祭老子于太清宫,十九日祭太庙,二十日合祭天地于南郊,此称三大礼。杜甫于天宝初应进士不第,后献《三大礼赋》等文章自荐于上。赋微含劝谏之意。
〔8〕浩然"不才"诗:唐代诗人孟浩然,早年隐居鹿门山,四十岁应举不第。其《岁暮归南山》诗中有"不才明主弃,多病故人疏"之句,表示他的不满。

〔9〕秦、越人：秦、越是春秋时的二国名，一在西北，一在东南，相距遥远，所以秦、越人疏远而陌生。

〔10〕况六朝之庸主哉：六朝指三国的吴、东晋、南朝的宋、齐、梁、陈，均建都于建康（今江苏南京），合称六朝。因各朝时间短暂，所以其君主多为庸主。

〔11〕况沈、谢引短推长：南朝的沈约和谢朓善为永明诗体，讲究声韵，对近体诗的形式影响重大。引短推长，指对四声的讲究。

〔12〕僧虔秃笔自免：事见《南史·王昙首传附王僧虔传》。"孝武（宋孝武帝刘骏）欲擅书名，僧虔不敢显迹，大明（孝武年号）世常用掘笔书，以此见容。"掘，通"屈"。

〔13〕孝标空续《辨命》哉：南朝梁学者、文学家刘峻，字孝标。曾注《世说新语》，为世所重。梁武帝招文学之士，峻率性而动，不能随众，遭帝恶，自此不再引见，也终不见用。刘峻就著《辨命论》来表明心迹。事详见《南史·刘怀珍传附刘峻传》。

《曹公二首》盛赞曹公知人爱才。曹操以才择婿，不以貌择婿，愿把爱女嫁给瞎了一只眼的丁仪。曹操正患头风，读陈琳声讨曹操的檄文，治愈了曹操的头痛。李贽把曹操与历史上不识贤才的君主进行对比，感慨万千。李贽对丁仪和陈琳遇到知人之主感到非常羡慕。

贾　谊

文章选自《焚书》卷五。贾谊（前200—前168），西汉政治家、文学家。少有博学能文之誉，文帝初召为博士。不久迁太中大夫，好议国家大事，受到排挤。主张削弱诸侯王的势力，巩固中央集权，重农抑商，并力主抗击匈奴。所著政论文有《陈政事疏》、《过秦论》等，为西汉鸿文。后人辑其著作成《新书》十卷共五十八篇，今人辑有《贾谊集》。

班固赞曰〔1〕："刘向称贾谊言三代与秦治乱之意〔2〕，其论甚美，通达国体〔3〕，虽古之伊、管未能远过也〔4〕。使时见用，功化必盛〔5〕，为庸臣所害〔6〕，甚可悼痛！追观孝文玄默躬行〔7〕，以移风俗〔8〕，谊之所陈略施行矣。及欲改定制度〔9〕，以汉为土德〔10〕，色上黄〔11〕，数用五〔12〕，及欲试属国〔13〕，施五饵三表以系单于〔14〕，其术固以疏矣〔15〕。谊亦天年早终〔16〕，虽不至公卿，未为不遇也〔17〕。凡所著述五十八篇〔18〕，掇其切要于事者著于《传》云〔19〕。"

〔1〕班固(32—92)：东汉史学家、文学家。字孟坚，扶风安陵（今陕西咸阳东北）人。曾为兰台史令，转迁为郎，典校秘书。奉诏修成《汉书》，历二十馀年，开创了断代史体例。后人辑其所著辞赋杂文为《班兰台集》。

赞:一种文体。用于歌颂赞美,多数有韵。史赞则为对所记人物、史实的评价,包括赞美和批评,多用散文。

〔2〕刘向(约前77—前6):西汉经学家、文学家。本名更生,字子政,沛(今江苏沛县)人。曾任谏议大夫。成帝时,任光禄大夫,终中垒校尉。曾校订整理群书,著成《别录》。　三代:指夏、商、周。

〔3〕国体:国家体制。

〔4〕虽古之伊、管未能远过也:即使是古代的伊尹、管仲也不能超过他。伊尹,商代初年的政治家,曾帮助汤攻灭夏桀。管仲,春秋初期政治家,名夷吾,字仲,颍上(今安徽颍上)人,曾辅佐齐桓公成就霸业。

〔5〕功化:功业和教化。

〔6〕为庸臣所害:被平庸无能的大臣所陷害。这里是说贾谊受到权臣周勃、灌婴的排挤。

〔7〕孝文:即汉文帝刘桓(前202—前157),他接受贾谊的建议,重农抑商、加强中央集权制、防御匈奴的侵扰。　玄默躬行:深思默想,身体力行。

〔8〕移:改变。

〔9〕改定制度:指贾谊任太中大夫时,上书汉文帝制定新的礼仪制度。

〔10〕土德:古代阴阳五行家以金、木、水、火、土五行之性为五德,认为历史上的改朝换代是由于五德的相生相克造成的。周以火德据有天下,灭火者为水,所以秦为水德;土能克水,所以汉以土德据有天下。这就是五德相承之说。

〔11〕色上黄:汉为土德,土为黄色,所以崇尚黄色。上,崇尚。举行典礼之时,车马服饰一律要用黄色。

〔12〕数用五:因土居五行之五,所以汉朝用数字崇尚五。

〔13〕属国:指当时的少数民族政权。贾谊曾要求汉文帝让他担任属国之官,"以主匈奴",并保证能"系单于之颈,而制其命"。

〔14〕施五饵三表以系单于:贾谊向汉文帝建议对付匈奴奴隶主侵扰的一种怀柔策略。五饵三表,据颜师古注《汉书·贾谊传》:"《贾谊书》谓爱人之状,好人之技,仁道也;信为大操,常义也;爱好有实,已诺可期,十死一生,彼将必至。此三表也。赐之盛服车乘以坏其目;赐之盛食珍味以坏其口;赐之音乐妇人以坏其耳;赐之高堂邃宇、府库奴婢以坏其腹;于来降者,上以召幸之,相娱乐,亲酌而手食之,以坏其心。此五饵也。"系,缚,拴,引申为制服。单于,汉时匈奴对其君主的称号。

〔15〕疏:疏阔,粗疏不切实际。

〔16〕天年早终:死得过早。天年,寿命。贾谊只活了33岁就病死了。

〔17〕遇:这里指被国君赏识、重用。

〔18〕五十八篇:指贾谊所著的《新书》十卷五十八篇。

〔19〕掇其切要于事者著于《传》云:选择那些切合于事理的著述写在他的传里。掇(duō),取。

　　李卓吾曰:班氏文儒耳[1],只宜依司马氏例以成一代之史[2],不宜自立论也。立论则不免搀杂别项经史闻见[3],反成秽物矣[4]。班氏文才甚美,其于孝武以前人物[5],尽依司马氏之旧,又甚有见,但不宜更添论赞于后也。何也?论赞须具旷古双眼[6],非区区有文才者所能措也[7]。刘向亦文儒也,然筋骨胜,肝肠胜[8],人品不同,故见识亦不同,是儒而自文者也。虽不能超于文之外,然与固远矣。

〔1〕班氏:指班固。 文儒:擅长写文章的儒生。
〔2〕司马氏:司马迁。
〔3〕经史:经书和史书。
〔4〕秽物:污秽杂乱的东西。
〔5〕孝武:指汉武帝刘彻。
〔6〕旷古双眼:自古以来都难得的眼力,这里指超越前人的独到见解。
〔7〕措:办。
〔8〕筋骨胜,肝肠胜:刘向的文章、品格不同于一般文人。虽未超出文儒范围,但比班固高明。筋骨:指气节。肝肠,性格和品质。

　　汉之儒者咸以董仲舒为称首〔1〕,今观仲舒不计功谋利之云〔2〕,似矣。而以明灾异下狱论死〔3〕,何也?夫欲明灾异,是欲计利而避害也。今既不肯计功谋利矣,而欲明灾异者何也?既欲明灾异以求免于害,而又谓仁人不计利〔4〕,谓越无一仁又何也〔5〕?所言自相矛盾矣。且夫天下曷尝有不计功谋利之人哉〔6〕!若不是真实知其有利益于我,可以成吾之大功,则乌用正义明道为耶〔7〕?其视贾谊之通达国体,真实切用何如耶?

〔1〕咸:全,都。 董仲舒(前179—前104):西汉哲学家,今文经学大师。广川(今河北景县西南)人。曾任博士、江都相和胶西王相。他的思想以儒家宗法思想为中心,杂以阴阳五行说,把神权、君权、父权、夫权贯穿在一起,形成封建神学体系。思想体系的中心是"天人感应"说,还提出"三纲五常"的封建伦理。著作有《春秋繁露》(可能经后人的附益修改)及《董子文集》。
〔2〕计功谋利之云:这是对董仲舒"正其谊(义)不谋其利,明其道不计其功"(《汉书·董仲舒传》)两句话的概括。董仲舒主张不计较功名,不谋取货利,儒家要以"道"、"义"为根本。
〔3〕灾异:古代阴阳家认为天人交感,人事不善,天帝就用灾害和变异加以警戒。下狱论死:公元前135年,长陵高园殿失火,辽东高帝庙又失火,董仲舒写了一道奏章,说火灾是由于帝王政令失常,奏章尚未誊清,被人发现,交给汉武帝,被撤职下狱,几乎杀头,不久后获释。
〔4〕仁人:仁德之人。
〔5〕越无一仁:越国没有一个有仁德的人。据《汉书·董仲舒传》说,董仲舒为江都相时,一天江都易王和董仲舒谈论吴越之事,认为越王勾践与大夫泄庸、文种、范蠡(lǐ)攻打并灭掉吴国,并称赞大夫泄庸等三人是越国的"三仁"。董仲舒不同意易王的看法,他举柳下惠的例子说明仁人连谋伐别国的话都不愿意听,何况越国是用欺诈的手段伐吴的呢?因此董仲舒认为"越无一仁"。
〔6〕曷(hé)尝:何尝。
〔7〕乌:哪,何。

　　班氏何知,知有旧时所闻耳,而欲以贬谊,岂不可笑!董氏章句之儒也[1],其腐固宜。虽然,董氏特腐耳[2],非诈也,直至今日,则为穿窬之盗矣[3]。其未得富贵也,养吾之声名以要朝廷之富贵[4],凡可以欺世盗名者,无所不至。其既得富贵也,复以朝廷之富贵养吾之声名,凡所以临难苟免者,无所不为。岂非真穿窬之人哉!是又仲舒之罪人,班固之罪人,而亦敢于随声雷同以议贾生,故余因读贾、晁二子经世论策[5],痛班氏之溺于闻见,敢于论议,遂为歌曰:驷不及舌[6],慎莫作孽!通达国体,刘向自别。三表五饵,非疏匪拙[7]。此何人斯?千里之绝[8]。汉廷诸子,谊实度越[9]。利不可谋,何其迂阔!何以用之?皤须鹤发[10]。从容庙廊[11],冠冕佩玦[12]。世儒拱手,不知何说[13]。

[1]章句之儒:董仲舒是分析古书章节句读的文士。
[2]特:只是。
[3]穿窬之盗:挖洞越墙的盗贼。窬(yú),从墙上爬过去。
[4]要(yāo):索求。
[5]晁:即晁错(前200—前154),西汉政论家。颍川(今河南禹县)人。文帝时,曾为太子家令,得太子(即景帝)的信任,号智囊。景帝即位,任御史大夫。他坚持"重本抑末"的政策,并主张纳粟受爵,又建议募民充实塞下,积极备御匈奴贵族的攻掠,逐步削夺诸侯王国的封地,以巩固中央集权制度,得到景帝采纳。不久,吴楚等七国以诛晁错为名,发动武装叛乱,晁错被袁盎等所谮,被杀。所著政论有《论募民徙塞下书》、《论贵粟疏》等,《汉书·艺文志》有《晁错》三十一篇,今佚,有清马国翰等人辑本。
[6]驷不及舌:《论语·颜渊》:"子贡曰:'惜乎!夫子之说君子也,驷不及舌。'"意思是一言既出,驷马难追。
[7]非疏匪拙:既不疏阔,也不愚拙。匪,非。
[8]千里之绝:千里马少有。千里,千里马,比喻英才。绝,少有。
[9]汉廷诸子,谊实度越:在汉廷之中,贾谊的确是才能过人。度越,超过。
[10]皤(pó)须鹤发:白须白发。皤,素白之色。
[11]庙廊:指朝廷。
[12]冠冕佩玦:戴着贵冠,佩着玉饰。冠,动词,戴着。冕,古时官位在大夫以上所戴的帽子。玦,形似环而有缺口的玉饰。
[13]不知何说:不知是什么道理。说,缘故,道理。

这是李贽的一篇读史札记。全文论点鲜明,议论深刻。文中称颂贾谊是汉初卓越的政治家,肯定他巩固中央集权和抵御匈奴侵扰的策略"通达国体,真实切用"。对董仲舒也进行了评论。董仲舒"不肯计功谋利",其实又"欲计利而避害",有自相矛盾之处。对班固和刘向则有褒有贬。李贽借题发挥,还批评了欺世盗名的"穿窬之人"。最后以小诗概括全文,愤是非之颠倒。

思旧赋

《思旧赋》出自《焚书》卷五读史。《思旧赋》是向秀思念故友嵇康、吕安的抒情短赋。全篇总共不足二百字，这种欲言而难语的表达方式可以看出作者心情的沉重与悲痛，以及当时政治的黑暗与恐怖。李贽评赋论人，认为向秀为"最无骨头者"。

向秀《思旧赋》[1]，只说康高才妙技而已[2]。夫康之才之技，亦今古所有；但其人品气骨，则古今所希也。岂秀方图自全，不敢尽耶？则此赋可无作也，旧亦可无尔思矣。秀后康死，不知复活几年，今日俱安在也？康犹为千古人豪所叹，而秀则已矣，谁复更思秀者，而乃为此无尽算计也耶！且李斯叹东门[3]，比拟亦大不伦[4]。"竹林七贤"，此为最无骨头者，莫曰先辈初无臧贬"七贤"者也。

[1] 向秀：即向子期（约227—272），魏晋之际哲学家、文学家。字子期。河内怀（今河南武陟西南）人。"竹林七贤"之一。官至黄门侍郎、散骑常侍。擅诗赋，作《思旧赋》颇有名。

[2] 康高才妙技：《思旧赋》中有"嵇博综技艺，于丝竹特妙"之句，表现嵇康才华横溢，琴艺精湛。

[3] 且李斯叹东门：秦二世二年，李斯被腰斩于咸阳市，谓其子曰："吾欲与汝复牵黄犬，俱出上蔡东门逐狡兔，岂可得乎！"遂父子相哭，而夷三族。《思旧赋》云："昔李斯之受罪兮，叹黄犬而长吟。"

[4] 比拟亦大不伦：比拟也大不相同。伦，相同，等同。李贽认为李斯贪恋权位，而嵇康不依附司马氏，人格高下绝然不同，不可类比。

《文心雕龙·指瑕》指出了《思旧赋》的瑕疵："向秀之赋嵇生，方罪于李斯，与其失也，虽宁僭无滥，然高厚之诗，不类甚矣。"李贽知人论世，评赋论人。评论向秀为"最无骨头者"，当令向秀汗颜泉下。

李涉赠盗

本文选自《焚书》卷五。李涉是唐代诗人，自号"清溪子"，他曾写过一首赠盗诗。

唐李涉《赠盗》诗曰："相逢不用相回避，世上如今半是君[1]。"刘伯温《咏梁山泊分赃台》诗云[2]："突兀高台累土成[3]，人言暴客此分赢[4]。饮泉清节今寥落[5]，何但梁山独擅名！"《汉书》云："吏皆虎而冠[6]。"《史记》云："此皆劫盗而不操戈矛者[7]。"李卓吾曰：此皆操戈矛而不畏官兵捕盗者。因记得盗赠官吏亦有诗一首，并录附之：未曾相见心相识，敢道相逢不识君？一切萧何今不用[8]，有赃抬到后堂分[9]。肯怜我等夜行苦[10]，坐者十三行十五[11]。若谓私行不是公，我道无私公奚取？君倚奉公戴虎冠[12]，谁得似君来路宽[13]？月有棒钱日有廪[14]，我等衣食何盘桓[15]！君若十五十三俱不许，我得持强分廪去，驱我为盗宁非汝[16]！

[1]李涉《赠盗》：原诗为《井栏砂宿遇夜客》："暮雨潇潇江上村，绿林豪客夜知闻。相逢不用相回避，世上如今半是君。"
[2]刘伯温：即刘基(1311—1375)，明初大臣。字伯温，著有《诚意伯文集》。 梁山泊：古地名，在今山东东平。相传宋末农民起义曾在此活动。
[3]突兀：高耸。
[4]暴客：暴徒，强盗。 赢：指盗窃或抢劫的成果。
[5]饮泉清节：据《说苑·谈丛》记载："水名盗泉，孔子不饮，丑其声也。"盗泉故址在今山东泗水东北。这里指保持高尚情操的人。
[6]吏皆虎而冠：出自《汉书·酷吏传》。官吏都是戴着官帽的老虎。冠，戴帽子。
[7]此皆劫盗而不操戈矛者：官吏都是不拿兵器的强盗。
[8]萧何：汉初大臣。沛县(今属江苏)人，曾为沛县吏。楚汉战争中，以丞相的身份留守关中，对建立汉朝起了重要的作用。定律令制度，所作《九章律》，今佚。这里代指执法公正的官吏。
[9]后堂：这里指背人的地方。
[10]夜行苦：指夜里进行的偷盗活动。
[11]坐者十三行十五：你们这些官吏坐着就拿十分之三，而盗贼才拿十分之五。
[12]君倚奉公戴虎冠：你们打着"奉公"的牌子吓唬人。
[13]谁得似君来路宽：谁也没有你们那么广的财路。
[14]廪(lǐn)：本义为粮仓，这里指朝廷发给官吏的禄米。
[15]盘桓(huán)：意同"徘徊"，这里指来回地走，到哪里去找。
[16]宁：难道。

李贽通过评论唐朝和元朝的某些诗文，一针见血地指出贪官污吏是公开合法的大盗，那些民间盗贼都是官逼民反所造就的。

封使君

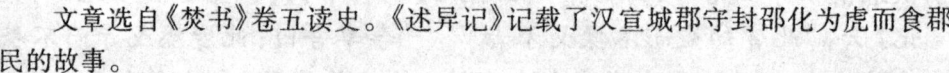

文章选自《焚书》卷五读史。《述异记》记载了汉宣城郡守封邵化为虎而食郡民的故事。

古传记言汉宣城郡守封邵[1],一日化为虎,食郡民。民呼曰,封使君,即去不复来。其地谣曰:"莫学封使君,生不治民死食民!"张禹山有诗云:"昔日封使君,化虎方食民;今日使君者,冠裳而吃人。"又曰:"昔日虎使君,呼之即惭止;今日虎使君,呼之动牙齿。"又曰:"昔时虎伏草,今日虎坐衙。大则吞人畜,小不遗鱼虾。"或曰此诗太激。禹山曰:"我性然也。"升庵戏之曰[2]:"东坡嬉笑怒骂皆成诗,公诗无嬉笑,但有怒骂耶?"李卓吾复谑之曰:果哉怒骂成诗也!升庵此言,甚于怒骂。

[1]古传记言:详见《述异记》。
[2]升庵:即杨慎(1488—1559),明文学家。字用修,号升庵。正德间试进士第一,授翰林修撰。世宗时,谪戍云南永昌。其诗富有才情,但有拟古倾向。贬谪后的作品,抒发感愤。对民间文学也很重视。后人辑其重要作品编为《升庵集》。

这是一篇讽刺小品。李贽把古代故事和同代人的小诗连缀起来,表现出腐败无能的官吏"生不治民死食民"的社会现实。

诗 画

文章选自《焚书》卷五读史。这篇文章是谈艺术理论的。

东坡先生曰:"论画以形似,见与儿童邻。作诗必此诗,定知非诗人[1]。"升庵曰[2]:"此言画贵神,诗贵韵也。然其言偏,未是至者。晁以道和之云[3]:'画写物外形,要物形不改;诗传画外意,贵有画中态。'其论始定[4]。"卓吾子谓改形不成画,得意非画外,因复和之曰:"画不徒写形,正要形神在;诗不在画外,正写画中态。"杜子美云:"花远重重树,云轻处处山[5]。"此诗中画也,可以作画本矣。唐人画《桃源图》,舒元舆为之记云[6]:"烟岚草木,如带香气。熟视详玩,自觉骨戛青玉,身入镜中[7]。"此画中诗也,绝艺入神矣。吴道子始见张僧繇画[8],曰:"浪得名耳。"已而坐卧其下,三日不能去。庾翼初不服逸少[9],有家鸡野鹜之论,后乃以为伯英再生[10]。然则入眼便称好者,决非好也,决非物色之人也[11],况未必是吴之与庾,而何可以易识?噫!千百世之人物,其不易识,总若此矣。

①论画以形似,见与儿童邻。作诗必此诗,定知非诗人:苏轼诗《书鄢陵王主簿所画折枝二首》的前四句。见《苏轼诗集》卷二十九。

[2]升庵:明代文学家杨慎,字用修,号升庵,四川新都人。正德间试进士第一,授翰林修撰。世宗时,谪戍云南永昌。著作达一百馀种,后人辑其重要者编为《升庵集》。散曲有《陶情乐府》。

[3]晁以道:即晁说之,字以道,慕司马光之为人,自号景迂。宋元丰进士。博览群书,善画山水,工诗,通《六经》,著有《景迂先生集》等。

[4]"画写物外形"几句:引文见《升庵集》卷六十六《论诗画》。

[5]花远重重树,云轻处处山:出自杜甫《涪江泛舟送韦班归京》:"追饯同舟日,伤春一水间。飘零为客久,衰老羡君还。花远重重树,云轻处处山。天涯故人少,更益鬓毛斑。"

[6]舒元舆:唐元和年进士,尝为《牡丹赋》,时称为工。后文宗观牡丹,凭栏诵赋,为之泣下。著有文集一卷。

[7]"烟岚草木"几句:见《升庵集》卷六十六《桃源图》。戛(jiá),轻轻地敲打。

[8]吴道子:唐代画家。浪迹洛阳时,玄宗闻其名,任以内教博士,奉诏作画,改名道玄。擅长佛教和道教人物画,笔迹磊落,势状雄峻,生动而有立体感。长于壁画,在长安、洛阳两地寺观作壁画三百馀间,情状各异。早年笔法较细,中年变得遒劲、圆润。点画之间,时见缺落,有笔不周而意周之妙。后人把吴道子和张僧繇并称"疏体"。 张僧繇:南朝梁画家。在宫廷秘阁中掌管画事,历官右军将军、吴兴太守。擅人物故事画及宗教画。所绘佛像,自成样式,有"张家样"之称,为雕塑者所模拟。亦精肖像,作风俗画,兼工画龙,有画龙点睛、破壁飞去的神话。后人论其作画用笔多依书法,点曳斫拂,如钩戟利剑。点画时有缺落而形象具备,一变东晋顾恺之、南朝宋陆探微连绵循环的"密体"画法,后人把张僧繇和唐吴道子并称为"疏体"画法。

[9]庾翼(305—345):东晋颍川鄢陵(今河南鄢陵西北)人,字稚恭。庾亮之弟。咸康六年(340)亮死,代镇武昌,任都督江荆司雍梁益六州诸军事、荆州刺史。以北伐为己任,建元元年(343),不顾朝中大臣阻挠,移屯襄阳,征发所统六州内的车牛驴马和地主的奴仆当兵,遭到朝臣反对,唯桓温、庾冰等赞同。不久兵败病死。 逸少:即东晋书法家王羲之,人称王右军,工书法,博采众长,精研体势,推陈出新。其书备精诸体,尤擅正行,字势雄强多变,为历代学者所师尚,影响极大。

[10]伯英:东汉书法家张芝,字伯英。善章草,后去旧习,省减章草点画波磔,演为今草,人称"草圣"。王羲之对汉、魏书迹,首推钟繇、张芝两家,认为其馀不足观。张芝对王羲之、王献之父子影响很大。

〔11〕物色之人：指有一定鉴别能力的人。物色，古时祭祀时用的牲体的毛色。

对于诗和画，李贽的见解是："画不徒写形，正要形神在；诗不在画外，正写画中态。"画要形神尊备，诗要富有形象性。

党籍碑

文章选自《焚书》卷五读史。北宋末年，权奸蔡京等人指斥元祐年间司马光、苏轼等309人为朋党，并镌名立碑，号曰党人碑，也称党籍碑。胡翰于碑后作文称"书柳州元祐党籍碑后"。

"安石误国之罪〔1〕，本不容诛〔2〕；而安石无误国之心，天地可鉴〔3〕。主意于误国而误国者〔4〕，残贼之小人也，不待诛也；主意利国而误国者，执拗之君子也〔5〕，尚可怜也〔6〕。"卓吾曰："公但知小人之能误国，而不知君子之尤能误国也。小人误国犹可解救，若君子而误国，则未之何矣〔7〕。何也？彼盖自以为君子而本心无愧也。故其胆益壮而志益决，孰能止之？如朱夫子亦犹是矣〔8〕。故予每云贪官之害小，而清官之害大；贪官之害但及于百姓，清官之害并及于儿孙。余每每查之，百不失一也。

〔1〕安石：北宋杰出的政治家和文学家王安石。字介甫，号半山。庆历二年（1042）进士，宋神宗时宰相。创立新法，改革旧制。
〔2〕本不容诛：本来天理不容，应该诛杀。
〔3〕天地可鉴：天地可以证明。鉴，镜子。
〔4〕主意于误国而误国者：主观意图要误国而误国的人。
〔5〕执拗(niù)：固执任性，不听从别人的意见。
〔6〕可怜：值得同情。
〔7〕未之何：没有什么办法。未，无。
〔8〕朱夫子：即朱熹。南宋著名理学家。强调天理与人欲之对立。他的理学在明清两代被视为儒学之正宗地位。

这篇小品文主旨不在考证王安石误国，而在阐述清官、君子也能误国，因为他们"本心无愧","其胆益壮",很难阻止他们。清官和君子的危害殃及子孙后代,这里李贽主要指王安石及朱熹。在政治思想领域的危害影响更加深远。

孔明为后主写申韩管子六韬

文章选自《焚书》卷五。诸葛亮抄写《申子》、《韩非子》、《管子》、《六韬》等书,用来教导蜀汉后主刘禅。《三国志·蜀书·先主传》裴松之注有记载。

唐子西云[1]:"人君不论拨乱守文[2],要以制略为贵[3]。《六韬》述兵权[4],多奇计,《管子》慎权衡[5],贵轻重[6];《申》、《韩》核名实[7],攻事情[8]。施之后主[9],正中其病[10]。药无高下,要在对病[11]。万全良药,与病不对,亦何补哉?"又观《古文苑》[12],载先主临终教后主之言曰[13]:"申、韩之书,益人意智,可观诵之。"《三国志》载孟孝裕问邻正太子[14],正以虔恭仁恕答[15]。孝裕曰:"如君所道,皆家门所有耳[16]。吾今所问,欲知其权略知调何如也。"

[1] 唐子西:唐庚,字子西,北宋人,著有《唐庚文录》。引文出自唐庚的《三国杂事·诸葛亮丞相为后主写申韩管子六韬各一通》。

[2] 拨乱:指封建君主开国创业。 守文:守成,指继位的国君保持祖辈的事业。

[3] 制略:法制和策略。

[4]《六韬》:中国古代兵书。旧题周吕望(姜太公)撰。经后人研究,大多认为是战国晚期至秦汉之间作品。现存六卷,即《文韬》、《武韬》、《龙韬》、《虎韬》、《豹韬》、《犬韬》,共六十篇。为历代政治家、军事家所重视。

[5]《管子》:战国时齐稷下学者托名管仲所作。其中也有汉代附益部分,共二十四卷。原本八十六篇,今存七十六篇。分为八类。内容宠杂,包含有道、名、法等家的思想以及天文、历数、舆地、经济和农业等知识。其中《牧民》、《形势》、《权修》、《乘马》等篇存有管仲遗说。 慎权衡:这句话出自《史记·管晏列传》:管仲"善因祸而为福,转败而为功。贵轻重,慎权衡"。慎权衡的意思是慎重地分析事情的得失利弊。

[6] 贵轻重:这里指重视经济问题。《管子》中的《轻重》篇是中国古代典籍中阐述经济问题篇幅较多的著作。在生产、分配、交易、消费和财政等方面均有所论述。

[7]《申》:《申子》,相传战国时申不害著。内容多为刑名权术之学,属于法家著作。 《韩》:即《韩非子》,战国末哲学家、法家主要代表人物韩非所著,今存五十五篇。韩非的学说为封建专制统治奠定了理论基础。 核名实:韩非主张核实名义和实际是否一致,研究事物的实际情况。

[8] 攻事情:研究事情的具体情况。攻,研究。

〔9〕施之后主：诸葛亮把这些书推荐给后主刘禅。后主，三国时蜀汉后主刘禅（shàn），刘备的儿子，小字阿斗。初由丞相诸葛亮辅政，亮死，他信任宦官黄皓，朝政日趋腐败。炎兴元年（263），魏军迫成都，刘禅出降。后被封为安乐公。

〔10〕正中其病：正好击中他的要害。

〔11〕要在对病：关键在于对症。

〔12〕《古文苑》：总集名。编者不详。二十一卷。相传是唐人旧藏本，北宋孙洙得于佛寺经龛中。南宋韩元吉分为九卷；后章樵又加增订，并为注释，分为二十一卷。录周代至南朝齐代诗文二百六十馀篇，分为二十类，其文都是史传和《文选》所不载的。

〔13〕先主：即刘备。　敕（chì）：君主对臣下的诏命。

〔14〕《三国志》：西晋陈寿所撰的史书。分为《魏书》、《蜀书》、《吴书》。　孟孝裕问郤（xì）正：《三国志·蜀书》记载孟光向郤正询问刘禅的情况，郤正回答说："刘禅对人恭敬，有仁爱宽恕之心。"孟光说："你说的这些是一般贵家子弟都有的，我所要问的是太子治国的智慧和才干如何。"孟孝裕，孟光，字孝裕，刘备时为议郎，刘禅时为大司农。郤正，字令光，刘禅时为秘书令。太子，指刘禅。

〔15〕虔恭仁恕：待人虔诚恭敬，仁爱宽恕。

〔16〕家门：古时称卿大夫的家为家门。

　　由此观之，孔明之喜申、韩审矣[1]，然谓其为对病之药，则未敢许。夫病可以用药，则用药以对病为功，苟其用药不得，则又何病之对也？刘禅之病，牙关紧闭，口噤不开[2]，无所用药者也，而问对病与否可欤？且申、韩何如人也？彼等原与儒家分而为六。既分为六[3]，则各自成家；各自成家，则各各有一定之学术，各各有必至之事功。举而措之[4]，如印印泥，走作一点不得也[5]。独儒家者流，泛滥而靡所适从[6]，则以所欲者众耳。故汲长孺谓其内多欲而外施仁义[7]，而论六家要指者[8]，又以"博而寡要，劳而少功"八字盖之[9]，可谓至当不易之定论矣[10]。

〔1〕孔明之喜申、韩审矣：孔明喜欢申不害和韩非的学说是很明白的。孔明，即诸葛亮，字孔明。审，清楚，明白。

〔2〕口噤（jìn）不开：闭住嘴。

〔3〕分为六：春秋战国时期，百家争鸣，出现了许多学说和学派。主要有儒家、法家、墨家、道家、名家、阴阳家。

〔4〕举而措之：提出主张并加以实施。举，提出。措，实施。

〔5〕走作一点不得也：一点也不能走样。

〔6〕靡（mǐ）：无，没有。

〔7〕汲长孺谓其内多欲而外施仁义：《史记·汲郑列传》记载，汲长孺曾对汉武帝说："陛下内多欲而外施仁义，奈何欲效唐虞之治乎？"汲长孺说汉武帝"内多欲"是指他抱负大，要求太多。汲长孺，即汲黯，字长孺，武帝时，任东海太守，继为主爵都尉。好黄老之术，常直言切谏。因主张与匈奴和亲为武帝疏远。后出

为淮阳太守,在任十年死。

〔8〕六家要指:指西汉史学家司马谈论述六家学说要旨的文章,在司马迁所作的《史记·太史公自序》中可以看到。指,同"旨"。

〔9〕博而寡要,劳而少功:这是司马谈《论六家要旨》中评论儒家的两句话。

〔10〕至当不易:非常恰当而不可改变。

孔明之语后主曰[1]:"苟不伐贼[2],王业亦亡。与其坐而待亡,孰与伐之?"是孔明已知后主之必亡也,而又欲速战以幸其不亡[3],何哉?岂谓病虽进不得药,而药终不可不进,以故犹欲侥幸于一逞乎?吾恐司马懿、曹真诸人尚在[4],未可以侥幸也。六出祁山[5],连年动众,驱无辜赤子转斗数千里之外[6],既欲爱民,又欲报主,自谓料敌之审,又不免幸胜之贪,卒之胜不可幸,而将星于此乎终陨矣[7],盖唯其多欲,故欲兼施仁义;唯其博取,是以无功徒劳。此八字者,虽孔明大圣人不能免于此矣。

〔1〕语(yù):告诉。

〔2〕贼:指曹魏。

〔3〕幸:希望。

〔4〕司马懿:字仲达。初为曹操主簿,多谋略,善权变。后任太子中庶子,为曹丕所器重。魏明帝时,任大将军,多次率军对抗诸葛亮,为魏重臣。后专国政,死后其子继续专权,其孙司马炎代魏称帝,建立晋朝,追尊司马懿为宣帝。 曹真:曹魏大将,曾封邵陵侯,是诸葛亮北伐时的劲敌。

〔5〕六出祁山:相传三国蜀汉的诸葛亮曾六出祁山攻魏。但据《三国志·诸葛亮传》记载,诸葛亮攻魏为五次,出祁山仅两次。祁山,在今甘肃礼县东北,为兵家必争之地。

〔6〕赤子:婴儿,这里喻指老百姓。

〔7〕将(jiàng)星:迷信说法,认为帝王将相是天星下凡,天上星落,地上人亡。 陨(yǔn):坠落,指诸葛亮之死。公元234年八月,诸葛亮积劳成疾,死于五丈原(今陕西眉县西南)军中。

愚尝论之[1],成大功者必不顾后患,故功无不成,商君之于秦[2],吴起之于楚是矣[3]。而儒者皆欲之,不知天下之大功,果可以顾后患之心成之乎否也,吾不得而知也。顾后患者必不肯成天下之大功,庄周之徒是已[4]。是以宁为曳尾之龟,而不肯受千金之币;宁为濠上之乐,而不肯任楚国之忧[5]。而儒者皆欲之,于是乎又有居朝廷则忧其民,处江湖则忧其君之论[6]。不知天下果有两头马乎否也[7],吾又不得而知也。墨子之学术贵俭[8],虽天下以我为不拔一毛不恤也[9],商子之学术贵法,申子之学术贵术，韩非子之学术兼贵法、术，虽天下以我为残忍刻薄不恤也。曲逆之学术贵诈[10]，仪、秦之学术贵纵横[11]，虽天下以我为反覆不信不恤也[12]。不惮五就之劳[13]，以成夏、殷之绩，虽天下后世以我为事两主而兼利，割烹要而试功[14]，立太甲而复反可也[15]。此又伊尹之学术以任[16]，而直谓之能忍诟焉者也[17]。以至谯周、冯道诸老[18]，宁受祭器归晋之谤[19]，历事五季之耻[20]，而不忍无辜之民日遭涂炭[21]，要皆有一定之学术，非苟苟者[22]。各周于用[23]，总足办事[24]，彼区区者欲选择其名实俱利者而兼之[25]，得乎？此无他，名教累之也[26]。以故瞻前虑后，左顾右盼。自己既无一定之学术，他日又安有必成之事功耶？而又好说"时中"之语以自文[27]，又况依仿陈言，规迹往事[28]，不敢出半步者哉！故因论申、韩而推言之，观者幸勿以为余之言皆经史之所未尝有者可也。

[1]愚：自称的谦词。

[2]商君：即商鞅，战国时政治家。初为魏相公叔痤家臣，后入秦说服秦孝公变法图强。孝公六年(前356)，实行变法。孝公死后，被贵族诬害，车裂而死。

[3]吴起：战国时兵家，善用兵。初任鲁将，继任魏将，屡建战功，被魏文侯任为西河守。文侯死，遭陷害，逃往楚国，不久任令尹。佐楚悼王实行变法，使楚国富强。楚悼王死，被旧贵族杀害，变法失败。

[4]庄周：战国中期宋国蒙(今山东曹县)人，道家学派的代表人物。楚威王曾重金聘他为相，被他拒绝。

[5]宁为曳(yì)尾之龟，而不肯受千金之币；宁为濠上之乐，而不肯任楚国之忧：这两句出自《庄子·秋水》。庄周曾对楚王派来的使者说，自己宁愿像乌龟那样拖着尾巴在泥土中爬去，而不愿受重聘到楚国作官。庄周曾和惠施(战国时期名家的代表人物之一)在濠水边上辩论，庄周说鱼在水里从容地游动是鱼的快乐。惠施反问道，你不是鱼，怎么知道鱼的快乐呢？庄周回答说，你不是我，怎么知道我不懂鱼的快乐呢？濠上之乐反映了庄周愿做水中自由的鱼，反映了其逃避现实的思想。曳，牵引。币，钱。任，承担。

[6]居朝廷则忧其民，处江湖则忧其君：这两句话出自北宋范仲淹的《岳阳楼记》，而有所变化。《岳阳楼记》："居庙堂之高则忧其民，处江湖之远则忧其君。"

[7]两头马：比喻既考虑后患，又想成就功业。

[8]墨子之学术贵俭：墨子名翟，墨家学派的创始人，他反对奢侈，提倡节约。墨子自己也过着俭朴清苦的生活。

[9]天下以我为不拔一毛不恤也：天下人认为我一毛不拔也无所顾忌。恤(xù)，考虑，顾忌。

[10]曲逆之学术贵诈：西汉陈平被封为曲逆侯，他善用计谋，在帮助刘邦建立汉王朝的过程中起了一定的作用。

[11]仪、秦之学术贵纵横：战国时期的纵横家张仪和苏秦主张合纵、连横。苏秦游说六国联合抗秦，称为合纵。张仪游说六国服从秦国，称为连横。

[12]天下以我为反覆不信不恤也：天下人认为我反复无常、不讲信用也无所顾忌。

[13]惮(dàn)：害怕。 五就之劳：商初大臣伊尹曾五次找到夏桀，又五次找到商汤，要求为他们效劳。就，往。

〔14〕割烹要(yāo)而试功：此句出自《孟子·万章上》。伊尹想实现自己的主张，却没有机会接近商汤，就当了商汤后妃的厨师。商汤很赞赏他的烹调技术，他就借谈烹调之机谈论治国之道，后来商汤就任用伊尹为相。

〔15〕立太甲而复反：汤死后，伊尹曾拥立汤的孙子太甲为君，因太甲违反商汤的法度，不理国政，被伊尹放逐。三年后太甲悔过，伊尹又恢复了他的君位。

〔16〕任：承担责任。

〔17〕诟(gòu)：耻辱。

〔18〕谯(qiáo)周(约201—271)：三国巴西西充(今四川阆中西南)人，字允南。通经学，善书札。诸葛亮领益州牧，任为劝学从事，后任中散大夫、光禄大夫。炎兴元年(263)，劝蜀主刘禅降魏，受魏封为阳城亭侯。入晋，任骑都尉。 冯道(882—954)：五代时瀛州景城(今河北沧州西)人，字可道，自号长乐老。后唐、后晋时，历任宰相；契丹灭后晋，又附契丹任太傅；后汉时，任太师；后周时，任太师、中书令。后世因其历仕数，每加非议。

〔19〕祭器归晋：谯周出卖了蜀汉，把王权给了晋朝。祭器，祭祀祖先的礼器，这里代指国家政权。

〔20〕五季之耻：指冯道历事后梁、后唐、后晋、后汉、后周五个朝代。

〔21〕涂炭：泥潭和柴火，比喻极困苦的境遇。

〔22〕苟苟：苟且偷生。

〔23〕各周于用：以上所说的各家，他们的主张都切合实用。

〔24〕总足办事：总足以办成事。

〔25〕区区者：小人，这里指儒者。

〔26〕名教：名声和教化。

〔27〕时中：语出《中庸》："君子之中庸也，君子而时中。"时时保持中庸，不偏不倚。

〔28〕规迹：踩着别人的脚印。

李贽赞扬了商鞅、申不害等人，他们"各各有一定之学术，各各有必至之事功"，他们的学说"各周于用，总足办事"。

李贽在文中赞扬冯道、谯周二人不过是借以发挥他的"民本思想"。李贽赞美冯、谯二人不是欣赏他们左右逢源、固位荣身，而是钦佩他们把百姓的存亡置于君主和自身荣辱之上，"宁受祭器归晋之谤，历事五季之耻，而不忍无辜之民日遭涂炭"。

读书乐引

文章选自《焚书》卷六。《读书乐》是李贽写的四言诗。《读书乐引》是诗的引言。袁中道《珂雪斋集·李温陵传》曰："公遂至麻城龙潭湖上，与僧无念、周友山、丘坦之、杨定见聚，闭门下键，日以读书为事。"李贽的生活是以读书为乐。

曹公云[1]:"老而能学,唯吾与袁伯业[2]。"夫以四分五裂,横戈支戟[3],犹能手不释卷,况清远闲旷哉一老子耶[4]!虽然,此亦难强[5]。

[1]曹公:即曹操(155—220),字孟德,汉末著名的政治家、军事家和诗人。
[2]"老而"二句:出自《三国志·魏书·武帝纪》裴松之注曰:"长大而能勤学者,惟吾与袁伯业耳。"袁伯业,袁遗,字伯业,袁绍从兄,尝为山阳太守,扬州刺史,与曹操一起兴兵讨伐过董卓。
[3]横戈支戟:身边放着戈、戟等武器,表示正在用兵打仗之际。横,横放着。支,竖起。
[4]清远闲旷:清静而多闲暇。当时李贽落发为僧。 老子:李贽自称卓吾老子。
[5]强:勉强。

余盖有天幸焉:天幸生我目,虽古稀犹能视细书[1];天幸生我手,虽古稀犹能书细字。然此未为幸也[2]。天幸生我性[3],平生不喜见俗人,故自壮至老,无有亲宾往来之扰[4],得以一意读书。天幸生我情[5],平生不爱近家人,故终老龙湖[6],幸免俯仰逼迫之苦[7],而又得以一意读书。然此亦未为幸也。

[1]古稀:古人称七十岁为"古稀"之年。 细书:小字。
[2]然此未为幸:但这还不能算是幸运。
[3]天幸我生性:我幸运地生就这样一种脾气。
[4]亲宾:亲戚朋友。
[5]情:性情。
[6]终老龙湖:在龙湖度过晚年。龙湖,在湖北麻城,李贽寄居之地。袁宗道《白苏斋类集·龙湖》:"龙湖,一云龙潭,去麻城三十里。万山瀑流,雷奔而下,与溪中石骨相触,水力不胜石,激而为潭。潭深十馀丈,望之深青,如有龙眠……潭右,为李宏甫精舍。"
[7]幸免俯仰逼迫之苦:幸运地免除了抚养子女和赡养父母等家事的拖累。俯,向下,这里指抚养子女。仰,向上,这里指赡养父母。

天幸生我心眼[1],开卷便见人,便见其人终始之概[2]。夫读书论世,古多有之,或见皮面,或见体肤,或见血脉,或见筋骨,然至骨极矣。纵自谓能洞五脏[3],其实尚未刺骨也[4]。此余之自谓得天幸者一也。天幸生我大胆,凡昔人之所忻艳以为贤者[5],余多以为假,多以为迂腐不才而不切于用;其所鄙者、弃者、唾且骂者,余皆的以为可托国托家而托身也[6]。其是非大戾昔人如此[7],非大胆而何?此又余之自谓得天之幸者二也。有此二幸,是以老而乐学,故作《读书乐》以自乐焉。

〔1〕心眼:眼力,见识。
〔2〕概:概况,概貌。
〔3〕洞:洞察。
〔4〕刺:至。
〔5〕忻艳:羡慕。忻(xīn),同"欣",喜欢。
〔6〕的(dí):确实。
〔7〕戾(lì):背离。

李贽老而乐学,有幸得目、性、情,可以使他"一意读书";得"心眼"和"大胆",使他有胆量、有见识。袁中道《珂雪斋集·李温陵传》曰:"于是上下数千年之间,别出手眼,凡古所称为大君子者,有时攻其所短;而所称为小人不足齿者,有时不没其所长。"李贽读书,总是在反对传统成见。《读书乐引》是李贽对自己思想的总结。

寄答京友

文章选自《焚书》增补二。这封信谈的是人才问题。一般人认为发现人才是件难事,而李贽却认为有才能的人被任用,且用得合适是件更难的事。

"才难,不其然乎[1]!"今人尽知才难,尽能言才难,然竟不知才之难[2],才到面前竟不知爱,幸而知爱,竟不见有若己有者,不见有称喜赞扬不啻若自其口出者[3],如孔北海之荐祢正平[4],跣足救杨彪也[5]。何也?以其非真惜才也;虽惜才,亦以借才之好名,以好名故而惜之耳。则又安望其能若己有、不啻若口出如孔北海然也?呜呼!吾无望之矣!

〔1〕才难,不其然乎:人才难得,不是那样吗?语出《论语·泰伯》。"舜有臣五人而天下治。武王曰:'予有乱臣十人。'孔子曰:'才难,不其然乎?'"乱臣:能治乱的臣子。
〔2〕不知才之难:不知人才培养之难。
〔3〕不见有称喜赞扬不啻若自其口出者:看不到不只是口头上爱才而实际上也真爱才的人。啻(chì),

不止。

〔4〕如孔北海之荐祢正平:如孔融向曹操举荐祢衡。孔北海,即孔融,汉末文学家,"建安七子"之一。孔子的二十代孙。曾任北海相,时称孔北海。为人恃才负气,言论往往与传统观念相背。后因触怒曹操被杀。祢正平,汉末文学家祢衡,字正平。少有才辩,性刚傲物。曹操召为鼓史,大会宾客,欲当众辱之,反为衡所辱。操怒,遣送荆州刘表。又不合,转送江夏太守黄祖,终被杀。

〔5〕跣足救杨彪也:《三国志·崔琰传》注:"续汉书曰:'大尉杨彪与袁术婚姻,术僭号,太祖(曹操)与彪有隙,因是执焉,将杀焉。融闻之,不及朝服,往见太祖。"他据理力争,最后说:"孔融,鲁国男子。明日便当褰衣而去,不复朝矣。"最后曹操放了杨彪。跣(xiǎn),光着脚。

　　举春秋之天下〔1〕,无有一人能惜圣人之才者〔2〕,故圣人特发此叹〔3〕,而深羡于唐、虞之隆也〔4〕。然则才固难矣,犹时时有之〔5〕;而惜才者则千古未见其人焉。孔子惜才矣,又知人之才矣,而不当其位〔6〕。入齐而知晏平仲〔7〕,居郑而知公孙子产〔8〕,闻吴有季子〔9〕,直往观其葬〔10〕,其惜才也如此,使其得志,肯使之湮灭而不见哉!然则孔子之叹才难,非直叹才难也,直叹惜才者之难也〔11〕。

〔1〕春秋:我国历史上的一个时代(前722—前481),因史书《春秋》记录了这一时期而得名。
〔2〕圣人:旧时指品德高尚、智慧高超的人物。这里指孔子。
〔3〕故圣人特发此叹:所以孔子才发出"才难,不其然乎"的感叹。
〔4〕而深羡于唐虞之隆也:而对唐尧虞舜时期人才备受重视而感到羡慕。
〔5〕时时有之:经常出现。
〔6〕不当其位:不临其位,指没作官,无权力。
〔7〕晏平仲:春秋时齐国的贤大夫晏婴,字平仲。著名政治家。历仕灵公、庄公、景公三代。曾预言齐政权将由田氏取代,后终于得到证实。关于他的言行,有战国时人辑成的《晏子春秋》。
〔8〕公孙子产:公孙侨,字子产。春秋时郑国的贤相。在郑国进行了一系列改革,如铸"刑书于鼎",将法律条文公布于众,不毁乡校,以听取"国人"意见等。《论语·公冶长》对其评价很高。"子谓子产,'有君子之道四焉:其行己也恭,其事上也敬,其养民也惠,其使民也义。'"
〔9〕季子:又称季札,公子札。春秋时吴王寿梦少子,有贤名,寿梦欲立之,辞不受,封于延陵,因号延陵季子。
〔10〕葬:坟墓。
〔11〕"然则孔子之叹才难"三句:如此看来孔子感叹"才难",不只是叹息人才难得,更感叹惜才者难得。直,第一个之意为"只",第二个之意为"径直"。

　　夫才有巨细,巨才方可称才也。有巨才矣,而肯任事者为尤难。既有大才,又能不避祸害,身当其任,勇以行之,而不得一第,则无凭,虽惜才,其如之何〔1〕!幸而登上第,有凭据,可藉手以荐之矣,而年已过时〔2〕,

则虽才如张襄阳[3],亦安知听者不以过时而遂弃[4],其受荐者又安知不以既老而自懈乎[5]?

〔1〕"既有大才"几句:一个人有巨大的才能,又不害怕祸患,敢于承担责任,大胆地举荐人才,可是又不能科举及第去作官,就没有权力,即使爱惜人才,又能怎么样呢!第,科第,科举时代谓中试为得第。

〔2〕年:年岁。

〔3〕张襄阳:可能是指唐人张柬之,字孟将,襄阳人。永昌元年(689)以贤良征试,擢为监察御史。武则天时曾任宰相,后乘其病发动政变恢复中宗帝位,擢天官尚书,封汉阳郡公。后受武三思排挤,被贬,愤恨而死。

〔4〕弃:弃置不顾。

〔5〕受荐者又安知不以既老而自懈乎:被举荐的人又怎么知道不会因为自己年龄偏大而自我松懈,不求上进呢?

夫凡有大才者,其可以小知处必寡[1],其瑕疵处必多[2],非真具眼者与之言必不信[3]。当此数者[4],则虽大才,又安所施乎[5]?故非自己德望过人,才学冠世,为当事者所倚信[6],未易使人信而用之也。然非委曲竭忠,真若自己有,真不啻若口出,纵人信我,亦未必能信我所信之人,憾不得与之并时,朝闻而夕用之也。呜呼!可叹也夫!

〔1〕小知处:即小聪明。

〔2〕瑕疵:小毛病、小缺点。瑕,玉上的斑点。疵,缺点,毛病。

〔3〕真具眼者:真正有眼力的人。

〔4〕当此数者:碰到这种命数。

〔5〕又安能施乎:又到哪里去施展呢?

〔6〕当事者:执政掌权的人。

李贽认为人才难得,爱惜人才的人更难得。当权者中爱惜人才的人尤其难得。孔子虽然爱惜人才,但不当其位,手中无权,不能任用人才,不能发挥人才的作用,这是非常遗憾的。当政者爱惜人才,委以重任,发挥作用,才能使国家富强。对待人才要有正确的认识:首先不以是否登第为凭据,要看是否有真才实学;其次人无完人,不能因为人才有缺点而弃置不用。李贽提出爱惜人才的重要性,对今天仍有一定的借鉴作用。

与友人论文

文章选自《续焚书》卷一书汇。李贽这篇文章是探讨写文章的问题。

凡人作文,皆从外边攻进里去[1];我为文章,只就里面攻打出来,就他城池,食他粮草,统率他兵马,直冲横撞,搅得他粉碎,故不费一毫气力而自然有余也。凡事皆然,宁独为文章哉!只自各人自有各人之事,各人题目不同,各人只就题目里滚出去,无不妙者。如该终养者只宜就终养作题目[2],便是切题,便就是得意好文字。若舍却正经题目不做,却去别寻题目做,人便理会不得,有识者却反生厌矣。此数语比《易说》是何如?

[1]皆从外边攻进里去:离主题比较远,逐渐靠近主题。
[2]终养(yǎng):指古人辞官以奉养父母或祖父母。

李贽认为写文章要直奔主题,不要偏离主题。以比喻的手法介绍了自己的写作经验,从"城里面打出来",即从主题写起,不费一毫气力。

与城老

文章选自《续焚书》卷一书汇。马伯时号城所,简称城老。官曾至侍御史,因上书直言明神宗朱翊钧之过而被贬斥为民,他是李贽晚年的挚友。

本选初十日吉,欲赴沁水之约[1]。闻分巡之道欲以法治我[2],此则治命[3],决不可违也。若他往,是违治命矣,岂出家守法戒者之所宜乎!止矣[4]!止矣!宁受枉而死以奉治命,决不敢侥幸苟免以逆治命,是的也[5]。

[1]欲赴沁水之约:即刘东星之约。山西沁水是刘东星的老家。刘东星是李贽的好朋友。
[2]分巡之道:指当地的分巡道。明朝在按察司之下设按察分司,在按察使之下置按察副使、按察佥事

等员,任按察分司之职,分察府、州县,称分巡道。

〔3〕治命:地方长官的命令。

〔4〕止矣:停止赴沁水之约。

〔5〕是的也:这是确当的。的,确当。

大抵七十之人,平生所经风浪多矣。平生所贵者无事,而所不避者多事。贵无事,故辞官辞家,避地避世,孤孤独独,穷卧山谷也。不避多事,故宁义而饿,不肯苟饱〔1〕;宁屈而死,不肯幸生。此其志颇与人殊。盖世人爱多事,便以无事为孤寂;乐无事,便以多事为桎梏〔2〕。唯我能随寓而安,无事固其本心,多事亦好度日。使我苟不值多事〔3〕,安得声名满世间乎?自天台与我再合并以来〔4〕,一年矣,今又幸有此好司道知我〔5〕,是又不知何处好风吹得我声名入于分巡之耳也。为之忻幸者数日,更敢往山西去耶?只有黄安订约日久,不得不往。原约共住至腊尽〔6〕,兄无事可与凤里送我到彼〔7〕。盖黄安去此不远,有治命总不曾避;若山西则出境远矣,治命或不得达,是以决未敢去。

〔1〕故宁义而饿,不肯苟饱:所以宁可为了正义而挨饿,也不肯苟且得以饱食。

〔2〕桎梏:脚镣和手铐,比喻对人的束缚。

〔3〕使我苟不值多事:如果我苟且不值得去多事。使,如果。

〔4〕自天台与我再合并以来:自从耿定向和我停止论战以来。天台,耿定向。再合并,重新合而为一,指双方停止论战以来。

〔5〕司道:指前文之分巡道,与下文之分巡同。

〔6〕腊尽:腊月底。腊,指腊月,阴历十二月;古自周代始称阴历十二月之祭为腊,故名十二月为腊月。

〔7〕凤里:杨凤里,李贽的朋友。

再为我谢东里公肯念我〔1〕,为我辨释。生非木石,岂能忘恩哉!但谓湖上之筑皆出友山〔2〕,则诬友山甚矣。友山鄙吝不堪,此处不曾舍半分,唯维摩庵是友山七十金全物耳,所费之数只此矣。此湖上筑皆四方大贤及京师尊贵闻有塑佛功德〔3〕,争捐俸而来,以图福报,岂生真有德以感动之耶〔4〕!然亦不满草车之数〔5〕,所赖众僧出力,一人可当人家二十人,买办便宜,一件可抵人家二十件,以此用财少而成功倍耳。既幸落成,佛光灿然,正拟请东公诸公来游〔6〕,而忽有沁水之招,是以暂已;今有治命,则远出不成,请诸公尚有日也。

〔1〕东里公：邓东里，当时有声望的人。
〔2〕湖上之筑：指芝佛院、芝佛上院及李贽所备死后埋骨之塔。后均被地方官下令拆毁。
〔3〕功德：佛教名词。功，做善事。德，得福报。一般指念佛、诵经、布施等，佛教认为做这些事可得善报。
〔4〕生：李贽自称。
〔5〕然亦不满革车之数：指不够买一辆兵车之资。革车，古之战车。
〔6〕东公：即上文的东里公，邓东里。

这封写给马伯时的信说，朋友刘东星邀李贽去山西沁水，但又听说地方官要逮捕法办他，于是暂不赴邀，坐候逮捕，表现出李贽坚持正义，宁屈而死、不肯幸生的气节。最后谈龙湖建筑费用的来源。

与耿克念

这两封信选自《续焚书》卷一。耿克念应为耿汝念，是李贽好友耿定理之子。1596年，耿定向的门生、湖广分巡道史旌贤来到黄安，扬言要把"大坏风化"的李贽驱逐出麻城，李贽在这两封信里，表现了他无所畏惧的气概。

其一

我欲来已决[1]，然反而思之，未免有瓜田之嫌[2]，恐或以我专往黄安求解免也[3]，是以复辍不行[4]，烦致意叔台并天台勿怪我可[5]。

丈夫在世，当自尽理[6]。我自六七岁丧母，便能自立，以至于今七十，尽是单身度日，独立过时。虽或蒙天庇[7]，或蒙人庇，然皆不求自来，若要我求庇于人，虽死不为也。历观从古大丈夫好汉尽是如此，不然，我岂无力可以起家，无财可以畜仆，而乃孤子无依[8]，一至此乎？可以知我之不畏死矣，可以知我之不怕人矣，可以知我之不靠势矣。盖人生总只有一个死，无两个死也，但世人自迷耳[9]。有名而死，孰与无名？智者自然了了。

〔1〕我欲来已决：1596年李贽曾应耿家之约，准备去黄安。欲来就是指这件事。
〔2〕瓜田之嫌：出自古乐府《君子行》："瓜田不纳履，李下不整冠。"意思是说在瓜地里不要弯腰提鞋，

在李子树下不要整理帽子,以避免偷窃之嫌疑。

〔3〕黄安:今湖北红安县。 解免:求情。

〔4〕辍(chuò):停止。

〔5〕叔台:即耿定力,号叔台,耿定理的弟弟。 天台:即耿定向,号天台,耿定理的哥哥。

〔6〕当自尽理:应当自己料理生活。

〔7〕或蒙天庇:有时受到上天的保护。蒙,受到。庇(bì),保护。

〔8〕孤子无依:孤单没有依靠。

〔9〕迷:糊涂。

其 二

前书悉达矣,嫌疑之际,是以不敢往,虽逆尊命〔1〕,不敢辞〔2〕。幸告叔台与天台恕我是感!

窃谓史道欲以法治我则可〔3〕,欲以此吓我他去则不可〔4〕。夫有罪之人,坏法乱治〔5〕,案法而究〔6〕,诛之可也,我若告饶,即不成李卓老矣。若吓之去,是以坏法之人而移之使毒害于他方也,则其不仁甚矣!他方之人士与麻城奚择焉〔7〕?故我可杀不可去,我头可断而我身不可辱,是为的论〔8〕,非难明者。

〔1〕尊命:指耿克念邀请李贽去黄安。

〔2〕辞:推辞,回避。

〔3〕窃谓:我自认为。 窃:自谦之词。 史道:即湖广分巡道史旌贤。

〔4〕他去:去其他地方。

〔5〕坏法乱治:破坏法纪,扰乱治安。

〔6〕案法而究:按照法律进行追究。案,同"按"。

〔7〕奚(xī):何。

〔8〕的(dí):确实。

李贽面对地方官的驱逐,大义凛然地声明:"我可杀不可去,我头可断而我身不可辱",表现出"不畏死"、"不怕人"、"不靠势"的独立人格。

李贽义正词严地再次申明:绝不向假道学低头求饶,也绝不因恐吓而逃离。他坚信自己。

与友人书

选自《续焚书》卷一书汇。这封书信主要是向友人介绍意大利传教士利玛窦的情况。

承公问及利西泰[1],西泰大西域人也。到中国十万馀里,初航海至南天竺始知有佛[2],已走四万馀里矣。及抵广州南海,然后知我大明国土先有尧舜,后有周孔。住南海肇庆几二十载[3],凡我国书籍无不读,请先辈与订音释,请明于《四书》性理者解其大义[4],又请明于《六经》疏义者通其解说[5]。今尽能言我此间之言,作此间之文字,行此间之仪礼,是一极标致人也。中极玲珑,外极朴实,数十人群聚喧杂、雠对各得[6],傍不得以其间斗之使乱。我所见人未有其比,非过亢则过谄[7],非露聪明则太闷闷瞆瞆者[8],皆让之矣。但不知到此何为,我已经三度相会,毕竟不知到此何干也。意其欲以所学易吾周孔之学,则又太愚,恐非是尔。

[1]利西泰:利玛窦(1552—1610),意大利传教士,明万历八年(1580)到广东,汉名为利西泰。后入北京,建天主教堂,从事传教,兼通中西文字、天算、舆地、医药之学,神宗甚器重之,当时诸大臣,如徐光启、李之藻均乐与之游。著译有《乾坤体仪》二卷,《几何学原本》六卷。
[2]天竺:古时称印度为天竺。
[3]肇庆:在广东省,今为肇庆市。
[4]四书:宋代朱熹取《礼记》中《大学》、《中庸》与《论语》、《孟子》合为四书,为之章句集注,亦称四子书。
[5]六经:指《诗经》、《尚书》、《礼记》、《周易》、《乐记》、《春秋》,为儒家之经典。
[6]雠对:以言语应答。
[7]亢:高傲。谄:谄媚。
[8]瞆瞆:无精打采的样子。

这篇文章谈了李贽对利玛窦比较全面的看法和认识。对利玛窦到中国的情况、为人处事作了概括和说明。对利玛窦来中国传教的目的深表怀疑。这是利玛窦的神学思想与李贽的启蒙思想对立的表现。李贽拜访利玛窦,表现出对外来文化的好奇心和开放的心态。

老人行叙

文章选自《续焚书》卷二序汇。万历二十四年,李贽已七十岁。这一年耿定向虽死,但耿的学生对李贽的攻击更加强烈,李贽往北去投靠朋友,这篇文章是由北返南途中所作。

老人之遁迹于龙湖也[1],亦多年矣,舍而北游[2],得无非计乎?何其愈老而愈不惮劳也?夫老人之本心,其大较可知也[3]。大较余之初心,不是欲人成佛,便是欲人念佛耳[4],而人多不信,可如何!或信矣,而众魔复害之[5],使之卒不敢信,可如何!因而谤佛沸腾,忧患丛生,终岁闭户而终岁御寇[6],有由也。余虽不欲卒老于行[7],又可得耶?

[1]遁迹:逃走。
[2]舍而北游:离开龙湖去北方漫游。万历三十四年刘东星邀请李贽去山西沁水。
[3]大较:大略、大概。
[4]不是欲人成佛,而是欲人念佛耳:不是想让人成为理想的人物,而是想让人拥护自然日用之道。
[5]众魔:比喻形形色色的假道学。
[6]终岁闭户而终岁御寇:终年闭门不出以抵御各种假道学的攻击。
[7]卒老于行:最终老死在路上。

余是以足迹所至,仍复闭户独坐,不敢与世交接[1]。既不与世接,则但有读书耳。故或讽诵以适意[2],而意有所拂则书之[3];或俯仰以致慨,而所慨勃勃则书之[4]。故至坪上[5],则有《道古录》四十二章书;至云中[6],则有《孙子参同十三篇》书;至西山极乐僧舍[7],则有《净土诀》三卷书。随手辄书,随书辄梓,不能禁也[8]。又有《坡公年谱》并《后录》三卷,陈正甫约以七八月馀到金陵来索[9]。又有《藏书世纪》八卷,《列传》六十卷。在塞上日[10],余又再加修订,到极乐即付焦弱侯校阅,托为叙引以传矣。今幸偕弱侯联舟南迈[11],舟中无事,又喜朋盍[12],不复为闭户计矣。括囊底,复得遗草,汇为二册,而题曰《老人行》,不亦宜欤!

〔1〕交接：交往。
〔2〕讽诵：背诵和朗读。
〔3〕而意有所拂则书之：与书中的见解不同就写下来。拂，违反，违背。
〔4〕或俯仰以致慨，而所慨勃勃则书之：有时低头叹息，有时仰头大笑，当感慨万千时就写下来。
〔5〕坪上：今山西沁水坪上村，是李贽的友人刘东星的家乡。
〔6〕云中：今山西大同。李贽的友人梅国桢任大同巡抚，接他去大同。
〔7〕西山：今北京西郊。李贽的友人马经纶接他到此。后从北京到南京。
〔8〕随手辄书，随手辄梓，不能禁也：随手写成书，成书就刻印，非常流行，不能禁止。梓，刻版。
〔9〕金陵：今江苏南京。李贽的友人焦弱侯居此。
〔10〕塞上：指大同。长城一带称塞上。
〔11〕南迈：南行。万历二十五年（1597），焦竑在顺天（府名，即今北京市及其周围一带）乡试中所取九名举子，文多险诞语，被贬为福宁州（今福建境内）同知，所以和李贽联舟南行。
〔12〕朋盍：朋友相聚。盍，合。

夫老人初心，盖欲与一世之人同成佛道、同见佛国而已。著书立言，非老人事也。而书日益多，言日益富，何哉？然而老人之初心至是亦徒然耳。则虽曰《老人行》，而实则穷途哭也，虽欲不谓之徒然不可矣。

虽然，百世之下，倘有见是书而出涕者，坚其志无忧群魔，强其骨无惧患害，终始不惑，圣域立跻〔1〕，如肇法师所谓"将头临白刃，一似斩春风"〔2〕，吾夫子所谓"有杀身以成仁"者〔3〕，则所著之书犹能感通于百世之下，未可知也。则此老行也，亦岂可遂谓之徒然也乎哉！

〔1〕圣域立跻：立刻达到佛地，指悟"道"。跻，登，升。
〔2〕如肇法师所谓"将头临白刃，一似斩春风"：肇法师即僧肇，后秦高僧。著有《肇论》、《维摩诘经卷注》等书。据《五灯会元》卷六载："僧肇法师，遭秦主难，临就刑说偈曰：'四大元无主，五阴本来空。将头临白刃，一似斩春风。'"四大，佛教用语。印度古代认为地、水、火、风是组成宇宙的四种元素。元，本来。五阴，佛教名词。又称五蕴。蕴是集聚之意。佛教认为人身并无自我实体，是由五种东西（色蕴、受蕴、想蕴、行蕴、识蕴）集合而成。五阴为旧译。阴的意思就是覆蔽。一似，全然像。
〔3〕有杀身以成仁者：《论语·卫灵公》中孔子曰："志士仁人，无求生以害仁，有杀身以成仁。"

文章简略叙述李贽被迫出游及沿途各地著述情况。并说明著书立说并非本意，李贽的初心是过自由自在的生活，而著述越来越多，是由于不敢与世交接，终岁闭户读书所致。他希望自己的著作能对后人产生影响。

圣教小引

题解

文章选自《续焚书》卷二。李贽曾编纂《三教妙述》，又名《言善篇》。《续焚书》卷二有刘晋川序云："是书凡六百馀篇，皆古圣要语，卓吾汇而辑之，欲以开来学而继往圣，余尚未见，见其小引三首与《言善篇》目而已。"小引三首当指《续焚书》中的《道教钞小引》、《圣教小引》，第三篇未见，可能是"佛教小引"之类。《圣教小引》评介孔学。

余自幼读《圣教》不知圣教，尊孔子不知孔夫子何自可尊，所谓矮子观场，随人说研[1]，和声而已[2]。是余五十以前真一犬也，因前犬吠形，亦随而吠之，若问以吠声之故，正好哑然自笑也已。五十以后，大衰欲死，因得友朋劝诲，翻阅贝经[3]，幸于生死之原窥见斑点，乃复研穷《学》、《庸》要旨[4]，知其宗贯[5]，集为《道古》一录[6]。于是遂从治《易》者读《易》三年[7]，竭昼夜力，复有六十四卦《易因》锓刻行世[8]。

[1]研：同"妍"，美好的意思。
[2]和声：随声附和。
[3]贝经：即佛经，古印度佛经是写在贝多树叶上的。
[4]《学》、《庸》：即《大学》和《中庸》，都是儒家经典。
[5]宗贯：贯串始终的宗旨。
[6]《道古》：指李贽的《道古录》。李贽在这部书中，对《大学》和《中庸》作了与朱熹不同的解释。
[7]《易》：《周易》，也称《易经》。儒家重要经典之一，是一部占卦书。《周易》通过八卦的形式，推测自然和社会的变化，认为阴阳两种势力的相互作用是产生万物的根源，提出"刚柔相推，变在其中矣"等富有朴素辩证法的观点。
[8]六十四卦：《周易》中用符号表示的六十四种卦象，《周易》内容包括《经》、《传》两部分，《经》中有六十四卦象的说明。《易因》：李贽研究《周易》的著作。锓(qīn)刻：雕刻，这里指刊印。

呜呼！余今日知吾夫子矣，不吠声矣[1]；向作矮子[2]，至老遂为长人矣。虽余志气可取，然师友之功安可诬耶！既自谓知圣，故亦欲与释子辈共之[3]，盖推向者友朋之心以及释子，使知其万古一道[4]，无二无别，真有如我太祖高皇帝所刊示者[5]，已详载于《三教品》刻中矣[6]。

〔1〕不吠声矣：不再闻声而叫了。吠，犬叫。
〔2〕向：从前。
〔3〕释子：即和尚。佛教的创始人是释迦牟尼，所以人们把和尚称为释子。
〔4〕道：李贽主张的道，是他所说的人具有的"自然之性"，如穿衣吃饭之类。
〔5〕太祖高皇帝：即明太祖朱元璋。所刊示者：指朱元璋颁行的有关文告中所说的"天下无二道，圣贤无两心"这两句话。
〔6〕《三教品》：书名，李贽著，载《李卓吾遗书》中。

夫释子既不可不知，况杨生定见专心致志以学夫子者耶〔1〕！幸相与勉之！果有定见，则参前倚衡〔2〕，皆见夫子；忠信笃敬，行乎蛮貊决矣〔3〕，而又何患于楚乎〔4〕？

〔1〕杨生定见：杨定见，湖北麻城人，李贽的学生。
〔2〕参前倚衡：此语出自《论语·卫灵公》："子曰：'言忠信，行笃(dǔ)敬，虽蛮貊(mò)之邦，行矣。……立则见其参于前也，在舆则见其倚于衡也，夫然后行。'"意思是说话讲究忠信，行为讲究笃敬，即使到了蛮貊地区，你的主张也行得通。……站者，眼前仿佛看到"忠信笃敬"几个字；坐车，仿佛看到这几个字刻在车辕的横木上。这样在哪里也能行得通。参，列，展现。衡，车辕前的横木。参前倚衡是孔子对门徒的要求。李贽在这里引用孔子的话，表明他对杨定见的希望。
〔3〕蛮貊：古代对少数民族的称呼。
〔4〕楚：湖北古代属于楚地。当时李贽和杨定见正在湖北麻城居住。

李贽回顾了自己对孔子和儒教态度的变化，认为要自立是非标准，反对盲目尊孔。李贽讽刺道学家人云亦云，尊孔就像黑夜中"一犬吠影，众犬吠声"，又像矮子看戏，随声附和。孔子这尊偶像就是在人云亦云中树立起来的。李贽到晚年才真正认识孔子，理解儒家思想，认为儒家思想融合了佛教和道教，不断以佛道思想来改造儒家思想，由此李贽对儒家独尊的地位进行否定。

三教归儒说

文章选自《续焚书》卷二序汇。从南北朝以来就有儒道释三教统归于儒而以儒教为最高的说法，李贽对此进行了评论。

儒、道、释之学，一也，以其初皆期于闻道也。必闻道然后可以死，故曰："朝闻道，夕死可矣[1]。"非闻道则未可以死，故又曰："吾以女为死矣[2]。"唯志在闻道，故其视富贵若浮云[3]，弃天下如敝屣然也[4]。然曰浮云，直轻之耳；曰敝屣，直贱之耳：未以为害也。若夫道人则视富贵如粪秽，视有天下若枷锁，唯恐其去之不速矣。然粪秽臭也，枷锁累也，犹未甚害也。乃释子则又甚矣[5]：彼其视富贵若虎豹之在陷阱，鱼鸟之入网罗，活人之赴汤火然[6]，求死不得，求生不得，一如是甚也[7]。此儒、道、释之所以异也，然其期于闻道以出世一也[8]。盖必出世，然后可以免富贵之苦也。

[1]朝闻道，夕死可矣：出自《论语·里仁》。早上获得了道，晚上死去也没什么遗憾了。
[2]吾以女为死矣：出自《论语·先进》。孔子在匡被囚禁后，颜渊最后才来。孔子说："我以为你死了。"颜渊说："您还活着，我怎么敢死呢？"
[3]视富贵若浮云：出自《论语·述而》："不义而富且贵，于我如浮云。"
[4]弃天下如敝屣然也：《孟子·尽心上》："舜视弃天下犹弃敝屣也。"敝屣（bìxǐ），破旧的鞋子。
[5]释子：佛教徒。佛教的创始人为释迦牟尼，所以佛教徒称为释子。
[6]汤：开水。
[7]一：竟。
[8]出世：超脱人世，摆脱世俗的富贵名利等。

尧之让舜也[1]，唯恐舜之复洗耳也[2]，苟得摄位[3]，即为幸事，盖推而远之，唯恐其不可得也，非以舜之治天下有过于尧，而故让之位以为生民计也。此其至著者也。孔之疏食[4]，颜之陋巷[5]，非尧心欤！自颜氏没[6]，微言绝[7]，圣学亡，则儒不传矣。故曰："天丧予[8]。"何也？以诸子虽学[9]，夫尝以闻道为心也。则亦不免仕大夫之家为富贵所移尔矣，况继此而为汉儒之附会[10]，宋儒之穿凿乎[11]？又况继此而以宋儒为标的[12]，穿凿为指归乎[13]？人益鄙而风益下矣！无怪其流弊至于今日，阳为道学，阴为富贵，被服儒雅[14]，行若狗彘然也[15]。

[1]尧之让舜：传说尧把帝位让给了舜。
[2]洗耳：《高士传·许由》记载：尧叫许由做九州之长，许由不愿做，连听都不愿听，认为这种话脏了自己的耳朵，就到颖河边上洗耳朵。"复洗耳"是指尧让位于舜，唯恐舜不愿意，也像许由一样去洗耳朵。
[3]摄位：代行天子的职务。

〔4〕孔之疏食：出自《论语·述而》："饭疏食饮水，曲肱而枕之，乐亦在其中也。"

〔5〕颜之陋巷：出自《论语·雍也》："子曰：'贤哉，回也！一箪食，一瓢饮，在陋巷，人不堪其忧，回也不改其乐。贤哉，回也！'"

〔6〕没(mò)：殁，死的意思。

〔7〕微言：含意深刻的微妙言论。

〔8〕天丧予：《论语·先进》："颜渊死。子曰：'噫！天丧予！天丧予！'"

〔9〕诸子：指颜回以外的孔子的其他弟子。

〔10〕汉儒之附会：汉代儒者董仲舒把儒家经典和宗教迷信结合起来，形成了"天人感应"之说。附会，把没有关系的事物说成有关系。

〔11〕宋儒之穿凿：指宋代的程朱理学，认为"理"是离开事物独立存在的客观实体，由它派生和主宰万事万物。穿凿，说不通的硬要使它通。

〔12〕标的(dì)：目的。

〔13〕指归：意旨。

〔14〕被(pī)：同"披"。

〔15〕彘(zhì)：猪。

　　夫世之不讲道学而致荣华富贵者不少也，何必讲道学而后为富贵之资也？此无他，不待讲道学而自富贵者，其人盖有学有才，有为有守〔1〕，虽欲不与之富贵，不可得也。夫唯无才无学，若不以讲圣人道学之名邀之〔2〕，则终身贫且贱焉，耻矣，此所以必讲道学以为取富贵之资也。然则今之无才无学，无为无识，而欲致大富贵者，断断乎不可以不讲道学矣。今之欲真实讲道学以求儒、道、释出世之旨，免富贵之苦者，断断乎不可以不剃头做和尚矣〔3〕。

〔1〕有守：有操守，品德高尚。

〔2〕邀：索取，谋求。

〔3〕断断乎不可以不剃头做和尚矣：意思是只有剃头出家才能与谋求荣华富贵的假道学划清界限。

　　在李贽看来，儒、释、道三家，其宗旨是一样的，他们的目的都是在闻道，而且都希望通过闻道来达到出世的目的，以解除富贵带给人的苦恼。李贽认为儒、道、佛三种学说都是出世之学。李贽所谓的出世，就是鄙视权势富贵，其中佛教学说最甚。孔子的门徒除颜渊外已经开始违背师训羡慕富贵；到汉儒宋儒之时，对荣华富贵更加向往；到明代已出现了道貌岸然而行若猪狗的假道学。假道学没有真才实学，只靠讲道学来追名逐利。真正要讲道学而不求功名富贵的人正如作者自己，只能剃头当和尚了。

论交难

文章选自《续焚书》卷二论汇。文章主要谈人际交往问题。批评虚伪狡诈、追名逐利的人际关系。

以上皆易离之交[1],盖交难则离亦难,交易则离亦易。何也?以天下尽市道之交也[2]。夫既为市矣,而曷可以交目之[3],曷可以易离病之[4],则其交也不过交易之交耳,交通之交耳。是故以利交易者,利尽则疏;以势交通者,势去则反。朝摩肩而暮掉臂[5],固矣。

[1]以上:承接上文。
[2]市道:做买卖的方式。
[3]而曷可以交目之:怎么可以拿交友的原则来看待它。
[4]易离病之:把轻易断交视为毛病。
[5]朝摩肩而暮掉臂:早晨肩并肩晚上就分手离开了。这里比喻交情变化迅速。

夫唯君子超然势利之外,以求同志之劝[1],而后交始难耳。况学圣人之学而深乐夫得朋之益者,则其可交必如孔子而后可使七十子之服从也[2]。何也?七十子所欲之物,唯孔子有之,他人无有也;孔子所可欲之物,唯七十子欲之,他人不欲也。如此乎其欲之难也[3],是以终七十子之身不知所掉臂也。故吾谓孔子固难遇,而七十子尤难遘也[4]。

[1]同志之劝:志同道合者的勉励。
[2]七十子:孔子门下贤弟子七十二人。
[3]如此乎其欲之难也:这样的愿望是很难实现的。
[4]遘:遇。

吾又以是观之,以身为市者,自当有为市之货,固不得以圣人而为市井病[1];身为圣人者,自当有圣人之货,亦不得以圣人而兼市井。吾独怪夫今之学者以圣人而居市井之货也[2]!阳为圣人,则炎汉宗室既以为篡位而诛之[3];阴为市井,则屠狗少年又以为穿窬而执之[4]。非但灭族于圣门，又且囚首于井里[5]，比之市交者又万万不能及矣。吾不知其于世当名何等也[6]！

[1]"以身为市者"三句：靠自身去做交易的自然要有做交易的商品，本来就不应该以圣人的标准来指责商人。

[2]吾独怪夫今之学者以圣人而居市井之货也：我特别奇怪当今的学者以圣人自居而居积的却是商人的货色。这里指交往中谋求利益。

[3]"阳为圣人"二句：《汉书·王莽传》："王莽始起外戚，折节力行，以要名誉，宗族称孝，师友归仁。及其居位辅政，成、哀之际，勤劳国家，直道而行，动见称述。岂所谓'在家必闻，在国必闻'，'色取仁而行违'者耶？"炎汉，汉属火德，故称炎汉。

[4]穿窬：钻洞和爬墙进行偷窃。

[5]非但灭族于圣门，而且囚首于井里：王莽不但被皇族灭族，而且像囚徒一样蓬头垢面被拘禁。圣门，即皇族。囚首，像囚徒一样蓬头垢面。

[6]当名何等：该属于哪一类人。

势力之交如同做买卖，交易结束就了结了。真正的朋友之交是志同道合的勉励。孔子的七十二贤弟子，志同道合，终生不弃。而假道学常以圣人自居，而像商人一样谋求私利，这些虚伪狡诈的人像王莽一样，没有好下场。

李善长

文章选自《续焚书》卷三读史汇。李善长，明初大臣。字百室，定远（今属安徽）人。洪武初年任左丞相，明初制度多由他参与制定。后因胡惟庸案牵连贬谪，后五年赐死。

李善长安敢望萧鄼侯哉[1]！特其一时同起丰沛，迹相类耳[2]。汉祖百战以取天下，年年远征，乃令鄼侯独守关中。数千里给饷增兵不绝，厥功大矣[3]。且日夜惶惶，恐一言不合，一举措不慎，卒无以当上心，保首领[4]。最后仅仅为民请上林空地，片语稍拂上意，然亦有何罪而遂致械系，略不念故人勋旧之情也[5]！谁谓汉祖宽仁大度者？吾以为必如我太祖[6]，乃可称宽仁大度也。

〔1〕萧酂侯：即汉初元勋萧何。秦末佐刘邦起义。楚汉战争中荐韩信为大将，对刘邦战胜项羽建立汉朝起了重要的作用。后封酂侯。定律令制度，协助高祖消灭韩信、陈豨、英布等异姓诸侯王。

〔2〕特其一时同起丰沛，迹相类耳：刘邦为沛县丰邑人，萧何与刘邦是同乡；朱元璋先祖居沛，自父辈徙居濠州之钟离。濠州今属安徽，辖境当今怀远、定远、凤阳等地。李善长为定远人，李善长与朱元璋也算是同乡。所以刘、萧和朱、李的关系有相似之处。

〔3〕厥：他的。楚汉战争中，萧何以丞相身份留守关中，输送士卒粮饷，支援作战。

〔4〕首领：脑袋。

〔5〕"最后仅仅为民请上林空地"几句：刘邦在外将兵攻战，萧何守中之地。刘邦对萧何产生了怀疑，有人劝萧何多干一些为己谋利的事使刘邦安心，萧听其计。待高祖回关中，有人拦路告萧强买民地，萧趁机为民请地曰："长安地狭，上林中多空地，弃，愿令民得入田，毋收稿为禽兽食。"上大怒曰："相国多受贾人财物，乃为请吾苑！"乃下相国廷尉，械系之。(详见《史记·萧相国世家》)稍拂，略微不合。略不，一点都不。勋旧，有功勋的故旧。

〔6〕太祖：指明太祖朱元璋。

夫君逸臣劳，理也，亦势也。我二祖之勤劳不敢自暇逸〔1〕，三十一年如一日，二十二年如一年者也。昔之治天下于有天下之后者〔2〕，曾有若是者耶？二祖之勤劳以治天下如此，故亦望人之辅之也，亦不顾家顾亲戚而为之也。而善长诸臣无有一人能体其心者。今观欧阳驸马所尚者，太后亲生公主也，一犯茶禁，即置极典，虽太后亦不敢劝〔3〕。其不私亲以为天下榜样，说大昭揭明白矣。善长等到此时，岂犹未知太祖之心耶？善长若犹未知太祖之心，而又何望于善长之弟，与善长之侄若孙若亲戚奴仆等耶！〔4〕今善长且已屡致论列矣〔5〕，犹眷恋崇贵显要，不忍请老何也〔6〕？年已七十有七，方且扬扬然借兵夫〔7〕，起大第，以明得意。呜呼！一介草茅，当四十一岁时救死且不暇〔8〕，于今何如也，而犹以为未足耶？得自经死牖下〔9〕，千幸且万幸，何足怜！

〔1〕二祖：指明太祖朱元璋，洪武元年(1368)至洪武三十一年(1398)在位，在位三十一年；明成祖朱棣，于永乐元年(1403)至永乐二十二年(1424)在位，共二十二年。

〔2〕昔之治天下于有天下之后者：过去在夺取政权后治理国家功绩卓著的人。

〔3〕"今观欧阳附马所尚者"几句：据《明史》卷一二一记载："安庆公主，宁国主母妹(即孝慈皇后之亲生女儿)。洪武十四年下嫁欧阳伦。伦颇不法。洪武末，茶禁方严，数遣私人贩茶出境，虽大吏不敢问。有家奴周保者尤横，辄呼有司科车至数十辆。过河桥巡检司，擅捶辱司吏。吏不堪，以闻。帝大怒，赐伦死，保等皆伏诛。"极典，极刑，指死刑。

〔4〕"而又何望于善长之弟"几句：李善长的弟弟存义之子李佑是胡惟庸从女婿，后胡惟庸谋反，存义父子是同党，并多次劝说李善长。

〔5〕屡致论列：多次招致人们的议论。论列，议论。
〔6〕请老：古代官吏请求退休养老。
〔7〕"年已七十有七"二句：可参见《明史》一二七卷："又五年，善长年已七十有七，耄不检下。尝欲营第，从信国公汤和假卫卒三百人，和密以闻。四月，京民坐罪应徙边者，善长数请免其私亲丁斌等……"扬扬，得意貌。
〔8〕一介草茅，当四十一岁时救死且不暇：李善长未从朱元璋起事时，住得只有一处草房，勉强维持生活都很困难。不暇，顾不上。
〔9〕得自经死牖下：指李善长因受胡惟庸谋反案牵连被赐死。牖（yǒu），窗。

或曰："设身处地当如何[1]?"曰："当汉祖大封功臣之日，何乃三杰中人材[2]，亦只封文终侯[3]，未尝敢与韩彭等埒也[4]。我又何人[5]，偃然而径据于中山王之上乎[6]?百顿首力辞封，甘心退让，自处于刘诚意之下[7]，则帝必喜。且夫岁入禄米五千馀石，何人不赡了也，推其半以分给叔兄弟侄，宗党友朋，毋使一人与职任事[8]，得以怙势作威福[9]，则怨奚自生[10]，祸从何至？是谓损福以灭祸，灭福以致福，此天之道而人之事也。"若王国用之疏[11]，自妙；然以之陈于我太祖之前，总是隔靴搔痒[12]。

〔1〕设身处地当如何：李贽指自己若是李善长该如何想。
〔2〕三杰：指张良、萧何和韩信为汉三杰。
〔3〕文终侯：萧何死后，谥文终侯，未封王。
〔4〕未尝敢与韩彭等埒也：萧何当年不曾敢与韩、彭争功。韩彭，韩信与彭越。韩封齐王，彭封为梁王。埒（liè），等同。
〔5〕我又何人：李贽拟李善长自问。
〔6〕偃然而径据于中山王之上乎：心安理得地位于中山王徐达之上。偃然，安然。中山王，徐达，濠州人，随明太祖起事，南征北战成功显赫，死后追谥为中山王。洪武三年大封功臣时位居李善长之后。
〔7〕刘诚意：即刘基。朱元璋起兵，刘基受聘为谋士，协助筹划军事，建立帝业。而后又为之规划典章制度，功勋卓著。明初任御史中丞兼太史令，授弘文馆学士，封诚意伯。洪武四年（1371）辞官居家，不久遭丞相胡惟庸构陷，忧愤而死（一说为胡毒死）。
〔8〕与职任事：任职做官。
〔9〕怙势：仗势。怙（hù），依靠。
〔10〕奚自：自奚，从何处。
〔11〕若王国用之疏：李善长死后，虞部郎中王国用上疏为李氏辩解，说他不可能谋反一事。"太祖得书，竟亦不罪也。"然而也没有给李氏平反。
〔12〕隔靴搔痒：比喻说话作文等不中肯，没有抓住问题的关键。

这是一篇历史人物评论。李善长是明初元勋之一，李贽将他与汉初元勋萧何与明代功成身退的刘基进行对比,认为他皆不如。他七十七岁不知请退,贪恋权势、纵容亲戚仗势作恶,终于招来杀身之祸。

庾公不遣的卢

文章选自《续焚书》卷三阅古事。庾公即庾亮,晋朝人。官中书令、征西将军,封永昌县公,谥文康。庾亮有一匹妨主的骏马,他宁愿把这种危险留给自己,也不愿去妨害他人,表现出高尚的品德。

不豪则自不达[1],不达则自非豪,唯达故豪,一也。但世有慕名作达者,似达而非达;亦有效颦为达者[2],虽达亦不达。

[1]不豪则自不达:不豪放则自然不能通达。
[2]效颦为达者:像东施效颦一样模仿别人来表现自己的通达。

庾公之不遣的卢也[1],曰:"昔孙叔敖杀两头蛇以为后人……效之,不亦达乎[2]!"方叔敖少时,宁知杀两头蛇之为达而后杀之耶?自分必死,故归而向其母泣。唯自分必死,故宁我见之而死,不欲后人复见之而死也,是之为真达也;遂从而杀之,是之为真豪也。彼岂有心仿效甚人来耶?

[1]的卢:《相马经》中说:"马白额入口齿者,名曰榆雁,一名的卢,奴乘客死,主乘弃市,凶马也。"的卢又作"的颅"。
[2]"昔孙叔敖杀两头蛇以为后人"句:《新序》卷一记载:"孙叔敖为婴儿之时,出游见两头蛇,杀而埋之。归而泣,其母问其故,叔敖对曰:'闻见两头蛇者死,向者吾见之,恐去母而死也。'其母曰:'蛇今安在?'曰:'恐他人又见,杀而埋之矣。'其母曰:'吾闻有阴德者,天报以福,汝不死。'及长,为楚令尹,未治而国人信其仁也。"(《〈新序〉详注》,刘向撰,赵仲邑注,中华书局 1997 年版第 4 页)

是故阮浑欲学达[1],而嗣宗不许[2],恶其效也。山公之荐咸曰[3]:"清真寡欲,万物不能移也。使在官人之职[4],必妙绝于时。"识其真也。噫!是岂易与讲道学者谈耶!

〔1〕阮浑:阮籍之子。
〔2〕嗣宗:即阮籍,字嗣宗。"竹林七贤"之一。阮籍生活在司马氏集团向曹氏集团夺权斗争最激烈的时期。他对司马氏集团不满,但也不敢正面反抗,只能纵酒、谈玄,消极抵制。《世说新语·任诞》记载:"阮浑长成,风气韵度似父,亦欲作达。步兵曰:'仲容已预之,卿不得复尔。'"步兵:阮籍曾任步兵校尉。仲容:阮籍的侄儿阮咸,"竹林七贤"之一。
〔3〕山公:山涛,字巨源。"竹林七贤"之一。后依附司马氏集团,任尚书吏部郎。
〔4〕官人:任用为官。山涛曾举荐阮咸为吏部郎。

豪放任达是魏晋风度的一种表现。李贽借庾亮效法孙叔敖以学达和阮籍不准其子阮浑学达来说明豪放任达出自于人的性格,非模仿所成。最后批评讲道学者,并非模仿圣人就能成为圣人。

孔融有自然之性

文章选自《续焚书》卷三阅古事。孔融是汉末文学家,曾任北海相,时称孔北海。为人恃才负气,言论往往与传统观念相背。后因触怒曹操,被江夏太守黄祖所杀。为"建安七子"之一。

自然之性,乃是自然真道学也,岂讲道学者所能学乎?既不能学,又冒引圣言以自掩其不能〔1〕,视融之六岁便能藏张俭〔2〕,长来便能作书救盛孝章〔3〕,荐祢正平〔4〕,必以不晓事目之矣。

嗟乎!有利于己而欲时时嘱托公事〔5〕,则必称引万物一体之说;有损于己而欲远怨避嫌,则必称引明哲保身之说。使明天子贤宰相烛知其奸〔6〕,欲杜此术,但不许嘱托,不许远嫌,又不许称引古语,则道学之术穷矣。

〔1〕掩(yǎn):同"掩"。遮盖,掩蔽。
〔2〕视融之六岁便能藏张俭:《后汉书·孔融传》记载,张俭是孔融之兄孔褒之友,被追捕,投褒处避难而不遇,孔融藏之。事发后,孔融与兄、母等一家人争当罪,融由此而知名,当时孔融十六岁。
〔3〕长来便能作书救盛孝章:盛宪字孝章,官至吴郡太守,乃一时名士。孙策忌之,欲害宪,孔融写信给曹操,使招致宪以免其难。(详见《文选·论盛孝章书》)后宪未赴招,最终被害。

〔4〕荐祢正平：孔融上书曹操，举荐祢衡。曹操想见祢衡，衡自称有狂病，不肯往。祢衡：字正平。少有才辩，性刚傲物。曹操召为鼓史，大会宾客，欲当众辱之，反为衡所辱。操怒，遣送荆州刘表。又不合，转送江夏太守黄祖，终被杀。

〔5〕有利于己而欲时时嘱托公事：为了对自己有利而需要经常在办理公事的过程中拉关系、走后门。

〔6〕烛知：明白地知道。

李贽认为真道学就是自然之性。以孔融藏张俭、荐祢衡、救盛宪来说明有高尚道德的行为全部出自于自然之性。而假道学假公济私、明哲保身，贤明的天子宰相应杜绝假道学的奸诈虚伪之术。

题孔子像于芝佛院

文章选自《续焚书》卷四。李贽辞官后移居湖北麻城，芝佛院位于麻城以东约三十里处的龙潭湖畔，李贽在这里开始了长达十馀年的讲学著述生活。1588年，李贽迁居于此，公然以"异端"自居。为了表示"从众"，在芝佛院的佛堂上悬挂孔子的画像，并写下了这篇题词，对当时尊孔崇儒思潮进行嘲弄和否定。

人皆以孔子为大圣，吾亦以为大圣；皆以老、佛为异端〔1〕，吾亦以为异端。人人非真知大圣与异端也，以所闻于父师之教者熟也；父师非真知大圣与异端也，以所闻于儒先之教者熟也；儒先亦非真知大圣与异端也，以孔子有是言也。其曰"圣则吾不能〔2〕"，是居谦也。其曰"攻乎异端〔3〕"，是必为老与佛也。

儒先亿度而言之〔4〕，父师沿袭而诵之，小子矇聋而听之〔5〕。万口一词，不可破也；千年一律，不自知也。不曰"徒诵其言"，而曰"已知其人"；不曰"强不知以为知"，而曰"知之为知之"〔6〕。至今日，虽有目，无所用矣。

余何人也，敢谓有目？亦从众耳。既从众而圣之〔7〕，亦从众而事之〔8〕，是故吾从众事孔子于芝佛之院〔9〕。

〔1〕老：指老聃(dān)，即老子，道家学派的创始人，道教尊为始祖。

〔2〕圣则吾不能：见《孟子·公孙丑上》："昔者子贡问于孔子曰：'夫子圣矣乎？'孔子曰：'圣则吾不能，

我学不厌而教不倦也。'"孟子引述孔子自谦的话。

〔3〕攻乎异端：出自《论语·为政》："攻乎异端，斯害也已。"意思是钻研不正确的学说，那是有害的。攻：攻读，钻研。

〔4〕亿度(duó)：主观猜测。亿：通"臆"。

〔5〕矇聋：目不明曰矇，耳不聪曰聋。这里指道学后辈只知听信儒先父师之言而不会独立思考，如同瞎子、聋子。

〔6〕知之为知之：出自《论语·为政》："知之为知之，不知为不知，是知也。"这里指出道学家只取孔子原话的上半句，装得一切都知，实则是"强不知以为知"。

〔7〕圣之：把孔子当作圣人。

〔8〕事：侍奉，这里指供奉孔子像。

〔9〕从众：语见《论语·子罕》："吾从众。"

　　这篇文章正话反说，冷嘲热讽，思想尖锐，直抒胸臆。深刻揭露了文化专制下思想盲从、学术禁锢，社会文化失去生机活力的根本原因。字里行间可以感受到一个思想先驱者内心的苦闷和愤慨。李贽批评崇孔之风大胆而深刻，简直令人振聋发聩。

　　文章层层剥茧，揭露了封建社会尊孔的历史。文中多处引孔子的话来嘲讽这些可笑的儒生。真是嬉笑怒骂，皆成文章。

李卓吾先生遗言

　　文章选自《续焚书》卷四杂著汇。万历三十年(1602)，李贽76岁。李贽为逃避封建统治者的迫害，去通州(今北京通州)投靠马经纶。李贽病重一个多月了。念及旦暮将逝，李贽于二月初五给侍从立下了遗言。

　　春来多病，急欲辞世。幸于此辞，落在好朋友之手[1]。此最难事，此余最幸事，尔等最幸事，尔等不可不知重也。

　　倘一旦死，急择城外高阜[2]，向南开作一坑；长一丈，阔五尺，深至六尺即止。既如是深，如是阔，如是长矣，然后就中复掘二尺五寸深土，长不过六尺有半，阔不过二尺五寸，以安予魄[3]。既掘深了二尺五寸，则用芦席五张填平其下，而安我其上，此岂有一毫不清净者哉！我心安焉，即为乐土。勿太俗气，摇动人言[4]，急于好看，以伤我之本心也。虽马诚老能为厚终之具[5]，然终不如安余心之为愈矣[6]。此是余第一要紧言语。我气已散,即当穿此安魄之坑。

〔1〕好朋友:指马经纶。
〔2〕高阜:土山高坡。
〔3〕魄:古代指依附于形体而存在的精神。
〔4〕摇动人言:为人们的议论所鼓动而改变主张。
〔5〕虽马诚老能为厚终之具:虽然马经纶能置办厚葬用品。马诚老:马经纶字诚所,官至御史。因触怒神宗,被贬斥为民,回通州家居。厚终之具:指厚葬用品。
〔6〕愈:更好。

未入坑时,且阁我魄于板上[1],用余在身衣服即止,不可换新衣等,使我体魄不安。但面上加一掩面,头照旧安枕,而加一白布中单总盖上下,用裹脚布廿字交缠其上。以得为四人平平扶出,待五更初开门时寂寂抬出,到于圹所,即可装置芦席之上,而板复抬回以还主人矣。既安了体魄,上加二三十根橡子横阁其上。阁了[2],仍用芦席五张铺于橡子之上,即起放下原土,筑实使平,更加浮土,使可望而知其为卓吾子之魄也。周围栽以树木,墓前立一石碑,题曰"李卓吾先生之墓"。字四尺大,可托焦漪园书之[3],想彼亦必无吝。

尔等欲守者,须是实心要守。果是实心要守,马爷决有以处尔等[4],不必尔等惊疑。若实与余不相干,可听其自去。我生时不着亲人相随,没后亦不待亲人看守,此理易明。

幸勿移易我一字一句[5]!二月初五日,卓吾遗言。幸听之! 幸听之!

〔1〕魄:因魄依附于形体,所以也可指形体。
〔2〕阁:通"搁"。
〔3〕焦漪园:即焦竑,字弱侯,号漪园,又号澹园,明代著名学者,李贽的好朋友。
〔4〕马爷:即马经纶。
〔5〕幸:希望。

李贽的遗嘱嘱咐弟子们葬仪从简。他不仅为了减轻马经纶的经济负担,也是不想大事张扬,招致身后之毁。他把遗嘱抄录数份,寄给焦竑等知己朋友,以作纪念。坦然迎接死神的降临。遗嘱中的葬仪,有着回族的民族色彩。

藏书世纪列传总目前论

《藏书》是李贽的一部重要历史著作，共六十八卷，为纪传体史书，包括《世纪》和《列传》两部分。始刊于明万历二十七年(1599)，即李贽去世前三年，这篇文章为《藏书》的前言。

人之是非，初无定质[1]；人之是非人也[2]，亦无定论。无定质，则此是彼非，并育而不相害。无定论，则是此非彼，亦并行而不相悖矣。然则今日之是非，谓予李卓吾一人之是非可也，谓为千万世大贤大人之公是非，亦可也，谓予颠倒千万世之是非，而复非是予之所非是焉，亦可也。则予之是非，信乎其可矣。前三代[3]，吾无论矣；后三代，汉、唐、宋是也；中间千百馀年，而独无是非者，岂其人无是非哉？咸以孔子之是非为是非，故未尝有是非耳。然则予之是非人也，又安能已[4]？夫是非之争也，如岁时然，昼夜更迭，不相一也。昨日是而今日非矣，今日非而后日又是矣。虽使孔夫子复生于今，又不知作如何是非也，而可遽以定本行罚赏哉[5]？

[1]定质：固定不变的准则。质：准则。
[2]是非人：意思是衡量人的是与非。
[3]前三代：指夏、商、周。
[4]已：终止。
[5]定本：已经校订过的准备发表的版本，比喻准绳、定则。

老来无事，爰览前目[1]，起自春秋，讫于宋元，分为《纪》《传》[2]，总类别目[3]，用以自怡[4]，名之曰《藏书》。《藏书》者何？言此书但可自怡，不可示人，故名曰《藏书》也。而无奈一二好事朋友，索览不已，予又安能以已邪？但戒曰："览则一任诸君览观[5]，但无以孔夫子之定本行罚赏也，则善矣。"

[1]爰(yuán)：于是。

〔2〕《纪》《传》：指《藏书》中的《世纪》和《列传》。《纪》指《世纪》，记帝王事。《传》指《列传》，记文臣、武将、学者、农民起义领袖等。

〔3〕总类别目：犹言编类分目。总、别在这里都用作动词。总分为几大类，在大类下再分别罗列细目。

〔4〕自怡：自己欣赏。　怡：欢悦。

〔5〕一任：全部听任。

这篇文章表明了李贽的写作动机。在《藏书》里，他对从战国到元朝约八百多个历史人物重新评价。这篇总目前论涉及真理的相对性。真理不应该永世不变，真理是发展的。李贽要以自己所处的时代精神，去替代孔子时代的是非标准。李贽认为是非标准的更迭，犹之岁时昼夜的更迭，是一种循环或反复，这种认识无疑是有时代局限的。

这篇文章是李贽自撰的《藏书》总序，是他自己为《藏书》所作的辩护词，也是他反对文化专制主义的宣言，渴望实现思想自由、言论自由的呼吁书。

冯道传论

文章选自《藏书》卷六十八，结尾略有删节。冯道在五代历仕四姓十二君，历来被认为是没有气节的不忠之臣。《旧五代史》评论："……事四朝相六帝，可得为忠乎？"李贽为冯道翻案，认为冯道在兵荒马乱的年代使百姓免受锋镝之苦，就有功于社稷。李贽把人民的利益置于君王之上，对"不事二主，不做二臣"的忠君思想进行否定。

冯道自谓长乐老子[1]，盖真长乐老子者也。孟子曰："社稷为重，君为轻。"信斯言也，道知之矣。夫社者，所以安民也；稷者，所以养民也，民得安养而后居之责始塞。君不能安养斯民，而后臣独为之安养斯民，而后冯道之责始尽。今观五季相禅[2]，替移嘿夺[3]，纵有兵革，不闻争城，五十年间，虽然历四姓，事一十二君，并耶律契丹等，而百姓卒免锋镝之苦[4]，道务安养之功也。

〔1〕冯道（882—954）：五代时瀛州景城（今河北沧州西）人，字可道，自号长乐老。后唐、后晋时历任宰相；契丹灭后晋，又附契丹任太傅；后汉时，任太师；后周时，又任太师、中书令。后世因其历仕数姓，每加非议。

〔2〕禅(shàn)：指帝王把帝位让给别人。这里指朝代更迭。
〔3〕嘿(mò)夺：嘿同默，表示比较安静。
〔4〕锋镝(dí)：刀刃和箭头，泛指兵器，也借指战争。

在封建社会中，忠君思想是维护封建统治的主要伦理道德。李贽改变了评价君臣的道德标准。由敬天忠君变为"安养斯民"，李贽从民本思想出发否定忠君思想，无疑引起了轩然大波。耿定向作《冯道论》云："嗟夫！以冯道为有道，是可指孀妇而谓之曰人尽夫也，何以节为云尔。由此推之，故亦可曰人尽忠也，惟荣利之要，朝委质而夕劝进焉弗恤矣；将亦曰人尽父也，惟势位之急，朝伏膝而夕操戈焉弗恤矣。子焉而弗父其父，臣焉而弗君其君，妇焉而弗夫其夫，则是天柱蹶而地维裂也。棼乱离溃，竟成何世哉！"耿定向的这些言论反衬出李贽对封建伦理道德的重要支柱忠君思想的撼动何其大。

◎ 小　说

女史学家班昭

　　班姬,字惠班,扶风曹世叔妻也[1]。世叔早卒,兄固著《汉书》[2],其八表及《天文志》未及竟而卒。和帝诏昭就东观藏书阁[3],踵而成之[4]。数召入宫,令皇后、诸贵人师事焉[5],号曰大家[6]。时《汉书》始出,多未能通者。同郡马融伏于阙下[7],从昭受读。昭作《女诫》七篇。每有贡献异物,辄诏大家作赋颂。(《初谭集·夫妇二》)

〔1〕曹世叔妻:班昭因其夫为曹世叔,被称为曹大家(gū)。
〔2〕固:即班昭之兄班固,字孟坚。东汉著名史学家,经二十多年写成《汉书》。汉和帝时,曾随窦宪出征匈奴,后因窦宪谋反受牵连死于狱中。
〔3〕东观(guàn):东汉洛阳南宫内观名,明帝诏班固等在此修撰《汉书》,所以《汉书》又名《东观汉记》。此处后为皇宫的藏书阁。
〔4〕踵(zhǒng):跟随。
〔5〕贵人:指妃嫔。
〔6〕大家(gū):古时对女子的尊称。
〔7〕马融伏于阙下:马融,字季长,任武都南郡太守,在东观著述。卢植、郑玄为其徒。阙下,宫阙之下,指宫廷。

　　李贽在《初谭集》中经常赞扬女子的杰出才干,这种开明的妇女观是晚明启蒙思潮的重要方面。女史学家班昭继承父兄遗志,续修《汉书》八表及《天文志》。《汉书》初出,读者难懂,她又教授马融等诵读。和帝时担任皇后和妃嫔的教师,著有《东征赋》、《女诫》七篇等。

郑玄家婢

　　郑玄家奴婢皆读书[1]。尝使一婢,不称旨[2],将挞之,方自陈说[3]。玄怒,使人曳著泥中。须臾复有一婢来,问曰:"胡为乎泥中[4]?"答曰:"薄言往愬,逢彼之怒[5]。"(《初谭集·夫妇二》)

〔1〕郑玄:东汉经学家,字康成。聚众讲学。以古文经学为主,兼采今文经学,遍注群经,成为汉代经学的集大成者。

〔2〕不称旨:不称心。

〔3〕方自陈说:正要为自己辩解。

〔4〕胡为乎泥中:语出《诗经·邶风·式微》。为什么站在污泥中?

〔5〕薄言往愬,逢彼之怒:出自《诗经·邶风·柏舟》。意思是急忙去诉说,正碰上他怒气冲冲。薄言:即薄然,急忙。愬,同"诉"。

此篇出自《世说新语·文学》。在经学大师郑玄家中,即使是婢女也能出口成章,如此博学通文,引用得体,可见耳濡目染的作用之大。古代的硕儒大师之家,学术氛围不仅熏陶教化了子女,而且家中的婢女、仆人也感受到这一惠泽。这绝非虚言,这种现象在古代的达官贵人、文人雅士之家也是一种时髦而普遍的现象,《红楼梦》中的丫环也能出口成诗。

蔡文姬记忆超群

曹公问蔡文姬〔1〕:"闻夫人家先多坟籍〔2〕,犹能忆识之不?"文姬曰:"昔亡父赐书四千许卷,流离涂炭,罔有存者〔3〕。今所诵忆,裁四百馀篇〔4〕。"曹公言:"当使十吏就夫人写之。"文姬曰:"妾闻男女之别,礼不亲授〔5〕。乞给纸笔,真草惟命。"于是缮写送上〔6〕,文无遗误。(《初谭集·夫妇二》)

〔1〕曹公:曹操,三国时政治家、军事家、诗人。汉献帝建安中任大将军、丞相,封魏王。子曹丕称帝,追尊为武帝。蔡文姬:蔡琰。汉末女诗人。陈留圉(今河南杞县南)人。博学,通音律。汉末大乱,被掳至南匈奴十二年,曹操念其父蔡邕无后,以金璧赎归。

〔2〕家先:家中先父,指蔡邕。坟籍:古代典籍。

〔3〕罔:没有。

〔4〕裁:通"才"。

〔5〕礼不亲授:即"男女授受不亲",出自《孟子·离娄上》。亲授:指男女之间亲手递接东西。

〔6〕缮写:誊写,抄写。

蔡文姬博学多才,记忆超人,能将四百多篇文章凭记忆写下来,"文无遗误",

足见其学识渊博,才华出众。

《后汉书·列女传》记载,文姬之父蔡邕是东汉末三国初期的大学问家,很注重对女儿的教育,"授书四千馀卷",所以文姬"博学有才辩",又"妙于音律"。蔡文姬得其父蔡邕的真传,在文学与音乐上有很高的造诣。

谢道韫才高

谢太傅寒雪日内集[1],与儿女讲论文义。俄而雪骤[2],公欣然曰:"白雪纷纷何所似?"兄子胡儿曰[3]:"撒盐空中差可拟[4]。"兄女曰[5]:"未若柳絮因风起[6]。"公大笑乐。(《初谭集·夫妇二》)

[1]谢太傅:即谢安,字安石,东晋陈郡阳夏(今河南太康)人。四十馀始出仕,孝武帝时位至宰相。淝水之战中大破前秦苻坚,立下大功。死后追赠太傅,谥文靖。内集:家庭聚会。
[2]雪骤:忽然下雪。骤:快速,忽然。
[3]胡儿:谢安次兄谢据之长子谢朗的小字。
[4]差可拟:尚可比拟。
[5]兄女:侄女。谢安大哥谢无奕的女儿谢道韫(yùn)。
[6]未若柳絮因风起:不如柳絮随风飘好。

这是魏晋时期"咏絮之才"、"盐絮家风"的佳话。"撒盐空中差可拟"与"未若柳絮因风起"都用了比喻,用盐喻雪只是形似,用柳絮喻雪不仅形似而且神似,柳絮和雪花都有飞舞的动感,表现出谢道韫的才华与风采。

短短的文字,不仅对书香世家赏雪赋诗的高雅氛围表示赞赏,而且对谢道韫的文学才华表示赞叹。

班婕妤才高善辩

班婕妤以选入宫[1],贵幸。尝从游后庭,帝欲召同辇载[2],辞曰:"观古图画,贤圣之君,皆有名臣在侧;三代末主[3],乃有嬖女[4]。今欲同辇,得无近似之乎[5]?"上善其言而止。后赵飞燕姊弟自微贱兴[6],谮婕妤祝诅[7]。上因考问婕妤,对曰:"妾闻'死生有命,富贵在天'[8]。修正尚未蒙福[9],为邪欲以何望?使鬼神有知,不受不臣之愬[10];如其无知,愬之何益?故不为也。"上善其对,赐黄金百斤。然婕妤恐久终见危[11],求得共养太后长信宫[12],因作《自悼赋》。(《初谭集·夫妇四》)

[1]班婕妤:据汉刘向《列女传》卷八《续列女传·班女婕妤》载,班婕妤是左曹越骑校尉班况之女,是西汉孝成皇帝(即汉成帝刘骜)之婕妤,德才兼备,能言善辩,先受成帝宠爱,后因赵飞燕而失宠。

[2]辇:秦汉后专指帝王后妃所乘之车。

[3]三代末主:指夏桀、商纣和周幽王。

[4]嬖(bì)女:宠爱的女人。

[5]得无:莫非,岂不是。

[6]赵飞燕姊弟:为成阳节侯赵临的两个女儿,西汉孝成皇帝的两个宠姬。飞燕:原为长安宫的宫人,因体态轻盈善舞而称为飞燕。后入宫受到汉成帝的宠爱,成帝死后被尊之为皇后。姊弟,即姊娣、姐妹。赵飞燕姐妹入宫都为婕妤,后来飞燕立为皇后,其妹为昭仪。

[7]谮(zèn):诬陷,中伤。祝诅:祷告鬼神降灾于仇人。

[8]死生有命,富贵在天:班婕妤引用《论语·颜渊》中曾子说的话。

[9]修正尚未蒙福:品德美好尚且没有得福。修正:品德美好正直。

[10]不臣:不尽臣职的人。愬(sù):诉说,祷告。

[11]见危:被危害。

[12]共:供,供奉。长信宫:汉宫名,太后所居。

班婕妤才高善辩。她用三代末主的历史事实谢绝了成帝同辇的要求。引用《论语》之言对赵飞燕的诬陷进行辩护。"恐久终见危",请求到长信宫供养太后,可以看出班婕妤的才能和远见。

日远与日近

晋明帝数岁[1],坐元帝膝上[2],有人从长安来,元帝因问明帝:"汝意谓长安何如日远?"答曰:"日远。不闻人从日边来。"元帝异之。明日集群臣宴会,更重问之,乃答曰:"日近。"元帝失色曰:"尔何故异昨日之言?"答曰:"举目见日,不见长安。"(《初谭集·父子三》)

[1]晋明帝:即司马绍(299—325),字道畿。公元323—325年在位。元帝长子,平王敦之乱,方欲有所作为,即病死。

[2]元帝:即司马睿(276—322),字景文。公元317—322年在位。建立东晋王朝,后因王敦作乱,忧愤而死。

李贽赞赏晋明帝儿时的天资和智慧,对答如流,言之成理,颇有意趣。对儿童智慧的赞美,是出于"童心"的缘故。

七步诗

文帝尝令东阿王七步中作诗[1],不成者行大法[2]。应声便为诗曰:"煮豆持作羹[3],漉豉以为汁[4]。萁在釜下然[5],豆在釜中泣。本自同根生,相煎何太急[6]!"(《初谭集·兄弟下》)

〔1〕文帝:魏文帝曹丕,字子桓。东阿王:曹植,字子建。曹丕同母弟。文帝即位,被封为东阿王,后被封陈思王。因受到曹丕的猜忌和排挤,抑郁而死。
〔2〕大法:重刑。
〔3〕羹(gēng):汤,浓汤。
〔4〕漉豉:将豆加工过滤制成干酱。豉(chǐ):豆加盐磨碎后制成豆豉酱。
〔5〕萁(qí):豆茎。釜(fǔ):锅。然:同"燃",燃烧。
〔6〕煎:用水熬煮。

七步诗的故事见于《世说新语·文学》中,而未收入曹植的诗集里,对于这首诗的真伪,学术界历来有争论。

全诗纯用比喻。以豆与豆萁的关系比喻同胞兄弟,以燃豆萁煮豆汁比喻兄弟相残,以豆的哭泣这种拟人手法写出受迫害者的悲痛。李贽文后评点:"览此诗,虽铁为肝,铁索为肠,亦软矣。"

封建王权使得手足相残。短短几句诗,写出了曹丕的狡诈凶残,也表现出曹植才思敏捷。七步诗的故事可以看出曹丕对曹植的迫害已到了无以复加的地步。

以箭为喻

吐谷浑阿豺有疾[1],召母弟慕利延曰:"汝取一枝箭折之。"慕利延折之。"汝取十九枝箭折之。"慕利延不能折。阿豺曰:"汝曹知乎[2]?单

者易折,众者难摧。戮力一心[3],然后社稷可固[4]。"(《初谭集·兄弟下》)

〔1〕吐(tū)谷(yù)浑:古族名,鲜卑慕容部的一支。
〔2〕汝曹:你们。
〔3〕戮(lù)力:并力,合力。
〔4〕社稷:社:土地神。稷:谷神。古代帝王都祭祀社稷,社稷就成为国家的代称。

阿豺以"单者易折"与"众者难摧"进行比喻和对比,说明"戮力一心"对于江山社稷的重要性。李贽点评曰:"阿豺有子二十,恐其遭害自相屠戮,故因有疾召母弟语之,以箭为喻,最亲切。"

邴原泣学

邴原少孤[1],数岁时,过书舍而泣。师曰:"童子何泣?"原曰:"孤者易伤,贫者易感。夫书者,凡得学者,有亲也。一则愿其不孤,二则羡其得学,中心感伤,故泣耳。"师恻然曰[2]:"欲书可耳!"原曰:"无钱资。"师曰:"童子苟有志,吾徒相教[3],不求资也。"于是遂就书。一冬之间,诵《孝经》《论语》。(《初谭集·师友二》)

〔1〕邴(bǐng)原:字根矩,东汉北海朱虚(今山东临朐)人。汉代饱学之士,从学者数百,很受人敬仰。曾官五官将长史。操行为人称道。
〔2〕恻:怜悯。
〔3〕徒:免费。

邴原少小好学,贫不丧志,勤奋学习的精神催人向上;老师同情孤儿,无私奉献的师德令人尊敬。

伯牙学琴

伯牙学琴于成连先生[1],三年不成。成连云:"吾师方子春在东海中,能移人情[2]。乃与伯牙俱往,至蓬莱山[3],留伯牙曰:"子居习之,吾将迎之。"刺船而去[4],旬时不返。伯牙延望无人,但闻海水洞涌,山林杳冥[5],怆然叹曰[6]:"先生移我情矣!"乃援琴而歌《水仙》之操。曲终,成连回,刺船迎之以还。伯牙遂为天下妙矣。(《初谭集·师友四》)

〔1〕伯牙:春秋时琴师,曾学琴于成连先生。琴曲《水仙操》、《高山流水》相传是他的作品。
〔2〕移人情:激发人的情感。
〔3〕蓬莱山:古代传说中东海中神山之一,为神仙所居。
〔4〕刺船:划船。
〔5〕杳冥:渺茫深幽。
〔6〕怆然:悲伤。

这个故事出自《乐府解题》:伯牙学琴于成连先生,三年不成。后随成连至东海蓬莱山,闻海水澎湃、群鸟悲鸣之声,心有所感,乃援琴而歌,从此琴艺大长。伯牙师法自然,天籁触发了他的艺术灵感,从而创作了《水仙操》琴曲。李贽崇尚那种清静幽杳的自然之景,自然之景能陶冶人的自然之情,自然之情能使人写出自然之音,伯牙亲自到海边体验生活,深刻领悟,表明对音乐的领悟别人不可替代。

卫玠渡江

卫洗马初欲渡江[1],形神惨顇[2],语左右云:"见此茫茫[3],不觉百端交集。苟未免有情,亦复谁能遣此[4]!"(《初谭集·师友五》)

〔1〕卫洗马:即卫玠,字叔宝,官太子洗马,神采秀异,善于辩言。渡江:渡江南下。
〔2〕形神惨顇:形貌神色凄惨憔悴。惨顇:凄惨憔悴。
〔3〕茫茫:指江水。
〔4〕亦复谁能遣此:谁又能排遣此情呢!

这篇出自《世说新语·言语》。魏晋之际,社会动乱,战争频繁。曹氏集团与司马氏集团的矛盾斗争,给生存在这两大集团之间的士大夫的心灵投下了阴影,使他们感到生命无常,人生短暂。卫玠过江看到流动的江水,想起逝去的时光;由漂泊的江水,想到迷茫的人生,百感交集,神态凄凉。

◎附 录

李贽年谱简编

明世宗嘉靖六年丁亥(1527),一岁
（阴历）十月三十日,李贽生于泉州府晋江县。

明世宗嘉靖十二年癸巳(1533),七岁
随父白斋公读书,习礼文。

明世宗嘉靖十七年戊戌(1538),十二岁
李贽作《老农老圃论》,对孔子反对樊迟学农不满,为人称赞。

明世宗嘉靖十九年庚子(1540),十四岁
李贽由治《易》《礼》,改治《尚书》。

明世宗嘉靖三十一年壬子(1552),二十六岁
李贽中举,乡试及第。

明世宗嘉靖三十四年乙卯(1555),二十九岁
丧长子。

明世宗嘉靖三十五年丙辰(1556),三十岁
李贽任共城(今河南辉县)教谕。

明世宗嘉靖三十九年庚申(1560),三十四岁
李贽迁南京国子监教官,数月后丁父忧,回乡守制三年。

明世宗嘉靖四十年辛酉(1561),三十五岁
李贽在泉州府晋江县为父守制,倭寇围城,率弟侄辈守城。

明世宗嘉靖四十二年癸亥(1563),三十七岁
李贽服丧毕,举家入京,候补10个月不得缺,当塾师为生。

明世宗嘉靖四十三年甲子(1564),三十八岁
李贽任北京国子监博士。未几,次子亡。祖父竹轩公讣至。安置妻女于共城(今河南辉县),回乡守制。

明世宗嘉靖四十四年乙丑(1565),三十九岁
李贽在晋江守制,二女、三女饿死于共城(今河南辉县)。得友人邓石阳的帮助,妻子长女勉强维生。

明世宗嘉靖四十五年丙寅(1566),四十岁
李贽服丧毕,赴共城(今河南辉县)接妻女入京,补礼部司务。受友人李逢阳、徐用检影响,开始研究王阳明学说。

明穆宗隆庆四年庚午(1570),四十四岁

李贽任南京刑部员外郎,结交焦竑。

明穆宗隆庆六年壬申(1572),四十六岁

李贽与耿定理定交。见过罗汝芳,听过王畿讲学。

明神宗万历四年丙子(1576),五十岁

李贽调任云南姚安知府。开始研究佛学。

明神宗万历五年丁丑(1577),五十一岁

赴云南上任。途经湖广,到黄安见耿定理,初识耿定向。

明神宗万历八年庚辰(1580),五十四岁

姚安知府任满,三月告归,七月离任。游滇中鸡足山等地。

明神宗万历九年辛巳(1581),五十五岁

李贽寄居黄安耿氏"天窝",结识周思敬、周思久、无念。十二月,焦竑到黄安访李贽。

明神宗万历十一年癸未(1583),五十七岁

创作《王龙溪先生告文》。

明神宗万历十二年甲申(1584),五十八岁

李贽十月到麻城,因无馆住宿回。写了《答耿中丞》、《又答中丞》、《读史》、《解老》。

明神宗万历十三年乙酉(1585),五十九岁

耿定理死,李贽夏居麻城维摩庵。在黄安遣妻女回闽。因反对理学,与耿定向发生冲突。

明神宗万历十四年丙戌(1586),六十岁

李贽定居麻城龙潭湖的芝佛院,写了《答耿司寇》。

明神宗万历十六年戊子(1588),六十二岁

夏,落发。迁居县城三十里外的龙潭。写了《答周二鲁》、《答周柳塘》。六月初三,妻在泉州去世。

明神宗万历十七年己丑(1589),六十三岁

李贽写了《罗近溪先生告文》,选编《坡仙集》、《初谭集》。学生汪可受来麻城龙湖问道于李贽。

明神宗万历十八年庚寅(1590),六十四岁

秋天,会见从公安来访的袁宏道。自刻《焚书》、《老苦》。《藏书》中若干论著亦问世。

明神宗万历十九年辛卯(1591),六十五岁

春天,被围攻于武昌黄鹤楼下。结识刘东星。袁宏道再来麻城拜访李贽。

明神宗万历二十年壬辰(1592),六十六岁

在武昌继续评点《水浒传》。夏,会见袁中道。写了《却寄》。

明神宗万历二十一年癸巳(1593),六十七岁

夏,在龙潭湖会见三袁。写下了《题孔子像于芝佛院》。

明神宗万历二十二年甲午(1594),六十八岁

汪本钶来龙湖问学。冬,与耿定向相会于黄安。

明神宗万历二十三年乙未(1595),六十九岁

史巡道扬言要将李贽驱逐出麻城。写了《豫约》、《观音问》。

明神宗万历二十四年丙申(1596),七十岁

春,纂《读孙武子十三篇》;夏,读《杨升庵集》。秋,赴山西沁水刘东星家。写了《读升庵集》、《明灯道古录》。刘为李刻《明灯道古录》一书。

明神宗万历二十五年丁酉(1597),七十一岁

夏,应梅国桢之邀赴大同。秋,住北京西山极乐寺。写了《客吟》四首、《孙子参同十三篇》。

明神宗万历二十六年戊戌(1598),七十二岁

经运河与焦竑联舟南下。住南京永庆寺。写了《老人行》。读《易》后即著《易因》。

明神宗万历二十七年己亥(1599),七十三岁

会见传教士利玛窦。秋,《藏书》在南京问世。

明神宗万历二十八年庚子(1600),七十四岁

三月,赴济宁刘东星漕署。再次见到利玛窦。秋,回麻城;冬,闻檄被驱,避商城黄蘗山。编《阳明先生道学钞》及《阳明先生年谱》。

明神宗万历二十九年辛丑(1601),七十五岁

二月,马经纶携之定居北通州(今北京通州),创作《言善篇》。礼科给事中张问达上疏参劾李贽。

明神宗万历三十年壬寅(1602),七十六岁

闰二月,被劾;三月,自刭于狱。写下了《九正易因》、《系中八绝》。马经纶为其治丧,葬于通州城北迎福寺西。

李贽研究主要文献

主要版本

1.《焚书》六卷

明万历十八年(1560)亭州(麻城)刻刊本

明万历二十八年(1600)苏州陈证圣序刊本
明天启年间吴兴闵氏汎墨套印本
清光绪三十四年(1908)上海国学保存会《国粹丛书》第一辑排印本
清宣统间陕西教育图书社排印本
民国二十五年(1936)上海杂志公司印张氏贝叶山房《中国文学珍藏本丛书》第一辑排印本
1961年中华书局排印本
1974年中华书局线装本
1975年中华书局本

2.《续焚书》五卷　李贽著　汪本钶辑
明万历四十六年(1618)新安海阳汪氏虹玉斋刻本,附潘曾竑辑《李温陵外纪》五卷
1959年中华书局排印本
1974年中华书局线装本
1975年中华书局排印本

3.《藏书》六十八卷
明万历二十七年(1599)金陵刊本
明万历二十九年(1610)金陵刊本
明天启元年(1621)古吴陈仁锡评正本
1951年中华书局排印本
1962年中华书局排印本
1974年中华书局排印本

4.《续藏书》二十七卷
明万历三十九年(1611)王维俨金陵刊本
明汪修能校刊本
明柴应槐重刊本
明天启三年(1623)陈仁锡评本
1959年中华书局排印本
1960年中华书局排印本
1974年中华书局排印本
1974年河北保定大字本

5.《史纲评要》三十六卷　李贽评纂,吴从先参订,何伟然校阅
明万历四十一年(1613)吴氏霞漪阁校订金陵刊本
明万历四十二年(1614)茂勤堂翻刻本

1975 年中华书局排印本

6.《初谭集》十二卷

明刊本十二卷,十六册

明崇祯间武林王克安重订《类林·初谭集》刊本十二册

明刊本三十卷,八册

1974 年中华书局排印本

7.《李卓吾批点皇明通纪》 (明)陈建辑著,李贽批点

明苏州阊门刊本

日本元禄九年丙子(1679)京林久兵卫刊本

8.《卓吾老子三教妙述》四集

明万历四十六年(1618)刘东星序,宛陵刘逊之刊本

9.《四书评》十九卷

明万历刻本

1975 年上海人民出版社本

10.《四书参》十九卷

明末吴兴闵氏朱墨套印本

11.《道古录》二卷

明万历二十四年(1596)万卷楼刊本

12.《孙子参同》四卷　李贽著,王世贞、袁黄批注

明万历四十八年(1620)吴兴闵氏松筠馆朱墨刊本

《福建通志·艺文志》作三卷

《李卓吾遗书·孙子参同》三卷

国家图书馆所藏《七子参同》收录此书

13.《易因》卷六

明万历间《续道藏》本

北京大学图书馆《易因》二卷本

14.《九正易因》二卷

明刊本,扉页作《镌李卓吾先生易因》

《四库全书存目丛书》中收录苏州市图书馆馆藏明刻本

15.《老庄解》三册

明刊本(国家图书馆藏)

16.《李卓吾先生批点道余录》一卷　(明)姚广孝撰　李贽批点

明万历四十七年(1619)海虞钱谦益刊本

17.《心经提纲》一卷

秘笈本

18.《净土诀》四卷
明万历二十五年(1597)朱枋刊本

19.《李卓吾批点世说新语补》二十卷
明万历十四年(1586)陈文烛刊本
明书林余圯孺刊本
明叶滋堂校跋,王汝存刻本

20.《李卓吾先生合选陶王集》四卷
明万历四十三年(1615)刊本

21.《选批坡仙集》十六卷
明万历二十八年(1600)继志斋焦竑刻本
《泉州府志·艺文志》作十卷

22.《李卓吾读升庵集》二十卷
明万历二十八年(1600)继志斋刊本

23.《评选赵文肃公集》四卷
明万历间刊本

24.《评选三异人集》二十卷,附录四卷
明俞氏求古堂刊本(北京大学图书馆藏)

25.《卓吾先生批评龙溪王先生语录钞》八卷
明万历间新安吴可期刻本

26.《刻卓吾先生批评国朝名公书启狐白》六卷
明余文杰刊本

27.《李卓吾批选晁贾奏疏》二卷
明刊本(国家图书馆藏)

28.《评选张文忠公奏对稿》二卷
约明天启间刊本

29.《李卓吾先生批评三国志》
明建阳吴观明刊本
明末书林(吴郡)藜光楼、槐植堂刻一百二十回刊本
清吴郡宝翰楼一百二十回刊本
清吴郡缘荫堂一百二十回刊本

30.《李卓吾批点忠义水浒传》
明容与堂一百卷本刊本

31.《李卓吾批评忠义水浒传》一百回

明万历三十八年(1610)容与堂刊本
清康熙间芥子园刊本
1966年中华书局影印容与堂刊本

32.《批点忠义水浒传》一百二十回
杨定见改编，明天启间郁郁堂刊本(国家图书馆藏)
民国商务印书馆本

33.《李卓吾先生批评西游记》一百回
明刊大字附图本
明金陵大业堂刊本

34.《批评绣榻野史》四卷　(明)吕天成撰，李贽批评
明万历刊本

35.《新刻京本列国志传》八卷　(明)余邵鱼撰，李贽评点
清文锦堂刊本(国家图书馆藏一至六卷)

36.《李卓吾先生批点西厢记》
明崇祯天章阁刻本二卷，附录三卷

37.《李卓吾先生批评北西厢记》二卷
明万历间容与堂刊本

38.《李贽文集》(七卷)
张建业主编，刘幼生等整理　社会科学文献出版社2000年版

39.《焚书·续焚书》
岳麓书社1990年版

40.《李温陵集》
明海虞顾大韶刊本

41.《卓吾先生李氏丛书》
明燕超堂藏板

主要研究著作

鄢烈山、朱健国著　《中国第一思想犯》，中国工人出版社1993年版
鄢烈山、朱健国著《李贽传》，时事出版社2000年版
许建平著《李卓吾传》，东方出版社2004年版
许苏明著《李贽评传》，中国思想家评传丛书，南京大学出版社2006年版
许苏明著《李贽的真与奇》，南京出版社1998年版
张凡注《李贽散文选注》，北京师范学院出版社1992年版
林海权著《李贽年谱考略》，福建人民出版社1992年版

容肇祖著《李卓吾评传》,商务印书馆1937年版
厦门大学历史系编《李贽研究参考资料》第1辑,福建人民出版社1975年版
厦门大学历史系编《李贽研究参考资料》第2辑,福建人民出版社1975年版
朱谦之著《李贽——十六世纪中国反封建思想的先驱者》,湖北人民出版社1959年版
J. F. 彼勒特著《李贽——被诅咒的哲学家》,日内瓦德罗兹出版社1979年版
孙观生著《姚安知府李贽思想研究》,云南大学出版社1991年版
左东岭著《李贽与晚明文学思想》,天津人民出版社1997年版
邱汉生著《李贽》,中华书局1962年版
敏泽著《李贽》,上海古籍出版社1984年版
容肇祖著《李贽年谱》,三联书店1957年版
吴泽著《儒教叛徒李卓吾》,华夏书社1949年版
张建业著《李贽评传》,福建人民出版社1981年版
张建业主编《李贽论丛——中国李贽研究学会筹委会成立大会暨学术研讨会论文集》,北京燕山出版社2001年版
许建平著《李贽思想演变史》,人民出版社2005年版
任冠文著《李贽史学思想研究》,广西师范大学出版社1999年版
《李贽学术国际研讨会论文集》,首都师范大学出版社1994年版
李辉良著《李贽的传说》,海峡文艺出版社1987年版
陈曼平著《李贽研究》,黑龙江人民出版社1989年版
白战存著《李贽及其治学风格》,陕西旅游出版社1993年版

主要研究论文

吴虞《明李卓吾别传》,《进步杂志》第9卷,1916年第3、4期
黄云眉《李卓吾事实辨正》,《金陵学报》2卷,1932年第1期
朱谦之《李卓吾的思想》,《金陵学报》第2卷,1932年第1期
吴泽《名教的叛徒李卓吾》,《中华论坛》第2卷1、2期连载,1946年
叶国庆《李贽先世考》,《历史研究》1958年第2期
侯外庐、邱汉生《李贽的进步思想》,《历史研究》1957年第7期
冯友兰《从李贽谈起》,《新建设》1961年第3期。
吴新雷《关于李卓吾批评的曲本》,《江海学刊》1963年第4期
容肇祖《李贽反道学和反礼教的一生》,《光明日报》1962年4月8日
岛由虔次《儒教的叛逆者李贽》,1962年日本《思想》杂志
沟口雄三《生活于明末的李卓吾》,1971年日本《东洋文化研究所纪要》第

55 期

船津富彦《关于李贽的文学批评》,1971 年日本《东洋文学研究》19 期

奥崎裕司《李卓吾为何自杀》,1976 年日本《东京教育大学史学研究》106 期

王煜《李卓吾杂糅儒道法佛四家思想》,中国台湾《中国文化研究所学报》第 10 卷 1979 年第 2 期

黄岩柏《中国思想史上的一位巨人——明代著名思想家李贽》,《理论与实践》1980 年第 10 期

张建业《论李贽的民主思想及其社会基础》,《福建论坛》1982 年第 2 期

南石《战斗的文学思想家李贽》,《文学评论》1979 年第 3 期

蒋志雄《李贽文艺思想评述》,《学习与思考》1982 年第 1 期

陈曼平《李贽政治思想异议》,《求是学刊》1983 年第 6 期

杨荣国《李贽——王学向异端的演变》,《江淮论坛》1988 年第 2 期

黄高宪《李贽论文学创作》,《文学评论丛刊》1983 年

朱译吉《李贽〈童心说〉及其在明清文学史上的意义》,《河北师院学报》1985 年第 1 期

敏泽《简论李贽的思想及其杰出的历史性贡献》,《暨南学报》1993 年第 3 期

苏双碧《李贽与思想解放》,《社会科学》1993 年第 4 期

杨志恒《李贽美学思想片论》,《福建论坛》1991 年第 6 期

马兴东《藏书和李贽的史识》,《史学史研究》1995 年第 4 期

王建平《李贽诗歌简论》,《河南大学学报》2002 年第 5 期

白秀芳《李贽研究在国外》,《首都师范大学学报》1996 年第 1 期

左东岭、杨雷《禅宗思想与李贽的童心说》,《郑州大学学报》1995 年第 5 期

刘桂荣《李贽哲学思想的生存论解读》,《中国文化研究》2005 年第 2 期

季芳桐《李贽义利思想辨析》,《南京社会科学》2006 年第 6 期

王恩重《李贽思想研究的深化》,《光明日报》2005 年 11 月 9 日

许建平《"狂怪"和"与世无争"——论李贽的双重文化人格》,《文学评论》2005 年第 6 期

王维《李贽的音乐美学思想初探》,《艺术研究》2005 年第 4 期

卞尊昌《李贽的文艺美学思想》,《青岛大学师范学院学报》2000 年 6 月

王均江《自由:本无家可归,原无路可走——现象学视野中的李贽求道之路》,《武汉大学学报》2007 年第 1 期

王承丹《公安三袁对李贽的矛盾态度及其原因》,《光明日报》2007 年 1 月 26 日

沈广斌、丁燕燕《李贽:一个特异的文化存在》,《理论月刊》2007 年第 5 期

彭洁《论李贽的悲剧结局》,《民族艺术研究》2007年第1期
闫大伟《李贽主导思想论》,《民族文学研究》2007年第3期
许建平《佛经与李贽思想之启蒙》,《河北学刊》2007年第4期
王秀贤《试论李贽的学术背景》,《中州大学学报》2006年第2期

《李贽集》名言警句

△若为追欢悦世人,空劳皮骨损精神。(《石潭即事四绝》其四)(第002页)
△元宵真是可怜宵,独对孤灯坐寂寥。(《元宵》)(第011页)
△笑时倾国倾城,愁时倚树凭阑。(《云中僧舍芍药》其二)(第016页)
△有客开青眼,无人问落花。暖风薰细草,凉月照晴沙。客久翻疑梦,朋来不忆家。琴书犹未整,独坐送残霞。(《独坐》)(第019页)
△交情生死天来大,丝竹安能写此中。(《哭怀林》其四)(第024页)
△名山大壑登临遍,独此垣中未入门。(《系中八首·老病始苏》)(第026页)
△年年岁岁笑书奴,生世无端如处女。世上何人不读书,书奴却以读书死。(《系中八首·书能误人》)(第026页)
△志士不忘在沟壑,勇士不忘丧其元。我今不死更何待?愿早一命归黄泉。(《系中八首·不是好汉》)(第027页)
△穿衣吃饭即是人伦物理;除却穿衣吃饭,无伦物矣。(《答邓石阳书》)(第030页)
△如好货,如好色,如勤学,如进取,如多积金宝,如多买田宅为了孙谋,博求风水为儿孙福荫,凡世间一切治生产业等事,皆其所共好而共习,共知而共言者,是真迩言也。(《答邓明府》)(第066页)
△且商贾亦何可鄙之有?挟数万之赀,经风涛之险,受辱于关吏,忍诟于市易,辛勤万状,所挟者重,所得者末。(《又与焦弱侯》)(第076页)
△余窃谓欲论见之长短者当如此,不可止以妇人之见为见短也。故谓人有男女则可,谓见有男女岂可乎?(《答以女人学道为见短书》)(第079页)
△夫妇,人之始也。有夫妇然后有父子,有父子然后有兄弟,有兄弟然后有上下。夫妇正,然后万事无不出于正。夫妇之为物始也如此。极而言之,天地一夫妇也,是故有天地然后有万物。然则天下万物皆生于两,不生于一,明矣。(《夫妇论》)(第096页)
△夫春秋之后为战国,既为战国之时,则自有战国之策。盖与世推移,其道必尔。(《战国论》)(第098页)
△今夫天之所生,地之所长,百卉具在,人见而爱之矣,至觅其工,了不可得,岂其

智固不能得之欤!(《杂说》)(第100页)

△且夫世之真能文者,比其初,皆非有意于为文也。其胸中有如许无状可怪之事,其喉间有如许欲吐而不敢吐之物,其口头又时时有许多欲语而莫可所以告语之处,蓄极积久,势不能遏。一旦见景生情,触目兴叹,夺他人之酒杯,浇自己之垒块;诉心中之不平,感数奇于千载。既有喷玉唾珠,昭回云汉,为章于天矣,遂亦自负,发狂大叫,流涕恸哭,不能自止。(《杂说》)(第102页)

△夫童心者,真心也;若以童心为不可,是以真心为不可也。夫童心者,绝假纯真,最初一念之本心也。若夫失却童心,便失却真心;失却真心,便失却真人。人而非真,全不复有初矣。(《童心说》)(第103页)

△予性好高,好高则倨傲而不能下。然所不能下者,不能下彼一等倚势仗富之人耳。否则稍有片长寸善,虽隶卒人奴,无不拜也。予性好洁,好洁则猖隘不能容。然所不能容者,不能容彼一等趋势谄富之人耳。否则果有片善寸长,纵身为大人王公,无不宾也。(《高洁说》)(第106页)

△《水浒传》者,发愤之所作也。盖自宋室不竞,冠屦倒施,大贤处下,不肖处上。驯致夷狄处上,中原处下,一时君相犹然处堂燕鹊,纳币称臣,甘心屈膝于犬羊已矣。施、罗二公,身在元,心在宋;虽生元日,实愤宋事。是故愤二帝之北狩,则称大破辽以泄其愤;愤南渡之苟安,则称灭方腊以泄其愤。敢问泄愤者谁乎?则前日啸聚水浒之强人也,欲不谓之忠义不可也。是故施、罗二公传《水浒》而复以忠义名其传焉。(《忠义水浒传序》)(第109页)

△奏议者,议一时之务,而奏之朝廷,行之邦国,断断乎不容以时刻缓焉者也。奏议多矣,而庸独称陆宣公者?则以此公之学有本,其于人情物理,靡不周知,其言词温厚和平,深得告君之体,使人读其言便自心开目明,惟恐其言之易尽也。(《李中丞奏议序代作》)(第111页)

△画不徒写形,正要形神在;诗不在画外,正写画中态。(《诗画》)(第138页)

△凡人作文,皆从外边攻进里去;我为文章,只就里面攻打出来,就他城池,食他粮草,统率他兵马,直冲横撞,搅得他粉碎,故不费一毫气力而自然有馀也。(《与友人论文》)(第150页)

△盖人生总有一死,无两个死也,但世人自迷耳。有名而死,孰与无名?智者自然了了。(《与耿克念》)(第152页)

△夫社者,所以安民也;稷者,所以养民也,民得安养而后居之责始害。君不能安养斯民,而后臣独为之安养斯民,而后冯道之责始尽。今观五季相禅,替移嘿夺,纵有兵革,不闻争城,五十年间,虽经历四姓,事一十二君,并耶律契丹等,而百姓卒免锋镝之苦,道务安养之功也。(《冯道传论》)(第171页)

图书在版编目（CIP）数据

李贽集/（明）李贽著；魏晓虹解评.—太原：三晋出版社，2008.10

（中国家庭基本藏书.名家选集卷）

ISBN 978-7-5457-0008-4

Ⅰ.李… Ⅱ.①李…②魏… Ⅲ.①古典诗歌—作品集—中国—明代②古典散文—作品集—中国—明代 Ⅳ.I214.82

中国版本图书馆CIP数据核字（2008）第157726号

李贽集

著　　者：	（明）李贽	解评者：	魏晓虹
责任编辑：	朱　屹	审订者：	朱嘉峰　落馥香
封面设计：	敬人工作室	版式设计：	敬人工作室
责任校对：	朱　屹	责任印制：	李佳音

出版发行：山西出版集团·三晋出版社
地　　址：太原市建设南路21号
电　　话：（0351）4956036（咨询）　4922268（邮购）
传　　真：（0351）4922102
网　　址：www.sxskcb.com
邮　　编：030012
E-mail：fxzx@sxskcb.com

印刷装订：运城日报社印刷厂

（本书如有破损、缺页、装订错误，请与本社联系调换）

开　　本：787mm×960mm　1/16
字　　数：230千字
印　　张：13
版　　次：2008年10月第1版
印　　次：2008年10月第1次印刷
印　　数：1—5000册
书　　号：ISBN 978-7-5457-0008-4
定　　价：18.00元

版权所有，翻印必究。本书图文未经书面授权，不得以任何方式转载或公开发表。